Polnische Übersetzung
2016

Krwawy pierścień

Gerd Ruebenstrunk

Krwawy pierścień

Przełożyła
Joanna Borycka-Zakrzewska

WYDAWNICTWO BONA

Tytuł oryginału niemieckiego: *Blutring*

Redakcja: Anna Brynkus-Weber / d2d.pl
Korekta: Magdalena Adamek / d2d.pl, Monika Ples / d2d.pl
Projekt typograficzny i skład pismem Questa: Robert Oleś / d2d.pl
Opracowanie graficzne i montaż okładki: Monika Stojek

The translation of this work was supported by a grant from the Goethe-Institut which is funded by the German Ministry of Foreign Affairs.

GOETHE INSTITUT

Wydanie I
ISBN 978-83-62836-66-6

Wydawnictwo Bona Sp. z o. o.
ul. Kanonicza 11, 31-002 Kraków
biuro@wydawnictwobona.pl
www.wydawnictwobona.pl
księgarnia internetowa: www.bonamedia.pl

Druk i oprawa: Drukarnia Pozkal

Prolog

Na zbiegu ulic Rambla de Catalunya i Carrer de la Diputació w Barcelonie znajduje się kawiarenka, odwiedzana głównie przez taksówkarzy zatrzymujących się na postoju naprzeciw lokalu. Dwaj mężczyźni, którzy spotkali się tu o piątej rano, wyraźnie do nich nie należeli. Mieli na sobie eleganckie płaszcze, ręcznie wykonane skórzane buty oraz szaliki z delikatnego kaszmiru.

Powietrze było dość ostre, w końcu to już wrzesień. Za to w kawiarni było ciepło i parno, po części za sprawą nieustannie warkoczących ekspresów do kawy, po części zaś z powodu wyziewów kierowców stojących przy barze.

Dwaj nowo przybyli, którzy mimo tak niezwykłego tutaj ubioru nie przyciągali większej uwagi, zamówili po szklaneczce cortado oraz croissanty, po czym zaszyli się w najdalszym kącie kawiarni.

– Znaleźliśmy go – mruknął mężczyzna w brązowym płaszczu, mieszając cukier w szklaneczce espresso ze spienionym mlekiem.

– Gdzie? – zapytał drugi. Podobnie jak jego rozmówca miał około sześćdziesięciu lat, a ubrany był w granatowy prochowiec.

– Niedaleko stąd – odparł ten w brązowym płaszczu i wykonał ręką jakiś nieokreślony gest.

– W dzielnicy cygańskiej – domyślił się mężczyzna w prochowcu i skubnął kawałeczek croissanta.

Jego towarzysz skinął głową.

– Najwyraźniej zniknął po śmierci żony.

Ten w granatowym prochowcu w zamyśleniu przeżuwał swojego croissanta.

– W takim razie jednak coś wie.

Mężczyzna w brązowym płaszczu wziął łyczek cortado.

– Z pewnością.

– I co teraz będzie?

– Zlecę śledzenie go.

– Mam nadzieję, że się nie zorientuje. Straciliśmy wiele lat przez jego zniknięcie.

Ten ubrany na brązowo odstawił szklaneczkę na blat i strzepnął okruszek z płaszcza. Nie spoglądając na swego rozmówcę, odparł:

– Ma się rozumieć.

– I to rzeczywiście pewne, że ma notatnik?

– Sprawdziliśmy wszystkie pozostałe tropy i nic nie znaleźliśmy. To musi być on.

Mężczyzna w prochowcu odsunął od siebie talerzyk z resztką croissanta.

– A jeśli nie?

– Znowu wrócimy do punktu wyjścia.

– To będzie miało konsekwencje. – Głos odzianego na granatowo zabrzmiał twardo. – Dramatyczne konsekwencje.

– Ma się rozumieć.

Rozmówca ponownie strącił dłonią coś z wierzchu płaszcza, tym razem wyraźnie zdenerwowany.

– Nie mam zamiaru tolerować kolejnej porażki. – Człowiek w granacie wykonał zdecydowany ruch ręką.

– Na pewno do niej nie dojdzie – odpowiedział drugi poddańczym tonem.

Mężczyzna w prochowcu nałożył rękawiczki.

– Wykazywaliśmy się cierpliwością przez ostatnie sto lat. Wystarczy. Codziennie będę czekał na sprawozdanie od pana.

– Codziennie – potwierdził jego rozmówca. – Oczywiście!

Wyszli z kawiarni i rozstali się bez pożegnania. Mężczyzna w prochowcu spacerowym krokiem ruszył na prawo, aleją wysadzaną drzewami, jego towarzysz podążył w przeciwnym kierunku.

Na następnym rogu mężczyzna w prochowcu wstąpił do trafiki. Po chwili wyszedł stamtąd z długą cygaretką w ustach i ruszył dalej.

Niespiesznie szedł tą samą aleją, aż dotarł do Carrer de Casanova. Zrobił zaledwie kilka kroków po jezdni, gdy usłyszał za sobą warkot silnika. Ostatnim, co zobaczył, kiedy spojrzał przez ramię, był czarny samochód terenowy pędzący wprost na niego.

Potem pogrążył się w ciemności.

Przeprowadzka

Właściwie powinienem zacząć coś podejrzewać, kiedy rodzice wyciągnęli mnie na krótkie wakacje do Barcelony.

Barcelona! Miasto z milionem mieszkańców! Cóż to za wakacje? Normalnie latem jechaliśmy nad morze, przeważnie do Andaluzji, na południe Hiszpanii, gdzie mama z tatą całymi dniami leniwie wygrzewali się na plaży, podczas gdy ja z roku na rok coraz bardziej się nudziłem. Mieszkaliśmy w dużym mieście, więc rodzice cieszyli się, że przynajmniej latem udawało nam się stamtąd wydostać, co za każdym razem podkreślali.

I nagle Barcelona?

Nie całkiem mnie to dziwiło, ponieważ tata miał hopla na punkcie wszystkiego, co wiązało się z Hiszpanią. Prawdopodobnie dlatego, że tam się urodził i spędził pierwsze dwadzieścia lat życia w okolicy Alicante, gdzie jego ojciec miał praktykę lekarską.

Tata oczywiście płynnie posługiwał się językiem hiszpańskim i naturalnie jeszcze przed moim urodzeniem uzgodnili z mamą, że będą mnie wychowywać w dwóch językach. Dlatego z mamą rozmawiam głównie po niemiecku, a z tatą przeważnie tylko po hiszpańsku.

W Barcelonie jednak na niewiele mi się to przydało, ponieważ już na lotnisku zobaczyłem tablice z niezrozumiałymi dla mnie napisami.

– To kataloński – wyjaśnił mi tata, kiedy zobaczył znak zapytania na mojej twarzy. – Barcelona leży w regionie Katalonia, który ma własny język.

Nieźle się zaczynało! Na szczęście Katalończycy najwyraźniej byli wyrozumiali dla tych, którzy nie posługiwali się ich językiem, bo każda tablica zawierała informacje także w wersji hiszpańskiej.

Podczas gdy mama ciągnęła mnie od jednego zabytku do drugiego, tata znikał gdzieś w mieście. A kiedy chciałem się dowiedzieć, co robił, odpowiadał tajemniczo:

– To będzie niespodzianka.

I rzeczywiście była. Ale zupełnie inna od tego, co sobie wyobrażałem.

* * *

Dwa miesiące później wróciliśmy do Barcelony. Lecz tym razem już nie jako turyści, tylko mieszkańcy.

Mama i tata próbowali mnie wcześniej delikatnie do tego przygotować, jak sami przyznali. Przez pierwsze tygodnie po powrocie z wakacji codziennie bombardowali mnie swoimi wspomnieniami z tego „fantastycznego miasta", wymieniali jeden uroczy zakątek za drugim i z zamglonym wzrokiem wzdychali, jacy to z barcelończyków szczęściarze, bo mogą mieszkać w takim obłędnym miejscu, i jak cudownie by było samemu też tak móc.

Wtedy właśnie zacząłem węszyć podstęp.

Jednak dopiero potem miałem się przekonać, jak fatalnie sprawy naprawdę się miały.

Pewnego wieczoru po kolacji rodzice oznajmili mi, że tata zostanie wysłany przez swoją firmę do Barcelony, gdzie będziemy mogli mieszkać przez kilka następnych lat.

– Wspaniale, prawda, Danny? – Mama promieniała z radości.

Z zaciśniętymi ustami wpatrywałem się w okruszek chleba, który spadł z mojego talerza, tak jakbym był w stanie zmusić go do wzniesienia się w powietrze i wylądowania w dziurce nosa mamy. Dostałaby wtedy ataku kichania i nasza rozmowa by się zakończyła. Bo jedno było dla mnie od samego początku jasne – nikt mnie tutaj nie zamierzał pytać o zdanie. Zostałem postawiony przed faktem dokonanym i jeszcze miałem wszystkiemu radośnie przytakiwać.

– Głowa do góry – powiedział tata. – Nie będzie tak źle. – Poklepał mnie po ramieniu, a mama posłała mi pocieszający uśmiech.

Dla niej wszystko było łatwe i proste. Nie musiała iść do nowej szkoły. Nie musiała rezygnować ze swoich przyjaciół, bo ci z pewnością będą ją odwiedzać co kilka tygodni, aby spędzić weekend w mieście marzeń. Poza tym będzie tam miała swoje wspaniałe muzea i bary, swoje butiki i restauracje.

A ja? Co ja będę miał?

Obce miasto, w którym mówi się dziwnym językiem i w którym nikogo nie znam. I w którym moja szóstka z hiszpańskiego, którą mogłem nadrabiać totalne porażki w matematyce, nie będzie miała najmniejszego znaczenia.

– Hej, Danny, no przestań. – Tata chciał mi dodać otuchy. – W końcu masz już kwadrans przed drugą i nie jesteś małym chłopcem. Taka przeprowadzka cię nie zabije! Sam zobaczysz: za parę tygodni zyskasz nowych przyjaciół i stwierdzisz, że nie chcesz się stamtąd nigdzie ruszać.

Jeśli sądził, że w ten sposób zdoła poprawić mi nastrój, bardzo się mylił. Tylko dlatego, że kiedy miałem cztery i pół roku, określiłem swój wiek jako wpół do piątej, wciąż musiałem wysłuchiwać tego typu tekstów. A przecież za cztery miesiące kończyłem czternaście lat! W tym wieku takie żarty raczej nikogo już nie bawią. Jednak moi rodzice najwyraźniej nie chcieli tego przyjąć do wiadomości.

Zamiast odpowiedzieć, zerwałem się z miejsca i pobiegłem do swojego pokoju. Z półki na książki zabrałem kolorowe foldery, które przywiozłem z naszych wakacji w Barcelonie, i podarłem na kawałeczki.

Ha!

Barcelona? Beze mnie!

* * *

Oczywiście wszystko potoczyło się zupełnie inaczej. I oto kilka tygodni później stałem wraz z tatą przed drzwiami Colegio Aleman, niemieckiej szkoły w Barcelonie, która, położona na wzgórzu, królowała nad miastem.

Muszę przyznać, że wyglądała o wiele przyjemniej niż moja szkoła w Niemczech. Przez jasny korytarz weszliśmy do gabinetu pani dyrektor, która poczęstowała nas ciasteczkami i spokojnie wyjaśniła mi zasady panujące w szkole. Widok z jej okna wprost na dolinę tak bardzo mnie urzekł, że wprawdzie w odpowiednich momentach automatycznie potakiwałem głową, jednak nie do końca słyszałem, co do mnie mówi.

Nagle pojawił się przede mną wysoki mężczyzna, którego łysa czaszka błyszczała jak wypolerowana kula do gry w kręgle.

– To jest pan Vohrmann, twój wychowawca – przedstawiła go pani dyrektor. – Zaprowadzi cię teraz do klasy i objaśni całą resztę.

Podniosłem się, spoglądając pytająco na tatę.

– Ja jeszcze chwilę tu zostanę, aby załatwić formalności – powiedział. – I odbiorę cię po lekcjach. – Klepnął mnie w ramię. – Baw się dobrze.

Podążyłem za panem Vohrmannem przez korytarz i po schodach w górę, aż dotarliśmy do mojej klasy. Wydawał się całkiem sympatyczny. Poinformował, że będzie mnie uczył niemieckiego i angielskiego.

– Nie jesteś tym zbyt zachwycony, prawda? – zapytał.

Milcząco pokręciłem głową.

– Znam to. Przeprowadziliśmy się tu z dziećmi cztery lata temu. Na początku odsądzały nas od czci i wiary. A teraz? Nawet dziesięć koni nie wyciągnęłoby ich z Barcelony.

Kiwnąłem głową. Wspaniale. Ale ja nie nazywam się Vohrmann i nie miałbym nic przeciwko dziesięciu koniom, jeśli miałyby mnie stąd wywieźć.

Kiedy weszliśmy do klasy, dwadzieścia pięć głów zwróciło się w moją stronę.

Najchętniej zapadłbym się pod ziemię.

– To jest Daniel Herbst, wasz nowy kolega – oznajmił pan Vohrmann. – Kilka dni temu przeprowadził się z rodzicami do Barcelony, a wcześniej chodził w Niemczech do gimnazjum. Pomóżcie mu się tutaj zadomowić.

Podprowadził mnie do ławki, w której siedział blady chłopiec. Świetnie! Musiałem się dosiąść do ucznia, obok którego nikt nie chciał siedzieć. Niechętnie postawiłem plecak pod ławką i usiadłem. Natychmiast wszyscy zaczęli między sobą szeptać i było jasne o czym: o mnie.

– Jestem Jakob – przedstawił się blady chłopiec. Mówił po niemiecku ze szwajcarskim akcentem.

Szybko puściłem zwiotczałą dłoń, którą podał mi na powitanie.

– Proszę o spokój! – powiedział pan Vohrmann, stojący już za swoim biurkiem. – Kto z was chciałby zostać opiekunem Daniela?

Opiekunem? Czy dyrektorka nie powiedziała, że Vohrmann wszystko mi wytłumaczy? No tak, typowe. Zaledwie znalazł się poza jej zasięgiem, a już próbuje się wykręcić od odpowiedzialności.

Tępo wpatrywałem się w tablicę wiszącą na ścianie z przodu.

– No już, ludzie – zachęcał swoich uczniów pan Vohrmann. – Wykażcie się chociaż minimalnym zaangażowaniem!

Jednak ta zachęta nie spotkała się z jakimś szczególnym entuzjazmem. Bynajmniej nie zauważyłem lasu rąk przed sobą.

– Uważam, że zachowujecie się bardzo nie fair w stosunku do nowego kolegi – stwierdził pan Vohrmann. – Czy to ma być jego pierwsze wrażenie z naszej szkoły?

Obok mnie coś się poruszyło. Nieznacznie obróciłem głowę. Blady chłopiec podniósł rękę.

– Brawo, Jakobie! Dziękuję. – Było widać, że panu Vohrmannowi znacznie ulżyło. Wyciągnął książkę ze swojej podniszczonej teczki i ją otworzył. – Kto mi powie, gdzie ostatnio skończyliśmy?

I kto się zgłosił? Oczywiście chłopiec siedzący obok mnie. Zauważyłem spojrzenia, jakimi wymieniali się pozostali, i zrozumiałem, że gorzej nie mogłem trafić...

* * *

Jedno muszę wyjaśnić: nie należę do ludzi, którzy wciąż tylko marudzą, choć mogę tu sprawiać takie wrażenie. Wręcz przeciwnie – przeważnie podchodzę do wszystkich spraw na luzie. Do tego stopnia, że pewnego dnia moi rodzice nazwali mnie stoikiem. Wyguglowałem to wtedy i doszedłem do wniosku, że to nie takie złe być stoikiem.

Jednak przyznaję, że przeprowadzka wyprowadziła mnie z równowagi, i to nie na żarty.

– Wcale nie masz tak źle – stwierdził Jakob kilka dni później, kiedy zajadaliśmy patatas bravas w kantynie, hiszpańską wersję frytek z keczupem. – Przynajmniej mówisz płynnie po hiszpańsku. Ja nie rozumiałem ani słowa, kiedy się tu przeprowadziliśmy.

Nie mogłem temu zaprzeczyć. Co było zresztą jednym z powodów, dla których większość dzieciaków z mojej klasy nie chciała za bardzo z nim przebywać – przeważnie miał rację. To było miłe określenie. Można by też powiedzieć: był przemądrzałym kujonem. I jakby tego mu było mało, najwyraźniej miał ogromną potrzebę obnoszenia się z tym wszem wobec. Podczas gdy większość uczniów nosiła dżinsy, T-shirty i tenisówki, on zawsze miał na sobie białą koszulę zapiętą na ostatni guzik, lniane spodnie i wiecznie lśniące od polerowania skórzane buty.

Ponieważ siedziałem obok niego i był moim opiekunem, nie mogłem go zupełnie ignorować. Jednak w miarę możliwości starałem się unikać jego towarzystwa.

Aż do dnia, w którym umarł żebrak.

Kalé

W Niemczech większość czasu spędzałem z kolegami. Spotykaliśmy się gdzieś w mieście i rozmawialiśmy o wszystkim i o niczym. A ostatnimi czasy, przyznaję, również o dziewczynach. Podczas kiepskiej pogody obijaliśmy się w centrum handlowym albo umawialiśmy na gry online, a wtedy oczywiście siedzieliśmy na Skypie.

W Barcelonie naturalnie to wszystko odpadało. Po pierwsze nie miałem żadnych kolegów, z którymi mógłbym się spotykać. Po drugie niby mogłem nadal rozmawiać przez Skype'a ze starą paczką, ale to nie było to samo. Kiedy gadali o tym, co zdarzyło się w szkole, albo o dziewczynach, nie miałem nic do dodania, bo przecież mnie przy tym nie było. Czułem, jak powoli odsuwam się od grupy.

Musiałem więc poszukać sobie innych zajęć. W końcu nie można tylko czytać. Żeby poznać dzielnicę, w której mieszkaliśmy, zacząłem wychodzić z domu. Nasza dzielnica nazywała się Sant Gervasi i była położona blisko centrum, ale na szczęście nie na tyle, żeby przyciągać tłumy turystów.

Barcelona to stare miasto pełne wysokich kamienic i wąskich zaułków, lecz także szerokich alei i placów. Ponieważ słońce świeci tu często i na ulicach wciąż kręcą się tłumy, nawet późnym wieczorem, wszędzie można odczuć, że to miasto żyje.

Na początku najbardziej zafascynował mnie targ. Każda dzielnica ma swoją halę targową, czynną codziennie oprócz niedziel, gdzie można dostać dosłownie wszystko, co jadalne. A Hiszpanie jedzą prawie wszystko, o czym zdążyłem się już przekonać.

Najbardziej zachwycili mnie sprzedawcy ryb. Ich stoiska zajmowały cały pasaż, a to, co prezentowali w swoich witrynach, było lepsze od każdego podręcznika biologii. Ryby oraz inne owoce morza nie były filetowane i porcjowane, tak jak to się robi u nas w Niemczech. Wykładano je na lodzie w całości, tak jak zostały wyłowione z morza. Miało się wrażenie, że wciąż żyją. Niektóre z nich wyglądały dość niebezpiecznie, na przykład mieczniki czy morszczuki. Wolałbym nie spotkać ich podczas kąpieli w morzu.

W halach targowych spotykali się ludzie z całej dzielnicy, między innymi dlatego, że było tam mnóstwo kafejek i barów, gdzie mogli wspólnie napić się kawy, wina lub piwa i jeść tapas, niewielkie porcje najprzeróżniejszych dań, które można zamawiać niemal bez końca.

Kiedy jednak w tygodniu wracałem po południu ze szkoły, hala targowa była przeważnie nieczynna. Spacerowałem wtedy po dzielnicy. Przechadzałem się po domach towarowych albo siadałem na jednej z ławek pośrodku deptaku Diagonal i obserwowałem pełne życia sceny rozgrywające się wokół mnie.

I szedłem do supermarketu. Może zabrzmi to komicznie, ale lubiłem supermarkety, bo przypominały mi stare kąty. Supermarkety na całym świecie są identyczne, kiedy więc przemierzałem alejki Caprabo pełne proszków do prania, przeróżnych marmolad czy puszek, przez parę minut miałem poczucie, że jestem z powrotem w domu. Tak, gdy zamykałem oczy, byłem w stanie sobie wyobrazić, że za drzwiami sklepu nie biegnie obca Travessera de Gràcia, tylko ulica Bismarcka z dobrze znanymi mi sklepami. Dlatego prawie codziennie choć na chwilę odwiedzałem supermarket, zanim udawałem się na zwiedzanie dzielnicy. Tam też znalazłem pierwszego przyjaciela w tym mieście. Może „przyjaciel" to nie do końca właściwe określenie, ponieważ nie zamieniliśmy niemal słowa. Jednak był dla mnie jak stary znajomy, na którego obecność zawsze mogłem liczyć.

Mówiąc dokładniej, był to żebrak, który każdego dnia siedział przy wejściu do supermarketu. Miał obszarpane ubrania, zmierzwione siwe włosy i twarz porosłą zaniedbaną brodą.

Często zadawałem sobie pytanie, jakie zrządzenie losu sprawiło, że znalazł się w takim położeniu. Czyżby opuściła go żona i dlatego zaczął pić? Został bezrobotny i stracił mieszkanie, ponieważ nie było go już stać na opłacanie czynszu? A może należał do ludzi, którym wszystko jedno, jak żyją, byleby tylko nie musieli codziennie wlec się do znienawidzonej pracy?

Polubiłem go od razu dzięki przyjaznym niebieskim oczom, lśniącym na jego pooranej zmarszczkami twarzy, a także dzięki psu, który zawsze leżał obok niego na kocu. Był to najzwyklejszy kundel ze skołtunioną sierścią. Kiedy przechodziłem obok, za każdym razem witał mnie energicznym merdaniem.

Po tym, jak podczas naszego trzeciego spotkania pochyliłem się, aby pogłaskać zwierzę, stary uśmiechał się do mnie za każdym razem, kiedy mnie widział, podnosząc rękę na powitanie. Tamtego dnia kupiłem paczkę psich ciasteczek i jedno położyłem przed psem, kiedy wychodziłem ze sklepu, na co stary wymamrotał „*gracias*".

Pies wabił się Manolo, tyle udało mi się wyciągnąć z żebraka. Wprawdzie mężczyzna rozumiał mój hiszpański, jednak ja jego nie, dlatego nasze krótkie rozmowy w głównej mierze składały się z kilku gestów oraz słów, co do których obaj mieliśmy nadzieję, że zostaną prawidłowo zrozumiane przez tego drugiego.

W wyglądzie Manola można się było dopatrzyć śladów teriera i owczarka. Nie był tak leciwy jak jego właściciel, choć zapewne miał już kilka lat na karku. Sięgał mi akurat do kolan. A to, że w ogóle go dotknąłem, bardzo przemawiało na jego korzyść, ponieważ zwykle trzymałem się od psów z daleka, jak zresztą od wszystkich innych zwierzaków.

Zdaje się, że w tym miejscu będę musiał to pokrótce wytłumaczyć: z powodów, które dla mnie samego nie są do końca jasne, dość mocno boję się bakterii. Czyli zarazków chorobotwórczych, które występują wszędzie w naszym środowisku. Strach ten jest naturalnie niczym nieuzasadniony – na lekcji biologii uczono nas, że w ludzkim ciele żyje więcej bakterii i innych żyjątek niż komórek i że pomagają nam one w przeróżnych sprawach. Jednak już samo wyobrażenie, że jestem czymś w rodzaju żywego hotelu dla bakterii, sprawia mi spory problem i najchętniej powiesiłbym sobie na szyi szyld z napisem: „Wszystkie pokoje zajęte", aby bakterie poszukały jakiegoś innego lokum.

Ale tak to oczywiście nie działa. Niestety.

Na tym tle łatwiej można zrozumieć to, jak niezwykłe było dla mnie, że głaskałem Manola. W jego obecności wszystkie moje lęki zdawały się znikać. I tak mijały mi dni. Jakoś zdołałem się urządzić w tym swoim nowym życiu. Może nie byłem szczęśliwy, ale nie mogę też powiedzieć, że byłem nieszczęśliwy.

Nazwałbym ten stan rodzajem wyczekiwania, zawieszeniem pomiędzy tym, co było wczoraj, a tym, co miało nastąpić jutro.

Od czasu do czasu rozmawiałem na Skypie z przyjaciółmi z Niemiec, ale coraz rzadziej, ponieważ mieliśmy sobie coraz mniej do powiedzenia.

Nie byłem już częścią wydarzeń, które działy się w moim starym mieście, i odwrotnie, oni też nie mieli pojęcia o tym, co mi się przytrafiało.

– Dlaczego nie zaprosisz któregoś z kolegów z klasy do domu? – zapytał mnie tata pewnego wieczoru podczas kolacji.

Zamiast odpowiedzieć, tylko wzruszyłem ramionami. Kogo miałbym zaprosić? Było parę grupek, z którymi snułem się po szkole podczas przerw, ale tak naprawdę do żadnej z nich nie należałem. Tolerowano mnie z racji tego, że tam byłem. Poza tym większość uczniów z mojej klasy mieszkała w odległych zakątkach miasta lub nawet poza nim, więc jakiekolwiek spotkanie kosztowałoby mnie sporo zachodu. Jedynym, który mieszkał w pobliżu, był Jakob, ale wystarczało mi, że siedziałem obok niego w ławce.

Jednak w pewnym momencie zostałem brutalnie wyrwany ze swojej rutyny.

Było to któregoś popołudnia w ostatni weekend września. Jak zwykle snułem się po okolicznych ulicach. Moim celem była tym razem dzielnica Eixample, w której znajdował się słynny kościół Sagrada Família. Rozmawialiśmy o niej w szkole i w ramach zadania domowego mieliśmy wyszukać sobie jakieś miejsce w Eixample i je opisać.

Po drodze minąłem swój ulubiony supermarket. Stary żebrak i jego pies siedzieli na zwykłym miejscu, automatycznie więc sięgnąłem do kieszeni spodni, żeby wyjąć z niej psie ciasteczko. Jednak nie znalazłem w niej nic prócz kilku okruszków. Manolo spojrzał na mnie wyczekująco, z tęsknotą w oczach właściwą tylko psom.

– Zaraz ci coś przyniosę – obiecałem mu i zniknąłem w sklepie.

Jednak kiedy dotarłem do działu zoologicznego, okazało się, że półka z ciasteczkami jest pusta. Zajęło mi ponad pięć minut odnalezienie chłopaka, który uzupełniał towar na półkach, i następne dziesięć czekanie, aż wróci z koszykiem pełnym torebek z ciasteczkami. Złapałem jedną z nich, podziękowałem i pobiegłem do kasy.

Natychmiast zauważyłem, że coś jest nie tak. Kasjerki wstrzymały pracę i wszystkie wpatrywały się w drzwi wejściowe. Tłum ludzi zasłonił mi widok. Jedyne, co mogłem zobaczyć, to migotanie niebieskiego światła.

„Staruszek!", przebiegło mi przez myśl.

Wrzuciłem paczkę ciastek do kosza ze szczotkami do włosów, przecisnąłem się między stojącymi w kolejce i pobiegłem w stronę wyjścia. Kiedy w końcu udało mi się przedrzeć przez szereg gapiów, zdołałem tylko zobaczyć stopy żebraka znikające w karetce. Sanitariusz zatrzasnął drzwi i ambulans pospiesznie odjechał na sygnale.

Stałem tam jak rażony piorunem, wpatrując się w migoczące niebieskie światło.

Tłum gapiów powoli się rozchodził. Nikt nie zwracał uwagi na Manola, który ze zwieszoną głową siedział na swoim kocu. Ktoś, zapewne jeden z sanitariuszy, przywiązał jego smycz do odbojnika do drzwi – nie sądzę, żeby pozostał tam z własnej woli.

Co powinienem był zrobić? Przecież nie mogłem po prostu go tutaj zostawić. Pogłaskałem go po głowie, a on spojrzał na mnie wzrokiem dogłębnie smutnym, a zarazem wyrażającym nadzieję.

Musiałem chwilę się zastanowić. Czy powinienem iść na policję? Tam na pewno skierują go do schroniska dla zwierząt. Do domu też nie mogłem go zabrać, bo mama była ekstremalnie uczulona na sierść psów. A poza tym nie wiedziałem przecież, co się stało z jego właścicielem. Być może zaraz wróci ze szpitala i wtedy na pewno będzie szukał Manola.

To nasunęło mi pewien pomysł: bardzo możliwe, że Manolo sam zaprowadzi mnie do mieszkania staruszka, zakładając, że ten je ma, a wtedy będę mógł go zostawić u jednego z sąsiadów.

Bez wahania zwinąłem jego koc, włożyłem do wciąż stojącej na chodniku plastikowej torby, w której znajdował się niewielki dobytek mężczyzny, i zdjąłem smycz Manola z odbojnika.

Pies spojrzał na mnie pytająco.

– Manolo, zaprowadź mnie do domu – powiedziałem. Lekko pociągnąłem za smycz. – Do domu.

W smutnych psich oczach nie dostrzegłem żadnej reakcji, więc przez moment myślałem, że po prostu chce tu zostać i poczekać na powrót swojego pana. Wreszcie się podniósł, energicznie otrzepał sierść i ruszył wzdłuż Travessera de Gràcia.

Pierwszą część drogi znałem. Prowadziła do dzielnicy Gràcia, obok targu i wzdłuż ulic, na których było pełno turystów. Nagle Manolo skręcił w lewo, potem w prawo, i tak w kółko, aż zupełnie straciłem orientację. Wreszcie dotarliśmy do niewielkiego placu, Plaça del Raspall. Miasto sprawiało tutaj wrażenie większej wioski, a to za sprawą niskich budynków, wąskich uliczek i dużej ilości zieleni.

Na placu na ławkach siedzieli starsi panowie i panie, zatopieni w ożywionych rozmowach. Wokół niewielkiej studni bawiły się dzieci, a z restauracji położonej na rogu dochodziły głosy i brzęk sztućców. Pachniało czosnkiem, aromatycznymi przyprawami i pieczonym mięsem oraz rybą.

Manolo uparcie zmierzał dalej. Po niejakim czasie domy znowu zrobiły się wyższe, sklepy mniejsze, a parkujące na skraju ulic auta starsze. Z otwartych okien słychać było donośne kobiece głosy i jeszcze głośniejszą muzykę. Jak wszędzie w Barcelonie, również tutaj na wielu balkonach powiewały narodowe flagi Katalonii. Wprawdzie był to region Hiszpanii, ale pragnął uzyskać niepodległość. Można to było też wywnioskować z treści graffiti widniejących na ścianach budynków.

Mimo że ta dzielnica wyglądem bardzo przypominała wiele pozostałych, w jakiś sposób się od nich odróżniała. Być może sprawiała to rozlegająca się wokół muzyka, tak bardzo różna od powszechnego brzmienia hitów z listy przebojów. Może sprawiał to widok mężczyzn siedzących przy stołach przed niewielkimi barami, z których wielu, również tych starszych, nosiło włosy do ramion. A może chodziło o chłopca, także o długich włosach, idącego mi naprzeciw w czerwonych butach na obcasach obok mężczyzny z gitarą? I może to jednak wcale nie był taki dobry pomysł, aby dać się poprowadzić Manolowi? Skąd miałem wiedzieć, dokąd mnie przyprowadzi!

Postanowiłem zawrócić, jeśli w ciągu kolejnych dwóch minut nie dotrzemy do celu.

Tymczasem Manolo skręcił w kolejny zaułek, jeszcze węższy od tych poprzednich. Z elewacji budynków łuszczyła się farba. Na końcu ulicy na chodniku stało kilku starszych chłopaków, którzy wpatrywali się we mnie bez zażenowania. Poczułem niemiły skurcz w okolicy żołądka i zacząłem się zastanawiać, co też może się stać, kiedy będę mijał tę grupkę.

Na szczęście Manolo zatrzymał się przed nimi. Obrócił głowę w moim kierunku, jakby chciał sprawdzić, czy wciąż z nim jestem, po czym ruszył w stronę jednej z bram. Nie była zamknięta na klucz. Wszedłem do sieni.

Zwierzę pociągnęło mnie po schodach do góry. W domu wszystkie drzwi były otwarte. Wspinałem się po schodach przy wtórze dzikiej mieszanki, na którą składały się dźwięki muzyki, krzyki dzieci, zapachy kuchenne, ryk odkurzacza i donośne głosy, aż wreszcie znalazłem się na drugim piętrze przed starszą kobietą zagradzającą mi przejście.

– Kim jesteś? Skąd masz psa? – ofuknęła mnie.

Właśnie miałem jej udzielić odpowiedzi, kiedy zza drzwi usytuowanych za nią wyszła dziewczyna, mniej więcej w moim wieku. Miała na sobie prostą czarną bluzę, dżinsy i tenisówki.

– Manolo! – zawołała i pochyliła się nad psem, który natychmiast ją rozpoznał.

Głaskała go chwilę, po czym prostując się, energicznym potrząśnięciem głowy odrzuciła do tyłu czarne włosy. Zamieniła z kobietą kilka słów w języku, który wprawdzie brzmiał jak hiszpański, ale z którego nie zdołałem nic zrozumieć.

Następnie spojrzała mi w oczy.

Poczułem się, jakby trafił we mnie piorun.

W ułamku sekundy zrobiło mi się gorąco i miałem wrażenie, że głowa zaraz mi wybuchnie.

Czy sprawiły to jej ciemnobrązowe oczy, które przywodziły na myśl dwie bramy do nieznanego, cudownego świata? A może po prostu jej zdecydowane zachowanie, które tak bardzo różniło się od zachowania dziewczyn z mojej szkoły?

– Skąd masz tego psa i rzeczy mojego wujka? – Przywołała mnie z powrotem do rzeczywistości. Wskazała na trzymaną przeze mnie reklamówkę. Jej głos był głębszy, niż się spodziewałem.

– Cóż, to było tak... – zacząłem, ale dziewczyna mi przerwała.

– Chodź za mną – powiedziała. – To niegrzecznie przetrzymywać gościa w przedpokoju.

Obróciła się i zniknęła razem z Manolem w mieszkaniu. Kobieta przepuściła mnie z niechęcią. Podążyłem za dziewczyną przez długi przedpokój do pokoju, w którym oprócz trzech skórzanych sof, ogromnego telewizora i stolika nie było żadnych mebli.

– Usiądź – powiedziała i wskazała na jedną z sof. – Ja tylko szybko przyniosę Manolowi wodę do picia.

Ostrożnie osunąłem się na wytartą kanapę, a reklamówkę staruszka postawiłem obok na podłodze. Do kobiety w korytarzu musiały dołączyć jeszcze jakieś inne, bo słyszałem dobiegające stamtąd głośne rozmowy.

W co ja się wplątałem?

Dziewczyna wróciła z blaszaną miseczką po brzegi napełnioną wodą. Manolo zachłannie się na nią rzucił. Ja też chętnie bym się czegoś napił, jednak wolałem o nic nie prosić, żeby nie popaść w jeszcze większą niełaskę niż do tej pory. Tylko właściwie dlaczego? Co złego im zrobiłem? Przyprowadziłem psa, przyniosłem rzeczy staruszka i za to miałem się dać ofukiwać? Czy to miało być podziękowanie za moją pomoc?

Dziewczyna usiadła na oparciu sofy i surowo na mnie spojrzała. Znowu zrobiło mi się gorąco i zimno na zmianę.

– A więc jeszcze raz. Kim jesteś i co tutaj robisz?

– Mam na imię Daniel. – Wyciągnąłem do niej dłoń. – A ty?

Milczała przez chwilę, wyraźnie zmieszana moim gestem. Kiedy się zorientowałem, że nie zamierza uścisnąć mojej dłoni, powoli ją opuściłem.

– Mam na imię Lola – odpowiedziała w końcu. – Ale to nie ma tu nic do rzeczy. – Zmrużyła oczy. – Przychodzisz z torbą mojego wujka i jego psem do naszego domu. Pytania nasuwają się automatycznie, nie uważasz?

– Oczywiście – przytaknąłem. – Ale raczej nie przychodziłbym tu z Manolem i torbą, gdybym miał jakiekolwiek złe zamiary, prawda?

Jej twarz nieco się rozluźniła.

– Masz rację – przyznała. – Jesteśmy *Kalé, Gitanos*. Z natury jesteśmy nieufni wobec wszystkich, którzy do nas nie należą, ponieważ nasze doświadczenia z obcymi nie zawsze były pozytywne.

„*Gitanos*”, znałem to słowo. Znaczyło tyle co „Cyganie”, choć tego słowa nie należało już używać, jak nas uczono w szkole. Prawidłowa nazwa tego narodu brzmiała „Romowie”. Jednak tu, w Hiszpanii, słowo „*Gitanos*” wciąż było w użyciu, jak widać również przez samych Romów, na co wskazywała wypowiedź Loli.

– A zatem – jej głos wyrwał mnie z rozmyślań – może opowiesz mi, co się dokładnie wydarzyło, Danielu.

Zrelacjonowałem jej przebieg mojej znajomości z jej wujkiem i Manolem, a także dzisiejsze wydarzenia pod supermarketem.

Kiedy skończyłem, Lola zerwała się z miejsca.

– Muszę to przekazać innym! – zawołała i zniknęła.

Razem z Manolem spojrzeliśmy za nią, a następnie na siebie. Przynajmniej jeden, który mnie wspierał.

Z korytarza dobiegły donośne okrzyki. W kobiece głosy wmieszały się teraz także męskie. Gdzieś trzasnęły drzwi. Ktoś rozmawiał przez telefon, ktoś inny przejmująco lamentował.

Ostrożnie podniosłem się z sofy i zacząłem rozważać dyskretne wycofanie się stamtąd, kiedy do pokoju weszła Lola.

– Danielu, bardzo ci dziękuję – powiedziała poważnym tonem. – Gdyby nie ty, nie dowiedzielibyśmy się o tym tak szybko. Zlokalizowaliśmy szpital, w którym przebywa mój wujek, i zaraz tam jedziemy. Dlatego powinieneś już pójść.

Przytaknąłem.

– Jasne.

Tym razem to ona wyciągnęła do mnie dłoń.

– Wielkie dzięki – powtórzyła.

Moje serce niemal przestało bić, kiedy poczułem jej dłoń w swojej.

– To przecież oczywiste – powiedziałem nieco drżącym głosem. – W końcu twój wujek, Manolo i ja byliśmy tak jakby przyjaciółmi.

W tym momencie Manolo, jakby na potwierdzenie tych słów, otarł się o moją nogę.

Na twarzy Loli pojawił się przelotny uśmiech.

– Na to wygląda. – Puściła moją rękę. – Trafisz sam do wyjścia?

– Pewnie – odparłem.

Lola kiwnęła do mnie głową i wyszła z pokoju.

Na korytarzu stało sporo osób i żywiołowo dyskutowało, nikt nie zwrócił na mnie uwagi. Również na klatce schodowej panował rozgardiasz. Wiadomość o tym, co przytrafiło się wujkowi Loli, musiała się rozejść niczym błyskawica. I nie tylko w jego kamienicy.

Kiedy wyszedłem na zewnątrz, wszędzie były otwarte okna i mieszkańcy z ożywieniem rozmawiali ze sobą przez ulicę w tym niezwykłym języku, którym posługiwała się również Lola ze swoją rodziną.

Pięciu chłopaków, którzy wcześniej się we mnie wpatrywali, teraz czekało na mnie przed bramą.

Z bliska mogłem się przekonać, że wcale nie byli już dzieciakami. Mieli na oko po dwadzieścia lat i najwyraźniej obrali mnie sobie na obiekt zaczepek.

Wąska uliczka nagle wydała mi się jeszcze węższa. Miałem wrażenie, że moja klatka piersiowa zostanie zgnieciona przez górujące nade mną rzędy domów. Co powinienem teraz robić?

Spróbowałem ich zignorować i przecisnąć się obok jednego z nich, jednak ten zastąpił mi drogę. Był o głowę ode mnie wyższy, ramiona miał pokryte dzikimi tatuażami, a z kącika ust zwisał mu papieros. Położył prawą dłoń na moim torsie i przycisnął mnie do ściany budynku.

Jedna z kobiet w oknie zawołała coś do chłopaków, jednak ci ją zignorowali. Przywódca bandy ponownie mnie pchnął, tym razem w ramię. A ja nie miałem dokąd się wycofać.

Podniosłem ramiona, żeby obronić się przed razami, które z pewnością miały teraz nastąpić.

W tym momencie jakiś donośny głos zmusił mojego dręczyciela, by się obrócił. To była Lola. Stała w bramie i wrzeszczała na chłopców. Nie rozumiałem nic z tego, co wykrzykiwała. Usłyszałem tylko swoje imię i parokrotnie powtarzane słowo „*gadzio*".

Przywódca próbował odpowiedzieć coś Loli, ale ta nie pozwoliła mu dokończyć. Nie przestając wykrzykiwać, powoli się do nas zbliżała. Oczy błyszczały jej ze złości. Młodzieńcy cofnęli się o krok. Najwyraźniej czuli do niej respekt.

W końcu herszt bandy uniósł ręce w przepraszającym geście i klepnął mnie lekko w ramię.

– W porządku? – zapytał.

Nie było w porządku, mimo to potakująco skinąłem głową. Wspaniała piątka obróciła się i odmaszerowała w górę ulicy.

– Przykro mi – powiedziała Lola. – Niektórzy w naszej dzielnicy nie lubią, kiedy *gadzio* wściubiają tu swoje nosy.

I znowu to słowo.

– Co to znaczy „*gadzio*"? – zapytałem.

– Każdy, kto nie jest *Gitano*.

Pokazałem na domy.

– Tu mieszkają tylko wasi ludzie?

– W przeważającej części. Nie zrozum tego źle. Większość *Kalé* uważa się za Katalończyków i jako *gadzio* nigdy byś nie zauważył, że to są *Gitanos*. Jednak nasze poczucie przynależności do grupy jest dość silne. W naszym domu nie żyjemy obok siebie, tylko wszyscy nawzajem się pilnujemy. A niektórzy wykorzystują pojawienie się obcego jako okazję do zaprezentowania swoich muskułów. – Machnęła głową w stronę znikającej grupki. – Gato i reszta chłopaków wcale nie są źli, choć czasami sprawiają takie wrażenie.

Szczerze w to wątpiłem, ale nic nie powiedziałem.

– Lepiej już idź – powiedziała Lola dobitnie.

– Dziękuję za pomoc – odparłem, lecz ona już się obróciła i zmierzała do domu.

Przez chwilę za nią patrzyłem, po czym ruszyłem w stronę Sant Gervasi.

Czy jeszcze kiedykolwiek ją zobaczę?

Principio Morales

Następnego ranka miałem wrażenie, że to, co przeżyłem poprzedniego dnia, wydarzyło się w dalekiej przeszłości. Wszystko oprócz spotkania Loli. Kiedy myślałem o naszym dotyku, przechodził mnie taki sam dreszcz, jaki odczuwałem podczas naszego spotkania.

Z dziewczynami nie miałem zbyt wiele do czynienia. Co prawda, w naszej klasie było kilku chłopaków, którym w głowie była tylko płeć piękna, ja jednak do nich nie należałem. Nie miałem też najmniejszej ochoty włóczyć się w weekendy po mieście i wdzięczyć do dziewczyn. Nie za bardzo rozumiałem, co w tym może być ekscytującego.

Przynajmniej do tej pory.

Spotkanie z Lolą wszystko zmieniło.

Sam nie wiedziałem, co mnie tak w niej zafascynowało. Jej twarz? Jej oczy? Jej sposób bycia? Wszystko razem?

A co ona myślała o mnie? Czy jeszcze mnie pamiętała, czy też w ogóle nie zaprzątała sobie mną głowy, odkładając mnie na półkę z napisem: „Wystraszony *gadzio*, który przyprowadził Manola"? Bo jednego byłem pewien: nie zostawiłem wczoraj po sobie dobrego wrażenia.

Była sobota i miałem cały dzień do swojej dyspozycji, ponieważ mama i tata wyjątkowo nie zaplanowali mi wycieczki krajoznawczej. Oboje byli zdania, że powinni przybliżać mi skarby Barcelony, abym „mógł bardziej identyfikować się ze swoją nową ojczyzną", jak to ujął tata.

Po śniadaniu przeszedłem się do supermarketu, żeby sprawdzić, czy staruszek przypadkiem nie wrócił. W duchu miałem nadzieję, że to tylko zasłabnięcie. Jednak kiedy dotarłem na miejsce, okazało się, że nie było po nim ani śladu.

Przemknęło mi przez głowę, żeby ponownie odwiedzić Lolę. Była przecież z rodziną w szpitalu i teraz na pewno wiedziała więcej. Jednak mimo że wstawiła się za mną u chłopaków ze swojej dzielnicy, nie dowierzałem im. Doskonale zdawałem sobie sprawę z tego, że żyła w zupełnie innym świecie niż ja, w związku z czym dzisiaj też byłbym tylko intruzem na jej ulicy.

Dlatego najpierw wróciłem do domu i usiadłem przed komputerem. Co dokładnie powiedziała Lola? Nazwała siebie i swoich rodaków „*Kalé*". Postanowiłem to wyguglować. Jedynie Wikipedia podawała informację, że jest to podgrupa Romów, która setki lat temu przywędrowała do Hiszpanii. *Kalé* mieli własny język, który nazywali „*Caló*". Reszta wyników odnosiła się do pewnego rodzaju zielonej kapusty, jednak pisanej bez akcentu nad „e".

Szukałem zatem dalej, tym razem pod terminem „*Roma*". W przeciwieństwie do słowa „*Kalé*" tym razem wyszukiwarka wyrzuciła mi pięćset milionów rezultatów. To też raczej nie zapowiadało niczego dobrego. Kliknąłem to tu, to tam, gdzieniegdzie zatrzymałem się na dłużej i zanim się obejrzałem, minęły dwie godziny. Wprawdzie wiedziałem teraz więcej niż przedtem, jednak nie powiem, żebym nagle stał się ekspertem w tej dziedzinie.

Zanim zdążyłem uporządkować w głowie zebrane do tej pory fakty, mama zawołała mnie na obiad. Mieliśmy jeść tortillę, hiszpański placek ziemniaczany, z sałatką z fasoli, jedno z moich ulubionych dań.

W ciągu tygodnia zachowywaliśmy się jak Hiszpanie i obiad jedliśmy wspólnie wieczorem. Jednak w weekendy wracaliśmy do naszego niemieckiego rytmu, z obiadem w południe i kanapkami na kolację.

Właśnie nałożyliśmy jedzenie na talerze, kiedy zadzwonił dzwonek do drzwi. Mama, wzdychając, wstała i zniknęła w przedpokoju. Usłyszeliśmy, jak zamienia z kimś parę słów, po czym wróciła do pokoju.

– To do ciebie – powiedziała, spoglądając na mnie pytająco.

Za nią do pokoju wszedł wysoki, barczysty mężczyzna. Miał na sobie garnitur, nad jego lewym okiem widniała prawie owalna fioletowa plama. Wiedziałem, że to naczyniak krwionośny. Mój dawny nauczyciel matematyki też miał coś takiego. Znamię w połączeniu z wąskimi ustami i zrośniętymi brwiami nadawało nowo przybyłemu groźny wyraz twarzy.

Tata i ja podnieśliśmy się z krzeseł. Mężczyzna uścisnął nam dłonie i przedstawił się jako Principio Morales.

– Proszę wybaczyć, że przeszkadzam, ale muszę zadać państwa synowi kilka pytań. To nie potrwa długo. – Podał mojemu tacie legitymację.

– Policja? – Tata się zdziwił. – Czy Daniel coś przeskrobał?

Serce mimo woli zaczęło bić mi szybciej. Nie, żebym coś zbroił, tylko zwykle pojawienie się w domu policjanta nie wróżyło niczego dobrego.

– Pana syn nic złego nie zrobił – uspokoił tatę Morales i nieproszony usadowił się przy stole. – Hm, tortilla, moje ulubione danie.

Jeśli liczył na to, że zostanie czymś poczęstowany, najwyraźniej nie znał moich rodziców. Natychmiast przyjęli postawę obronną, tak jak zwykle na wywiadówkach w szkole. Oboje potrafili być dość irytujący, jednak kiedy chodziło o mnie, zawsze pokazywali pazury, za co byłem im bardzo wdzięczny.

Morales szybko się zorientował, że w kwestii poczęstunku nie ma na co liczyć.

– Państwa syn był wczoraj świadkiem pewnego zdarzenia – zaczął. – Pewien stary żebrak miał zawał serca tuż przed supermarketem Caprabo, a państwa syn był zapewne ostatnią osobą, która z nim rozmawiała.

– Staruszek nie żyje? – wyrwało mi się.

Morales przytaknął.

– Zmarł dzisiaj w nocy. – Schował z powrotem do kieszeni legitymację, którą tata mu oddał.

Sytuacja była co najmniej dziwna: tylko Morales siedział przy stole, my w trójkę staliśmy. Jednak teraz i ja usiadłem. Ta wiadomość dosłownie ścięła mnie z nóg.

Głos uwiązł mi w gardle. Mimo że wcale tak dobrze się nie znaliśmy, zdążyła się wytworzyć między nami, staruszkiem i mną, pewna więź. Teraz już nigdy go nie zobaczę. Ani Manola. Ciasteczek dla psów też nie miałem już po co kupować. W tym momencie uświadomiłem sobie, ile te z pozoru nieważne spotkania dla mnie znaczyły. Zrozumiałem też, że już nigdy więcej nie wejdę do tego supermarketu.

– Skąd znałeś tego staruszka? – zapytał policjant.

Odchrząknąłem.

– Z supermarketu – odpowiedziałem. – Codziennie siedział przy drzwiach wejściowych.

– I często z nim rozmawiałeś?

– Nie. – Pokręciłem głową.

– Dlaczego zatem świadkowie donoszą, że zniknąłeś stamtąd z jego torbą i psem?

– Chwileczkę. – Do rozmowy wtrącił się tata. – Co to ma znaczyć? Czy Daniel jest podejrzany o to, że coś ukradł?

– W żadnym wypadku – uspokoił go Morales, jednak jego uśmiech był równie fałszywy, jak jego złote zęby. – Staramy się tylko uzyskać więcej informacji na temat śmierci staruszka. Państwa syn jest jednym ze świadków. – Ponownie zwrócił się do mnie: – Co zrobiłeś z jego rzeczami?

To przyczajone spojrzenie wcale mi się nie podobało. Poza tym zastanawiałem się, skąd wiedział, że akurat wtedy byłem w supermarkecie. I przede wszystkim: skąd znał nasz adres?

– Chciałem je zanieść jego rodzinie – powiedziałem.

– A skąd wiedziałeś, gdzie mieszka?

– Nie wiedziałem. Pomyślałem, że Ma... – Ugryzłem się w język. – Pomyślałem, że pies mnie tam zaprowadzi.

– I? Zaprowadził? – Morales pochylił się nad stołem w moją stronę. Jego naczyniak pulsował, jakby był żyjącym stworem, który ukrył się pod skórą.

Mimowolnie się cofnąłem. Gorączkowo myślałem, co powinienem powiedzieć, bo nie miałem zamiaru zdradzać mu nazwiska Loli.

– Tak i nie – odparłem wymijająco.

– A to co ma znaczyć? – Zmrużył oczy, a jego ton bynajmniej nie był już tak przyjacielski i uniżony jak do tej pory.

– Przepraszam pana – wtrącił się tata. – Powiedział pan, że mój syn jest tylko świadkiem. Zachowuje się pan jednak tak, jakby przesłuchiwał podejrzanego. Może będzie lepiej, jeśli zadzwonimy po naszego prawnika. – To mówiąc wyjął z kieszeni telefon.

Morales podskoczył.

– Proszę się nie denerwować. Przykro mi, jeśli użyłem niewłaściwego tonu. Można powiedzieć, że to choroba zawodowa. – I znów na twarz wypłynął mu fałszywy uśmiech. – Jeszcze tylko jedno pytanie lub dwa i już mnie nie ma.

Tata się zawahał.

– No dobrze – powiedział wreszcie. – Ale proszę się pospieszyć. Chcemy zjeść obiad.

– Naturalnie. – Morales znów przybrał przymilny ton i zwrócił się do mnie: – Gdzie zatem zaniosłeś te rzeczy? Pytam dlatego, że dotąd nie znaleźliśmy żadnych krewnych zmarłego.

Ha! I tym się zdradził! Lola wraz z rodziną udali się wczoraj do szpitala, to wiedziałem. Dobrze, że wykorzystałem ten czas, żeby przygotować sobie odpowiedź.

– Byłem gdzieś w dzielnicy Gràcia – odparłem. – Na niewielkim placu spotkałem kilka osób, które rozpoznały psa, i właśnie im przekazałem torbę z rzeczami staruszka. To wszystko.

– I nie zajrzałeś do torby? – spytał z niedowierzaniem.

O tym rzeczywiście nie pomyślałem. Prawdopodobnie jest to pierwsza rzecz, jaką robi ktoś, kto chce się dowiedzieć, gdzie mieszka właściciel znalezionej reklamówki.

Pokręciłem głową.

– Nie, nie wpadłem na ten pomysł. – Powiedziałem to z głębokim przekonaniem, bo rzeczywiście była to szczera prawda.

Nawet Morales zdawał się to wyczuwać. Na jego twarzy odmalowało się rozczarowanie.

– No cóż, wiem już wszystko, co chciałem usłyszeć – stwierdził. – Proszę wybaczyć to najście.

Rzucił jeszcze jedno badawcze spojrzenie w moją stronę, po czym dał się tacie odprowadzić do drzwi.

Kiedy tata wrócił do pokoju, spojrzał na mnie pytająco.

– Możesz nam wytłumaczyć, o co tutaj chodzi?

Wzruszyłem ramionami. W głowie natychmiast pojawiła mi się myśl, że ten Morales z pewnością będzie próbował namierzyć Lolę. Musiałem ją ostrzec!

– Danielu, zadałem ci pytanie.

– Daj mu spokój. Nie widzisz, że jest w szoku? – usprawiedliwiała mnie mama. – Poza tym jedzenie stygnie.

Tata mruknął coś pod nosem, ale odpuścił. Tortilla zdążyła już ostygnąć, a poza tym nie odczuwałem szczególnego głodu, od chwili kiedy dowiedziałem się o śmierci staruszka. Również rodzice wyraźnie mieli mniejszy apetyt niż zwykle.

Skoro tylko skończyliśmy jeść, twarz taty znowu nabrała pytającego wyrazu.

Poczułem się w obowiązku, żeby coś niecoś im jednak wyjaśnić.

– A więc było dokładnie tak, jak powiedział ten Morales. Przed Caprabo zawsze siedział żebrak z psem, któremu od czasu do czasu dawałem jakiś psi przysmak. To wszystko.

– Naprawdę?

– Tak. A potem zapomnieli o psie, kiedy staruszka zabierali do szpitala, a ja chciałem oddać zwierzaka i torbę jego rodzinie. – Wstałem. – I teraz też muszę tam pójść. Muszę ich ostrzec przed tym Moralesem!

– Nie tak szybko. – Tata uniósł dłoń. – A więc nie powiedziałeś policjantowi całej prawdy.

– Co masz na myśli?

– Powiedziałeś mu, że oddałeś psa i rzeczy jakimś ludziom na placu.

– Powiedziałem tak, bo nie ufam temu człowiekowi.

Tata pokręcił głową na znak, że nic nie rozumie.

– Nie powinieneś się mieszać w sprawy policji. Kto wie, co było w tej torbie? Może staruszek był handlarzem narkotyków, który przed sklepem czekał na swoich klientów.

To właśnie był problem z tatą. Na każdym kroku węszył niebezpieczeństwo w postaci przestępców i oszustów, a ja z mamą regularnie musieliśmy wysłuchiwać, na co bezwzględnie powinniśmy zwracać uwagę, kiedy wychodzimy z domu.

– Staruszek? Nigdy! A poza tym nie wierzę, że ten Morales naprawdę jest policjantem.

– Ja też nie – poparła mnie mama. – Sposób, w jaki wypytywał Daniela, i ten jego ton...

Tata uniósł brwi.

– Jego legitymacja wyglądała raczej na autentyczną.

– A ile widziałeś hiszpańskich legitymacji policyjnych? – zapytała mama.

– Jeśli była sfałszowana, to ta cała sprawa jest tym bardziej kontrowersyjna. To oznaczałoby, że ten Morales jest przestępcą. Wizja tego, że nasz syn jest prześladowany przez jakiegoś gangstera, przeraża mnie jeszcze bardziej niż przesłuchanie policyjne. Dlatego myślę, że będzie lepiej, jeśli zostaniesz w domu. Policjant czy nie, ten człowiek mógł się zaczaić pod domem, żeby zobaczyć, dokąd zaraz pójdziesz.

To wcale nie było głupie. O tym rzeczywiście nie pomyślałem.

– A więc... – Tata machnął ręką. – Opowiedz nam teraz dokładnie, co się naprawdę wczoraj wydarzyło.

Tylko proszę, nie zmuszaj nas, abyśmy wyciągali z ciebie słowo po słowie.

A zatem zdałem im relację ze swojej przygody u *Kalé*. Dokładnie wiedziałem, dlaczego wcześniej nic o tym nie wspomniałem – reakcja taty była przewidywalna.

– *Gitanos* – rzucił z przekąsem. – Powinieneś trzymać się od nich z daleka.

Oczywiście on zawsze ma zdanie na każdy temat.

– Dlaczego?

– Nie mam nic przeciwko tym ludziom – stwierdził. – Ale ich dzielnica nie ma opinii bezpiecznej, a wielu z nich... – szukał odpowiednich słów – nie ima się szczególnie szlachetnych zajęć.

– Chcesz powiedzieć, że to oszuści?

Tata uniósł obie ręce.

– Tego nie powiedziałem. Ale sam pewnie jeszcze pamiętasz, jak było w Niemczech, kiedy ci wszyscy Romowie z Rumunii przybyli do naszego miasta. Z dnia na dzień wzrosła liczba kradzieży i napadów na bankomaty.

– Co to ma wspólnego z ludźmi żyjącymi tutaj?

– To ten sam naród – stwierdził tata. – Wcale nie chcę przez to powiedzieć, że wszyscy są przestępcami, ale te historie, które krążą o nich od pokoleń, nie wzięły się przecież z niczego, prawda?

– Ludzie, których poznałem, nie są żadnymi przestępcami – skwitowałem, choć tak naprawdę nie byłem tego do końca pewien. Mimo to nie mogłem pozostawić opinii taty bez komentarza.

– Możliwe, jednak również tutejsza prasa często pisze o tej dzielnicy. I raptem kilka dni temu media obiegła historia pewnej rodziny Romów z Grecji, która porwała dziewczynkę.

Ha! Tu go miałem! Podczas wcześniejszego guglowania akurat tę wiadomość przeczytałem.

– Masz na myśli tę blond dziewczynkę z niebieskimi oczami, którą przechwycono od rodziny Romów? – zapytałem niewinnie.

Tata przytaknął.

– Dzisiaj rano okazało się, że rzeczywiście była ich krewną, tylko bardzo do nich niepodobną! – zatriumfowałem. – Nie ma zatem mowy o żadnym porwaniu!

Tata uniósł brwi.

– Okej, widzę, że wiesz więcej ode mnie. Jednak nie zmienia to faktu, że to niebezpieczna dzielnica. – Rzucił mi spojrzenie z serii: „Zaufaj mi". – Romowie po prostu się od nas różnią i najlepiej czują się w swojej grupie. To jest fakt.

To akurat sam zauważyłem. Nie chciałem, aby tata, który zapewne nigdy nie postawił nogi w mieszkaniu rodziny Romów, mówił mi teraz, co mam robić, a czego nie. A co miałem robić, było dla mnie zupełnie oczywiste: mimo że nie uśmiechało mi się ponowne spotkanie z bandą Gata, musiałem przecież ostrzec Lolę. Wcześniej czy później Morales na pewno się u niej pojawi. Odczekałem godzinę i kiedy rodzice udali się do sklepu, postanowiłem wyruszyć w drogę. Miałem nadzieję, że zastanę Lolę w domu.

Przed bramą naszego budynku zatrzymałem się i uważnie zlustrowałem ulicę. Niewykluczone, że Morales rzeczywiście się na mnie zaczaił. Nie miałem najmniejszej ochoty na spotkanie z nim sam na sam. I dopiero kiedy się upewniłem, że droga wolna, wyszedłem na chodnik. Przez cały czas oglądałem się za siebie, jednak wyglądało na to, że nikt mnie nie śledził.

Kiedy dotarłem do dzielnicy Loli, po bandzie, która mnie ostatnio dopadła, nie było na szczęście ani śladu. Kilku mężczyzn z butelkami piwa i papierosami w dłoniach stało przed barem. Dwóch chłopaków majstrowało pod maską starego golfa, a na końcu ulicy parę dzieciaków grało w piłkę nożną. Nikt nie zwracał na mnie uwagi.

I wtedy pojawili się zupełnie znikąd.

Czy czyhali na mnie tutaj w jednej z bram? Pozostało to zagadką.

Czułem tylko, jak serce podchodzi mi do gardła.

– No, *gadzio* – ich przywódca się uśmiechnął – nasza Lola chyba wpadła ci w oko.

Ze strachu zaschło mi w gardle i nie mogłem wydobyć z siebie ani słowa.

– Hej, Gato, tylko na niego popatrz! – krzyknął jeden z jego towarzyszy. – Zaraz narobi ze strachu w gacie!

Gato zbliżył się do mnie i dmuchnął mi w twarz dymem z papierosa. Zachowywał się tak, jakby mnie obwąchiwał.

– Nie, Ramón. Pachnie po prostu jak każdy *gadzio*.

Nie mogłem uciec, bo dwóch chłopaków odcięło mi drogę. Rzucać się na nich też nie było sensu, stanowiłem beznadziejną mniejszość. Na jakąkolwiek pomoc nie miałem co liczyć, nikt nie zwracał na nas uwagi.

Najchętniej zapadłbym się pod ziemię. Mimo to zebrałem całą swoją odwagę.

– Puśćcie mnie. Muszę ostrzec Lolę.

– Aha, musisz ją ostrzec, *gadzio*. A przed czym to? Przed inwazją chłopców robiących w gacie? – drwił ze mnie Gato.

Postawiłem wszystko na jedną kartę.

– Po pierwsze nie nazywam się *gadzio*, tylko Daniel. Po drugie co cię to obchodzi? A po trzecie chcę teraz tędy przejść.

Gato odrzucił swojego papierosa. Jego oczy zamieniły się w dwie wąskie szparki.

– Wszystko, co tu, w dzielnicy, się dzieje, bardzo nas obchodzi, *gadzio* – syknął. Podniósł dłoń, a ja zrobiłem unik głową. Nagle jego mięśnie twarzy się rozluźniły i tylko lekko klepnął mnie w policzek. – Jednak dzisiaj poznaj moją wielkoduszność. Możesz przejść dalej.

Dopiero teraz zauważyłem, że od dłuższego czasu wstrzymywałem powietrze. Powoli je wypuściłem, tak żeby nie zauważył, jak bardzo mi ulżyło.

– Dzięki – powiedziałem.

– Myślałem, że jeszcze z nim trochę pofiglujemy – poskarżył się Ramón.

Gato obrócił się w jego stronę.

– Jak mówię, że może iść, to może iść. Masz coś przeciwko temu?

Ramón spuścił wzrok.

– Spoko, Gato.

– No to się rozumiemy. – Z powrotem obrócił się do mnie. – A ty, *gadzio*, nie myśl sobie, że za każdym razem uda ci się tak łatwo wywinąć.

Wykonał nakazujący gest ręką i jego kumple niechętnie zeszli mi z drogi.

Powoli ruszyłem do przodu. Musiałem się przy tym bardzo pilnować, żeby nie zacząć biec. Najważniejsze, że mnie puścili i minutę później, zlany potem, stałem przed domem Loli.

Brama znów była otwarta, więc mogłem wejść na drugie piętro. Tutaj również bez użycia dzwonka dostałem się do mieszkania. Zatrzymałem się w przedpokoju. Z końca korytarza usłyszałem kobiece głosy i pobrzękiwania garnków. Nieśmiało postąpiłem kilka kroków w ich kierunku, kiedy z drzwi wyszła Lola z dużym srebrnym garnkiem w dłoni. Gdy mnie ujrzała, zatrzymała się.

– Czego tutaj szukasz? – zapytała niezbyt przyjaźnie.

Nie czekając na odpowiedź, weszła do przeciwległego pokoju i postawiła garnek na stole, który był już zastawiony półmiskami i innymi naczyniami.

Dwie kobiety, które kroiły warzywa przy sąsiednim stole, spojrzały z zaciekawieniem, kiedy wszedłem za Lolą do pokoju.

– Koniecznie muszę z tobą porozmawiać – odpowiedziałem. – Czy to wszystko tutaj to...?

– Przygotowania do pogrzebu wujka, tak – dokończyła Lola. Złapała mnie za rękę i wyciągnęła z pokoju. – Chodź. Tutaj tylko przeszkadzamy.

Wyszliśmy z domu i zatrzymaliśmy się kilka metrów dalej.

Bez zbędnych dygresji opowiedziałem jej o wizycie rzekomego policjanta.

– Wiesz może, dlaczego ktoś tak bardzo interesuje się twoim wujkiem? – spytałem.

W zamyśleniu pokręciła głową.

– Nie mam pojęcia. Wujek nigdy nie skrzywdził nawet muchy. Jesteś pewien, że to nie był policjant?

– Zupełnie pewien – odparłem. – Prawdziwy policjant wiedziałby, że byliście w szpitalu. A jeśli znalazł mnie, was również znajdzie.

Lola się roześmiała.

– Możliwe. Jednak na pewno mu się tu nie spodoba.

– Co masz na myśli?

– Jak już mówiłam, trzymamy się razem i pilnujemy nawzajem.

– Już wczoraj to zauważyłem – mruknąłem.

– Masz na myśli Gata i jego kumpli?

Kiwnąłem głową.

– Dzisiaj też wszedłem mu w drogę.

Lola uniosła brwi.

– I po prostu cię przepuścił?

– Nie tak po prostu. Ale najwyraźniej nie miał ochoty przyłożyć komuś, kto jest o wiele słabszy od niego.

Lola położyła rękę na moim ramieniu.

– Nie umniejszaj sobie. Przyszedłeś tu z Manolem i rzeczami mojego wujka, nie każdy by tak postąpił. Jesteś przyjacielem. Gato udaje groźniejszego, niż jest w rzeczywistości.

Te słowa oraz ciepło jej dłoni na moim ramieniu bardzo dobrze mi zrobiły. Mógłbym tak stać całą wieczność.

Jednak Lola o wiele za szybko zabrała swoją dłoń. Zastanawiała się przez chwilę.

– Znałeś mojego wujka i jesteś ostatnią osobą, która go widziała i z nim rozmawiała. – Spojrzała na mnie z powagą. – Myślę, że twoja obecność na pogrzebie byłaby jak najbardziej na miejscu. Przyjdziesz?

Nie wiedziałem, co odpowiedzieć. Pogrzeby nie należały do moich ulubionych imprez. Do tej pory uczestniczyłem w dwóch – jednego z dziadków i brata mojej mamy. Oba były przeraźliwie przejmujące i jeszcze kilka dni po nich czułem się okropnie. Byłem jednak gotów na wszystko, byle tylko znów zobaczyć Lolę.

– Chętnie przyjdę – odparłem w końcu. – Jesteś pewna, że twoi krewni się na to zgodzą?

– Jasne. – Powiedziała to z takim przekonaniem, jakby sama była głową rodziny.

Podziwiałem jej pewność siebie, która uderzyła mnie już przy naszym pierwszym spotkaniu.

– Wyjeżdżamy stąd jutro o dziesiątej rano. Najlepiej będzie, jeśli przyjdziesz od razu na cmentarz. Pogrzeb rozpocznie się o jedenastej.

– Okej – odparłem. – Nie wiem tylko, czy mam w domu odpowiednie ubranie.

Lola się uśmiechnęła.

– Tym się w ogóle nie przejmuj. Przyjdź po prostu tak jak teraz. – Podała mi nazwę cmentarza, po czym jej twarz znowu spoważniała. – Do jutra, Danielu. I jeszcze raz wielkie dzięki za ostrzeżenie. Przekażę to innym, będziemy czujni.

– Do jutra – odpowiedziałem.

Przez chwilę staliśmy tam, oboje niezdecydowani, wreszcie Lola się odwróciła i weszła do domu.

W drodze powrotnej mój mózg gorączkowo pracował. Do rozwiązania miałem jeden istotny problem: tata nigdy nie pozwoli mi na wzięcie udziału w tym pogrzebie.

Tajemnicze zadanie

Ciężkie czasy wymagają podejmowania ciężkich decyzji.

Kiedy próbowałem potajemnie wślizgnąć się do domu po wyprawie do Gràcia, tata autorytarnie zastąpił mi drogę. Jeszcze w drzwiach wejściowych wziął mnie w krzyżowy ogień pytań.

Oczywiście na początku nawet nie pisnąłem o swojej wizycie u Loli, powiedziałem, że byłem na przechadzce po mieście, jednak tata znał mnie zbyt dobrze, aby dać się na to nabrać. W końcu przyznałem, że poszedłem ostrzec *Kalé* przed Moralesem.

– Myślałem, że jesteś mądrzejszy, Danielu – skarcił mnie. – Przecież rozmawialiśmy o tym, że ten podejrzany typ podający się za policjanta mógł się gdzieś na ciebie zaczaić. A ty zachowujesz się tak, jakby nic się nie wydarzyło.

– Nie, to t y się tak zachowujesz! – krzyknąłem. – Oczekujesz, że będę siedział w domu, podczas gdy moim przyjaciołom grozi niebezpieczeństwo!

– Twoim przyjaciołom? To *Gitanos* są już twoimi przyjaciółmi? – Tata z niedowierzaniem pokręcił głową. – Nigdy nie zostaniesz ich przyjacielem! Tylko cię wykorzystają. I dlatego już więcej tam nie pójdziesz. Rozumiemy się?

Kiedy tata przyjmuje ten ton, wszelka dalsza dyskusja z nim nie ma sensu – zdołałem się o tym dotkliwie przekonać w ciągu ostatnich paru lat. Dlatego przełknąłem odpowiedź, milcząco przytaknąłem i wycofałem się do swojego pokoju.

I teraz siedziałem w nim z telefonem w ręce.

Przede mną leżała lista z adresami i numerami telefonów wszystkich uczennic i uczniów z mojej klasy. Jeszcze raz głęboko zaczerpnąłem powietrza, po czym wybrałem numer.

Rozległy się trzy sygnały, a potem na drugim końcu linii odezwał się kobiecy głos:

– *Dígame*.

To kolejny zwyczaj w Hiszpanii tak bardzo odmienny od naszych. Podczas gdy w Niemczech, odbierając słuchawkę, przedstawiamy się lub mówimy „halo", Hiszpanie mówią: „Mów do mnie!". Co uczyniłem.

– Dobry wieczór. Mówi Daniel Herbst. Czy mógłbym rozmawiać z Jakobem?

– Daniel! Ależ on się ucieszy! Już nam powiedział, że zostaliście przyjaciółmi. Koniecznie musisz nas odwiedzić! Poczekaj, już cię przełączam.

Coś kliknęło w połączeniu. Aha, więc byliśmy przyjaciółmi. Bardzo interesujące. Zaraz się o tym przekonamy.

– Cześć, Daniel! – W telefonie usłyszałem głos Jakoba.

– Cześć – odpowiedziałem. – Czy to była twoja mama?

– *Sí* – potwierdził.

– Opowiedziałeś jej o mnie. – To nie było pytanie, tylko stwierdzenie.

– Tak, ale nie za wiele. Tylko tyle, że jesteś nowy w klasie i tak dalej. Zawsze chce wiedzieć, co się wydarzyło w szkole.

– Mhm – mruknąłem. – I powiedziałeś jej, że się przyjaźnimy?

– No tak – przyznał z ociąganiem. – Mama uważa, że koniecznie muszę mieć kilku przyjaciół, nie? Powiedziałem jej więc to, żeby oszczędziła mi kazań.

– Mhm – mruknąłem ponownie. – To może mógłbyś wyświadczyć mi przysługę, jak to robią przyjaciele?

– No jasne. O co chodzi?

W krótkich słowach przedstawiłem mu sytuację.

– Pomyślałem, że mógłbyś mnie do siebie zaprosić, a jutro rano pojechałbym od ciebie na pogrzeb i moi rodzice niczego by się nie domyślili.

– Nie ma problemu.

Czy w jego głosie zabrzmiała nutka euforii? Bardzo możliwe. Byłem prawdopodobnie pierwszą osobą z naszej klasy, która chciała go odwiedzić. I najwyraźniej wcale nie przeszkadzało mu to, że chciałem go wykorzystać tylko jako alibi. Prawie zrobiło mi się go żal. Swoją drogą zwiedzanie hiszpańskich supermarketów w związku z brakiem przyjaciół nie było dużo lepsze.

Umówiliśmy się na konkretną godzinę i już miałem kończyć rozmowę, kiedy Jakob zaskoczył mnie ostatnim zdaniem.

– Jeśli mam ci pomóc, miałbym jednak warunek. Chciałbym poznać twoich przyjaciół *Kalé*.

– To się nie uda – wyrwało mi się.

– Dlaczego nie?

– Ponieważ... – Zająknąłem się, gorączkowo szukając jakiegoś sensownego wyjaśnienia. Przecież nie mogłem powiedzieć, że po prostu nie chciałem, aby był tam ze mną.

– Jeśli tego nie zrobisz, nie będę mógł ci pomóc.

Zatkało mnie. Co mu przyszło do głowy, żeby stawiać mi takie żądanie?

– Przecież jedno z drugim nie ma nic wspólnego! – krzyknąłem.

– Moim zdaniem ma. Ja pomogę ci spotkać się z twoimi przyjaciółmi i ty też pomożesz mi się z nimi spotkać. Logiczne, nie?

Zacisnąłem zęby. No ładnie. Cóż mi pozostało? Teraz najważniejsze było dotarcie na pogrzeb, wszystko inne dopiero się okaże.

– No dobrze – powiedziałem.

– Umowa?

– Umowa – mruknąłem niechętnie.

– W takim razie pomyślności!

To był szwajcarski niemiecki, jak się domyśliłem. W Niemczech mówimy „Powodzenia!". Jakob nie zawsze był w stanie ukryć swoje pochodzenie z Bazylei. Tu i tam do jego języka wkradały się wyrażenia z jego regionu, na przykład „nie?", którym kończył co drugie zdanie.

Odłożyłem telefon i zapatrzyłem się w okno.

W co się właśnie wpakowałem?

* * *

Około dziewiątej wieczorem tata podwiózł mnie autem do mieszkania Jakoba, mimo że było oddalone od naszego tylko o kilka ulic. Zaproponował mi to jako przysługę, jednak dobrze wiedziałem, o co tak naprawdę chodziło. Chciał się upewnić, że naprawdę idę do Jakoba, a nie do swoich przyjaciół *Gitanos*.

Odprowadził mnie do drzwi i zamienił jeszcze parę słów z rodzicami Jakoba, podczas gdy my już poszliśmy do jego pokoju.

Byłem pod wrażeniem.

Pokój Jakoba był dwa razy większy od mojego. Na jednej ze ścian ustawiono sięgający do sufitu regał z książkami. Wiedziałem, że sporo czyta, jednak nie spodziewałem się aż takiej ilości.

Pod oknem stało jednoosobowe łóżko. Przy ścianie tuż obok rozciągało się biurko, na którym cicho szumiało kilka komputerów bez obudowy. Były połączone poskręcanymi kablami ze sobą oraz z różnymi innymi urządzeniami. Niektóre zidentyfikowałem jako zewnętrzne dyski twarde lub stare komórki. Pozostałe były mi zupełnie nieznane.

– GPS do namierzania, moduł szyfrowania i takie tam – wyjaśnił Jakob, machając ręką w stronę stołu, kiedy spostrzegł moje zainteresowanie. – Zwłaszcza to tutaj jest mocne. – Wskazał na niezwykłą konstrukcję na końcu stołu. – Drukarka 3D – wyjaśnił z dumą.

Wprawdzie czytałem o tym, ale jeszcze nigdy nie widziałem jej na własne oczy.

– Co z nią robisz? – zapytałem.

– Na razie niewiele, nie? – odparł. – Na razie rozpracowuję *software*.

– A potem?

– Chcę drukować na niej swoje wynalazki – odparł podekscytowany.

– A co takiego już wynalazłeś?

– Jeszcze nic, ale mam parę pomysłów. Chcesz się przyłączyć?

– Zobaczę – odpowiedziałem niezobowiązująco.

Brzmiało to ciekawie, jednak wizja spędzania czasu z Jakobem również poza szkołą nieco mnie odstraszała. Poza tym nie byłem takim maniakiem komputerowym. Wprawdzie grałem i rozmawiałem przez Skype'a ze starymi kolegami z klasy, jednak poza tym komputery zbytnio mnie nie interesowały.

Przez okno zobaczyłem, jak tata wsiada do samochodu i odjeżdża. Jakob próbował wycisnąć ze mnie jak najwięcej informacji o staruszku i moich przygodach u *Kalé*, więc ucieszyłem się, kiedy jego mama wreszcie zawołała nas na kolację.

Wieczorem Jakob opowiedział mi jeszcze co nieco o swoich wynalazkach i dość wcześnie poszliśmy spać.

Następnego dnia już o ósmej rano zasiedliśmy do śniadania. Na szczęście w rodzinie Jakoba nie było to nic niezwykłego, wszyscy byli rannymi ptaszkami. W przeciwieństwie do mnie.

Tuż po dziewiątej wyszliśmy z domu. Rodzicom Jakoba powiedzieliśmy, że idziemy do Barcelonety, dzielnicy z miejską plażą, gdzie mieliśmy się spotkać z dzieciakami z klasy.

Rozstaliśmy się przy Avenida Diagonal. Ja wsiadłem do autobusu, który zawiózł mnie bezpośrednio na cmentarz, gdzie miał być pochowany staruszek, Jakob poszedł dalej w kierunku centrum miasta. Nie wiedziałem, co zamierzał robić, i nawet go o to nie pytałem. Może rzeczywiście miał zamiar pójść na plażę. Uzgodniliśmy, że spotkamy się w tym samym miejscu o trzeciej po południu.

Cmentarz leżał poza centrum i był dość ruchliwy. Poza tym okazał się ogromny, więc zacząłem się trochę martwić, jak zdołam odnaleźć tu Lolę. Wiele osób, głównie ubrane na czarno starsze panie, siedziało w wąskich alejkach na ławkach przed wysokimi grobowcami z urnami.

Wszedłem bocznym wejściem. Grobowce z urnami umieszczono na lekkim podwyższeniu, na którego końcu znajdowała się alejka prowadząca do normalnych grobów.

Właśnie się zastanawiałem, w którą stronę powinienem iść, kiedy w oddali zobaczyłem, że ktoś do mnie macha.

To była Lola.

Mimo tych smutnych okoliczności poczułem, jak serce z radości bije mi mocniej.

Stała w grupce kobiet i mężczyzn pod drzewem niedaleko głównego wejścia na cmentarz. Czyżby byli to wszyscy uczestnicy pogrzebu?

Założyłem czarne spodnie i ciemnoniebieską koszulę, żeby choć trochę dopasować się do towarzystwa, tymczasem Lola miała na sobie dżinsy z łatami i kolorową koszulkę, co niezbyt pasowało do takiej okazji. W każdym razie wyglądała w tych rzeczach świetnie, jak zapewne we wszystkim, co na siebie włożyła.

Przywitaliśmy się i Lola przedstawiła mi dorosłych, którzy stali obok niej. Oni również nie byli ubrani tak, jak można by się spodziewać przy okazji pogrzebu. W dżinsach i kolorowych koszulach wyglądali jak co dzień.

Nie wiedziałem za bardzo, co mam powiedzieć. Moje dotychczasowe doświadczenia z dziewczynami były, jak już wspomniałem, bardzo ograniczone, a tak naprawdę, nie owijając w bawełnę, wcale ich nie było. Odeszliśmy nieco na bok.

– Czy już wiadomo, na co właściwie umarł twój wujek? – zapytałem wreszcie.

Lola przytaknęła.

– Miał zawał serca.

– A więc nikt...

Pokręciła głową.

– Już od jakiegoś czasu miał problemy z sercem. Właściwie spodziewaliśmy się, że któregoś dnia do tego dojdzie.

Staruszek zmarł zatem śmiercią naturalną. Więc dlaczego akurat w tym momencie pojawił się u nas ten Morales?

– O, idzie Antonio! – zawołała nagle Lola.

– Kto to Antonio? – zapytałem.

Radosny ton jej głosu sprawił, że od razu mimo woli poczułem niechęć do Antonia.

– Mój kuzyn. Przyleciał z Nowego Jorku specjalnie na pogrzeb. Poczekaj tu chwilę.

Podbiegła do młodego mężczyzny, który właśnie wszedł przez bramę, i rzuciła mu się na szyję. Długo się obejmowali, aż w końcu Lola pociągnęła go w moim kierunku.

Chłopak mógł mieć około dwudziestu lat. Miał T-shirt z napisem FAGIC*, czarne, kręcone włosy i radosne oczy. Nieco się zawstydziłem z powodu nieufności, jaką w pierwszej chwili do niego poczułem.

Przywitał mnie przybiciem piątki.

– Jesteś więc *gadzio* Loli – rzucił z uśmiechem.

Musiałem wyglądać na nieco urażonego, ponieważ natychmiast uniósł ręce w przepraszającym geście.

– Hej, to tylko żart. Jestem ci bardzo wdzięczny za to, że przyprowadziłeś Manola i przekazałeś Loli informację.

– Antonio i wujek Juan byli sobie bardzo bliscy – wyjaśniła Lola.

– O ile w ogóle można w jego przypadku mówić o bliskości – wtrącił się Antonio. – Od śmierci abueli** Luisy żył w swoim świecie.

– Jednak ciebie lubił najbardziej z nas wszystkich – stwierdziła Lola.

Antonio wzruszył ramionami.

* FAGIC – skrót od *Federación de Asociaciones Gitanas de Cataluña* – Organizacja Cyganów w Katalonii.

** *Abuela, abuelo* – (hiszp.) babcia, dziadek.

– Zgadza się. Mimo to nie wiem, co go tak dręczyło w ostatnich latach. I dlaczego spędzał dni przed supermarketem, gdzie go spotkałeś, Danielu.

– Nie zrobił na mnie wrażenia osoby nieszczęśliwej – powiedziałem. – Wręcz przeciwnie, prawie zawsze wyglądał na bardzo zadowolonego. Siedział tam i obserwował ludzi.

– Cieszy mnie to, co mówisz. Ale wiem, że pewna sprawa nie dawała mu spokoju. Niestety nie chciał o tym rozmawiać.

– Idą – przerwała nam Lola.

Przez cmentarz w marszowym tempie posuwał się czarny karawan, na dachu i po bokach przystrojony wieńcami i kwiatami. Za nim podążało około czterdziestu osób, mężczyzn, kobiet i dzieci, w większości ubranych w codzienne stroje. Na końcu szło czterech starszych mężczyzn w kapeluszach i z gitarami w rękach. Jako jedyni mieli na sobie garnitury. Lola, Antonio i ja dołączyliśmy do procesji.

Nie zauważyłem szczególnie wielkiego smutku, po prostu uczestnicy niewielkiego pochodu mało się odzywali. Być może przyczyna leżała w tym, że staruszek był samotnikiem, a wśród obecnych nie było już żadnej jego najbliższej rodziny. A może był to zwyczaj panujący wśród *Kalé*.

Po kilku minutach karawan zatrzymał się przed jedną z bocznych alejek. Antonio i pięciu innych mężczyzn wystąpiło do przodu, podczas gdy kierowca i jego pomocnik otworzyli tylne drzwi. Wewnątrz spoczywała biała trumna, również ozdobiona kwiatami. Trudno mi było sobie wyobrazić, że leżał w niej staruszek, którego widziałem jeszcze przed kilkoma dniami! Znowu poczułem ucisk w gardle. Musiałem głośno przełknąć ślinę.

Antonio i mężczyźni podnieśli trumnę na ramiona. Czterej gitarzyści stanęli za nimi i zaczęli grać.

Spodziewałem się jakiejś rzewnej melodii, tymczasem był to rytmiczny, pełen życia kawałek. Mężczyźni z trumną powoli kroczyli w stronę przygotowanego grobu.

– To rumba catalana – szepnęła mi do ucha Lola – muzyka wymyślona przez *Gitanos* w Barcelonie. Wujek Juan bardzo ją lubił. Wcześniej sam grał w zespole na gitarze, dopóki nie przeszkodził mu w tym artretyzm.

Cała ta scena wydawała mi się w jakiś sposób nierealna. Na błękitnym niebie świeciło słońce, zespół grał rytmiczną muzykę, ludzie lekko poruszali się w jej takt – a tuż przed nimi składano człowieka do grobu. Takiego pogrzebu jeszcze nigdy nie widziałem, nawet na filmie.

Procesja zatrzymała się przed świeżo wykopanym grobem. Tutaj czekał już na nas ksiądz. Muzyka ucichła. Podczas gdy ksiądz, poruszając kadzidłem, intonował modły, tragarze zaczęli powoli spuszczać trumnę na długich linach do grobu.

Kapłan wygłosił jeszcze parę słów, po czym część oficjalna się zakończyła. Goście pogrzebowi jeden za drugim podchodzili do grobu, żeby wrzucić doń garść ziemi. Na końcu napełnili ziemią plastikowe lub papierowe torebki, które przynieśli ze sobą.

– To z powodu *mulo* – wyjaśniła mi Lola. – Wielu *Gitanos* wierzy, że zmarły może wrócić jako duch. Nie na zawsze, ale na jakiś czas. I dopiero potem może zostać przyjęty do wspólnoty przodków. I żeby w międzyczasie nie wyrządził nam niczego złego, zabieramy z grobu trochę ziemi i wrzucamy ją do studni. W ten sposób *mulo* ma się nią udławić.

Uznałem to za dość okrutny zwyczaj i raczej niezbyt miły w stosunku do *mulo*. Duch staruszka z pewnością nie wyrządziłby nikomu krzywdy, podejmowanie więc takich działań, na wypadek gdyby się pojawił, było po prostu brutalne. Jednak kiedy nadeszła nasza kolej, Lola również wyjęła z kieszeni plastikową torebkę i nasypała do niej ziemi.

Gdy muzycy powrócili do grania, po księdzu już dawno nie było śladu. Być może jako porządny katolik nie chciał być świadkiem takich pogańskich zwyczajów.

Po zakończeniu wszyscy ruszyliśmy do wyjścia.

– Idziesz z nami do domu, prawda? – zapytał mnie Antonio.

Tymczasem nastała już dwunasta. Nie miałem zbyt wiele czasu, ale naturalnie przyjąłem zaproszenie.

Razem z Antoniem wsiadłem do półciężarówki, której kierowcę Antonio przedstawił mi jako wujka Ricarda. Nie byłem pewien, czy rzeczywiście był to jego wujek, czy to ogólne określenie starych znajomych.

Podczas drogi do domu wujek Ricardo i Antonio prowadzili ożywioną rozmowę, z której niewiele zrozumiałem. Jednak kilkakrotnie słyszałem imię „Juan", co oznaczało, że musieli rozmawiać o staruszku, którego właśnie pochowaliśmy.

W Gràcia całe towarzystwo wepchnęło się do mieszkania rodziców Loli. Uderzyło mnie, że do tej pory jeszcze ich nie poznałem. Czy jej matką była kobieta, która powitała mnie przy drzwiach podczas mojej pierwszej wizyty? A który z mężczyzn był jej ojcem? Na pewno miała jakieś rodzeństwo.

Musiałem jeszcze trochę poczekać na odpowiedzi, ponieważ Lola wyprowadziła mnie z dala od zamieszania do swojego pokoju. W porównaniu z moim pokojem czy pokojem Jakoba był malutki. Całe umeblowanie składało się z wąskiego łóżka, starej szafy na ubrania, biurka z leżącymi na nim książkami i zeszytami i niskiego regału na książki. Na jednej ze ścian wisiała ogromna czarno-biała fotografia surowo spoglądającej kobiety z zaczesanymi do tyłu włosami. Czyżby to była matka Loli? Ale kto wiesza zdjęcie matki w swoim pokoju?

Właśnie miałem ją o nie zapytać, kiedy usłyszeliśmy donośne głosy dochodzące z przedpokoju. Jeden z nich należał do Antonia, który najwyraźniej kłócił się z innymi mężczyznami.

Spojrzałem pytająco na Lolę.

– Chodzi o spadek po wujku – wyjaśniła. – Antonio poprosił rodzinę o pomoc, ale oni nie chcą.

Ta wiadomość zbiła mnie z tropu.

– Czego nie chcą? Spadku?

Lola dała znak ręką, abym zamilkł.

Wsłuchiwaliśmy się w wymianę zdań, która stawała się coraz bardziej gwałtowna. Poczułem się dość nieswojo. Może powinienem sobie pójść?

W tej chwili do pokoju wpadł Antonio, a za nim fala podniesionych głosów. Obrócił się w drzwiach, krzyknął coś do pozostałych, po czym rzucił się na łóżko.

– Zakute łby! – wrzasnął zagniewany.

Jakiś mężczyzna zajrzał przez drzwi do pokoju i coś do Antonia odkrzyknął. Zamiast odpowiedzieć, Antonio tylko machnął ręką i mężczyzna znowu zniknął.

Antonio ukrył twarz w dłoniach. Lola i ja czekaliśmy w milczeniu.

Wreszcie na nas spojrzał. Napięcie ustąpiło z twarzy i jego spojrzenie znowu było przyjacielskie jak przedtem.

– Na pewno się zastanawiacie, o co nam chodziło, tak? – zapytał.

Przytaknęliśmy niemal równocześnie.

– Mój dziadek nie był zwykłym człowiekiem, piastował bardzo ważny urząd – wyjaśnił. – Miał za zadanie czegoś strzec.

– Czego? – zapytała Lola.

Zauważyłem, że jej ciekawość została rozbudzona, podobnie jak moja.

Jej kuzyn wzruszył ramionami.

– Tego nikt tak do końca nie wie. Prawdopodobnie jest to przedmiot, który przybył do Hiszpanii z pierwszymi *Kalé* i któremu przypisuje się ogromną moc. – Uniósł ręce, kiedy zobaczył wyraz oczekiwania na naszych twarzach. – Nie wiem, jaka to moc, co to za przedmiot ani gdzie został ukryty. Wiem tylko, że jeden z nas powinien go strzec przed tym, aby nie wpadł w niepowołane ręce. Tak przynajmniej głosi legenda.

– I ty w to wierzysz? – zapytałem sceptycznie. – Czy to nie jest po prostu tylko legenda?

Antonio się uśmiechnął.

– To, co dla jednego jest legendą, dla drugiego będzie prawdą. Jak myślisz, dlaczego Schliemann odnalazł Troję? Ponieważ uwierzył w legendę.

– Zatem wierzysz w legendę o tym przedmiocie, którego należy strzec?

Pokiwał głową.

– Ale jak można czegoś strzec, skoro się nie wie, co to jest ani gdzie się znajduje?

Antonio zerwał się z łóżka.

– I właśnie to musimy ustalić!

– My? – Nie kryłem zdumienia. – Dlaczego nie pozostawisz tego temu, kto...? – Już gdy to mówiłem, zdałem sobie sprawę, co tu się naprawdę dzieje. – Ty jesteś tym, który ma przejąć zadanie twojego dziadka! – zawołałem.

Znowu przytaknął.

– Nikogo z pozostałych to nie interesuje. Uważają, że to przesąd, nonsens i strata czasu. Są tacy nowocześni, ci Cyganie! Jednak abuelo Juan był nowocześniejszy niż oni wszyscy razem.

– Ale ty nie robisz tego dlatego, że nikt inny nie chce, ani z powodu starej legendy – stwierdziła Lola. – Znam cię. Za tym kryje się coś więcej.

– Legendy to część historii naszego narodu – stwierdził Antonio. – Dzięki nim jesteśmy tym, kim jesteśmy. Mimo że w Nowym Jorku kręcę eksperymentalne filmy, nie jestem przesądny i ciężko mnie odróżnić od *gadzio*, zawsze pozostanę *Kalé*. Ponieważ nie zapominam, skąd się wywodzę.

Zacząłem się w tym trochę gubić. Uważał, że nie jest przesądny, a jednak wziął z grobu garść ziemi do odganiania *mulo*, a teraz miał zamiar podążyć za legendą swojego ludu?

Antonio zauważył moją sceptyczną minę.

– Spójrz na to w ten sposób: my, *Kalé*, od stuleci jesteśmy postrzegani jako outsiderzy, ponieważ większość Hiszpanów nie wierzy w to, że wnosimy coś do ich dorobku kulturalnego. Nawet kiedy im mówimy, że bez nas nie mieliby flamenco ani rumby catalana, tylko wzruszają ramionami i puszczają to w niepamięć. Jednak wielusetletni przedmiot, który został przez nas przywieziony do kraju, to zupełnie coś innego. Tego nie mogą tak po prostu ignorować.

– Zatem nie chcesz strzec tego przedmiotu, chcesz go odszukać – domyśliła się Lola.

Antonio przytaknął.

– Jestem przekonany, że w tej legendzie kryje się ziarno prawdy. Abuelo Juan nie był fantastą. Dlatego chcę się dowiedzieć o tym wszystkiego, co tylko można. – Spojrzał na nas z powagą na twarzy. – Ale potrzebuję pomocy. Mogę na was liczyć?

– Oczywiście! – zawołała Lola. – Pomożemy ci. Prawda, Danielu? – Leciutko mnie szturchnęła.

Ja też nie miałem wątpliwości, co odpowiedzieć. Szukanie tajemniczego przedmiotu było tysiąckroć bardziej interesujące niż bezcelowe snucie się po ulicach. Poza tym miałbym okazję do częstszych spotkań z Lolą.

– No pewnie – powiedziałem. – Możecie na mnie liczyć.

Antonio się uśmiechnął.

– Pokażemy im wszystkim, co?

– Pokażemy! – potwierdziłem, mimo że do końca nie wiedziałem, kogo dokładnie ma na myśli: swoją rodzinę czy Hiszpanów ogólnie.

– Od czego zaczynamy? – zapytała Lola.

– Najlepiej od przejrzenia tych paru rzeczy po abuelu Juanie – zaproponował Antonio.

Zniknął z pokoju i po kilku sekundach wrócił ze starą skórzaną walizką w ręce.

– To wszystko, co po sobie zostawił – powiedział, kładąc walizkę na stoliku i otwierając wieko.

Z faktu, że Antonio był spadkobiercą swojego dziadka, wywnioskowałem, że jego rodzice umarli i nie miał żadnego rodzeństwa.

Zawartość walizki w głównej mierze składała się z części garderoby, które starannie rozłożyliśmy na sofie: trzy koszule, trzy pary spodni, szelki, para półbutów, kilka par skarpet, podkoszulki, bielizna oraz marynarka. Wprawdzie wszystko było znoszone, ale czyste, oprócz trzech jedwabnych chusteczek w etui, które wyglądały na nieużywane.

W walizce była też stara, oprawiona w skórę książka. Antonio ostrożnie ją wyjął.

– *Mongołowie* – przeczytał tytuł.

Przekartkował ją. Grzbiet odpadał w kilku miejscach, okładka była zniszczona, a strony pożółkłe i z pozaginanymi rogami.

– Książka historyczna o Mongołach – powiedział. – Nawet nie wiedziałem, że abuelo Juan się tym interesował. Wcześniej dużo czytał, przeważnie powieści, ale po śmierci abueli Luisy już nigdy nie widziałem go z książką w ręce.

Zamknął tom i również położył na łóżku. Niczego więcej w walizce nie było. Antonio przejechał palcem po podszewce, by sprawdzić, czy przypadkiem pod nią nic się nie ukrywało, jednak niczego nie znalazł.

– Wygląda na to, że będziemy musieli zacząć od zera. – Westchnął i przystąpił do wkładania rzeczy z powrotem do walizki.

– Naprawdę nie masz najmniejszego pojęcia, czego takiego mógł strzec? – zapytałem. – Może ktoś z waszych krewnych będzie wiedział.

Lola pokręciła głową.

– Wuj był raczej odludkiem. Nie miał dobrego kontaktu z resztą rodziny. W ostatnich latach całymi dniami przebywał poza domem, a podczas wspólnych posiłków prawie nigdy nie uczestniczył w rozmowach. Ze mną przeważnie rozmawiał o Manolu. Kiedy byłam mniejsza, pozwalał mi go wyprowadzać.

Całkiem zapomniałem o psie.

– A gdzie jest teraz Manolo?

– U przyjaciół w Walencji – odparła Lola. – Tutaj nie miałby kto się nim zająć, a tam ma dobrą opiekę.

– Och. – Ta odpowiedź nieco mnie rozczarowała, choć do końca nie wiedziałem dlaczego. – Nie chciałaś go zatrzymać?

– Codziennie jestem w szkole, a moi rodzice pracują. Antonio zaś wędruje po dalekim świecie...

– Tylko mi nie zazdrość. – Jej kuzyn się zaśmiał. – Lola czasami przesadza – zwrócił się do mnie. – Studiuję tutaj, w *Bajarí*, i od czasu do czasu podróżuję w związku ze swoimi projektami.

– *Bajarí*?

– Och, przepraszam, tak nazywamy w naszym języku Barcelonę. Sam widzisz: tak długo tu jesteśmy, że mamy nawet własną nazwę dla tego miasta. Teraz opowiedz mi jeszcze raz o tym rzekomym policjancie, który się u ciebie zjawił.

Opowiedziałem mu krótko o Moralesie, o ile w ogóle tak się nazywał.

Antonio się zamyślił.

– Jeśli ten człowiek rzeczywiście jest oszustem, to może ma to coś wspólnego z przedmiotem, którego poszukujemy, nie sądzicie? W takim razie musiał obserwować abuela Juana. Skąd w przeciwnym razie wiedziałby o twoim istnieniu? A to oznacza, że będziemy musieli zachować dużą ostrożność podczas naszych poszukiwań.

To niestety znacznie osłabiło mój zapał do poszukiwania skarbu. Nie miałem najmniejszej ochoty na ponowne spotkanie z Moralesem. Ale może nie było to wcale konieczne.

– Proponuję, abyśmy spotkali się tutaj jutro, kiedy wrócicie ze szkoły, i wspólnie zastanowili nad planem działania – podsumował Antonio energicznie. – W międzyczasie pokręcę się trochę to tu, to tam. Może uda mi się dowiedzieć czegoś więcej.

Chętnie zostałbym dłużej w towarzystwie Loli, ale

było już wpół do trzeciej, więc musiałem się pospieszyć, aby zdążyć na spotkanie z Jakobem. Poza tym na Lolę i Antonia czekano już przy stole, a ja byłbym tam tylko *persona non grata*.

Pożegnaliśmy się i ruszyłem w kierunku Diagonal. Jakob czekał na mnie na przystanku.

– I co? – zapytał poruszony, ledwie mnie zobaczył.

– Z czym? – odpowiedziałem pytaniem na pytanie.

– Jak było?

– A jak miało być? – odpowiedziałem wymijająco. – Jak to na pogrzebie.

Oczywiście wiedziałem, o co mu chodziło, ale wciąż nie miałem zbyt wielkiej ochoty przedstawiać mu Loli i Antonia. Wprawdzie zapewnił mi alibi i za to byłem mu wdzięczny, jednak nie chciałem dzielić z nim świata *Kalé*, który dopiero co odkryłem.

– Jutro też tam idziesz? – dopytywał się Jakob.

– Na pogrzeb? – Celowo udawałem głupka.

– Do *Gitanos* oczywiście.

– Jeszcze nie wiem – odparłem. – Właściwie muszę coś zrobić do szkoły.

Spojrzał na mnie sceptycznie.

– Chyba nie wycofujesz się z umowy, co?

Milczałem. Pewnie, że chciałem się wycofać. Jednak gdy staliśmy na światłach, żeby przejść na drugą stronę Travessera, zrozumiałem, że byłoby to bardzo niehonorowe. Nawet jeśli Jakob wymusił to na mnie, przecież przystałem na jego warunek. Teraz musiałem wypełnić swoją część umowy. A kto wie, może się okazać, że z wiedzą, którą miał, przyda się w naszych poszukiwaniach.

Z grubsza zatem zdałem mu relację z tego, co do tej pory ustaliliśmy z Lolą i Antoniem.

– Przygoda! – zawołał. – Nareszcie!

Nie liczyłem się z taką reakcją. On, ten maniak komputerowy, cieszył się na przygodę? Widocznie nie znałem go tak dobrze, jak myślałem.

Mimo wszystko wciąż żywiłem nadzieję, że następnego dnia jakaś paskudna grypa przykuje go do łóżka lub powstrzymają go inne obowiązki.

Ale moje nadzieje miały okazać się płonne.

Zagadkowa notatka

W poniedziałek, ledwo zadzwonił dzwonek na pierwszą przerwę, Jakob już stał przy mnie. Na pierwszych dwóch lekcjach był wyjątkowo nerwowy, kręcił się i wiercił na krześle.

– Co się z tobą dzieje? – zapytałem go w drodze do kiosku.

– Nic – odparł. – Po prostu nie mogę się doczekać popołudnia.

– Na razie wyluzuj – przykazałem mu. – Lola i Antonio to zupełnie normalni ludzie, tacy jak ty czy ja.

– Wiem przecież, nie? Japończycy i Jakuci też są normalnymi ludźmi, ale ich podania ludowe i kultura bardzo się różnią od naszych. I dlatego nie mogę się doczekać. Wczoraj, kiedy już ode mnie wyszedłeś, trochę poszperałem w internecie. Natknąłem się na informację o dawnej legendzie opowiadającej o tym, że pierwsi Romowie, którzy przybyli do Hiszpanii, przynieśli ze sobą coś, co pierwotnie należało do Mongołów.

– Mongołów? – zapytałem zdumiony. Natychmiast pomyślałem o książce, którą znaleźliśmy w walizce staruszka. Ona też dotyczyła historii Mongołów!

Opowiedziałem o niej Jakobowi. Wprawiło go to w jeszcze większe podniecenie.

– To musi być to! – zawołał. – Jeśli istnieje jakakolwiek wskazówka, musi być ukryta w tej książce!

– Powoli! – próbowałem go uspokoić. – To może być tylko przypadek.

– Nie wydaje mi się.

Takiego go nie znałem. O mało nie wylał mi coli na spodnie, tak był przejęty. W ostatniej chwili zdążyłem chwycić go za ramię i powstrzymać.

– Weź się w garść – syknąłem mu do ucha. – Okej, jest stara legenda i książka. Ale to wcale nie powód, żeby urządzać takie sceny.

– *Sorry*. Zawsze marzyłem o tym, żeby znaleźć zagubiony skarb.

– Na razie wcale nie wiemy, czy w ogóle chodzi tu o jakiś skarb – powiedziałem. – I wolałbym, żebyś się więcej tak nie zachowywał. Inaczej pójdę sam.

– Nie ma sprawy – uspokoił mnie. Podniósł przy tym ręce i o mało znowu nie oblał mnie swoją colą.

– Wypij w końcu to, co masz w tym kubku – powiedziałem lekko zirytowany. – I tak musimy wracać do klasy.

Po lekcjach trochę się uspokoił. Rodzicom powiedziałem, że muszę jechać do Jakoba, bo mamy do przygotowania wspólny projekt do szkoły.

Zostawiliśmy teczki w jego pokoju i od razu ruszyliśmy w drogę.

Tym razem byłem jeszcze bardziej ostrożny niż w sobotę. Zatrzymywałem się na każdym rogu i rozglądałem za jakimkolwiek śladem Moralesa. Nie dostrzegłem jednak niczego niepokojącego i powoli zaczynałem wierzyć w to, że przestałem go interesować.

Zastanawiałem się, czy Jakob również zostanie tak „miło" powitany jak ja, i jednocześnie miałem nadzieję, że Gato i jego banda będą się kręcić w innej części dzielnicy. Moje pierwsze życzenie jak na razie się spełniło.

Lola i Antonio siedzieli przed otwartą walizką staruszka. Przedstawiłem im Jakoba jako kolegę z klasy, którego przyprowadziłem ze względu na jego bystry umysł. Przecież nie mogłem podać im prawdziwego powodu jego obecności.

Powitanie wypadło nieco chłodno. Miałem wrażenie, że szczególnie Antonio nie był zadowolony z tego, że nie pytając go o pozwolenie, wtajemniczyłem w nasz sekret kolejną osobę.

– Jakob prawdopodobnie dotarł do informacji, która wyjaśnia, dlaczego ta książka znalazła się w posiadaniu twojego dziadka – powiedziałem, aby osłabić jego uprzedzenie.

Jakob zdał sprawozdanie ze swojego odkrycia i wyjął książkę z walizki. Przekartkował ją strona po stronie.

– Już to zrobiliśmy – skomentowała Lola. – Nigdzie nie ma żadnej karteczki, a na marginesie niczego nie zanotowano.

Jednak Szwajcar nie dał się tak łatwo zbić z tropu. Przebadał obwolutę, przejechał kciukiem po jej wewnętrznej stronie i podniósł książkę pod światło. Obserwowaliśmy go w milczeniu.

– Macie tu jakiś ostry nóż? – zapytał w końcu.

Lola nieco poirytowana zaczęła się rozglądać wokół siebie, po czym na chwilę wyszła z pokoju i wróciła z nożykiem do obierania warzyw.

Jakob ostrożnie przyłożył go do wewnętrznej strony tylnej okładki.

Antonio wykonał ruch ręką, jakby chciał go powstrzymać, jednak szybko zmienił zdanie.

Jakob powoli rozciął papier. Potem odłożył nożyk, a z powstałej szpary wyjął cieniutką karteczkę, którą uniósł triumfująco.

Lola z podziwem klasnęła w dłonie. Ja zaś uznałem, że Jakob trochę za bardzo się popisuje, a jednocześnie irytowało mnie, że sam nie wpadłem na ten pomysł.

Jakob z nieukrywaną dumą przekazał karteczkę Antoniowi, którą ten ostrożnie rozłożył.

Widniejący na niej tekst na pierwszy rzut oka przypominał wiersz. Niestety był napisany w języku katalońskim, nie rozumiałem więc ani słowa.

W oryginale wyglądał tak:

Una ciutat alçada damunt de l'aigua
i tota voltada de foc.
Aquesta ciutat està feta amb ulls de serp
i la van construir
els galls i els conills.
La tal ciutat està governada per porcells
i que els morts es passegen pels carrers.

Antonio przetłumaczył wersy na język hiszpański:

Powstałe na wodzie,
otoczone przez ogień,
zbudowane z oczu węża.
Budowniczymi byli
królik i kogut,
a umarli długo spacerowali
po ulicach miasta
rządzonego przez prosięta,
pod wieżami świątyni, nie czując strachu.

Pod wierszem zapisano kilka liczb i liter.

Spojrzeliśmy na siebie. Cóż to miało oznaczać? I co to miało wspólnego z Mongołami albo ukrytym przedmiotem? Ten wiersz bardziej przypominał bajkę. Miasto, które zostało zbudowane przez królika i było rządzone przez prosięta?

Lola miała tak samo bezradną minę jak ja.

– Mogę zerknąć? – zapytał Jakob, który do tej pory nie powiedział ani słowa.

Antonio w milczeniu podał mu notatkę. Jakob rzucił na nią okiem.

– To może być stara legenda z klasztoru w Poblet – stwierdził. – Król Jakub Zdobywca otrzymał wtedy wiadomość od cesarza Chin. Cesarz prosił w niej króla o wysłanie do niego posłańca, któremu ufał. Król zlecił misję opatowi klasztoru w Poblet. Kiedy opat dotarł do Chin, pokazano mu przepych pałacu cesarskiego, aby zrobić na nim wrażenie. W rewanżu sługa boży postanowił nauczyć cesarza nieco pokory.

Początkowa nieufność na twarzy Antonia ustąpiła miejsca zdumieniu. Pokazał kartkę.

– Zgadza się. Ten wiersz to w istocie treść jego odczytu przed cesarzem. Opat opisuje w nim miasto, w którym żyje jego król, mianowicie Barcelonę.

Lola i ja wpatrywaliśmy się w Jakoba.

– Co się tak gapicie? – zapytał. – Jeśli gdzieś mieszkam, staram się dowiedzieć jak najwięcej o historii tego miejsca.

– Ja mieszkam tutaj od urodzenia i tego nie wiedziałam – przyznała Lola.

Antonio poklepał Jakoba po ramieniu.

– Supermózg z ciebie, co?

Jakob odchrząknął.

– Przyznaję, że jestem trochę bardziej ciekawy świata niż reszta ludzi, których znam.

– Trochę – przedrzeźniłem go, unosząc brwi.

– No dobrze, trochę bardzo – przyznał. Mówienie o tym sprawiało mu widoczną przyjemność, mimo że udawał, że jest przeciwnie.

Antonio pokazał na kartkę.

– A może wiesz także, co ten wiersz oznacza?

– Mniej więcej, ale bez szczegółów.

– Dlaczego mowa tu o mieście zbudowanym na wodzie? – zapytała Lola.

– Cóż, według legendy Barcelona została wzniesiona w wąwozie, w którym do dzisiaj płynie podziemna rzeka.

– A ogień i oczy węża? – Chciałem się dowiedzieć.

Jakob wzruszył ramionami. Antonio pospieszył mu z pomocą.

– Mury miasta zbudowano z krzemienia wydobytego z góry Montjuich, a najstarsze budynki z granitu, który w języku ludowym nazywano okiem węża. – Uśmiechnął się. – Kolejne wersy wprawiły cesarza w największe zdumienie. Dwaj najważniejsi budowniczowie tamtych czasów nazywali się Gall i Conill, czyli kogut i królik. A jeden z najznamienitszych rodów nosił nazwisko Mor, a liczba mnoga „*els morts*" oznacza umarłych. A „*porcells*" to świnie; tak byli wówczas przez niektórych nazywani mieszkańcy Barcelony.

– I jak to wszystko ma nam pomóc w dalszych poszukiwaniach? – Według mnie nie trzymało się to kupy.

– Ten wiersz może zawierać wskazówkę – powiedział Jakob. – Choć wzmianka o wieżach świątyni trochę zbiła mnie z tropu. Może się pod tym kryć każdy znany kościół w mieście, na przykład katedra albo kościół Santa María del Mar.

– Lub Sagrada Família – dodałem, bo przecież był to najbardziej znany kościół w Barcelonie.

Jakob pokręcił głową.

– Ten na pewno nie. Sagrada ma dopiero sto lat.

– Jeśli chodzi o posłannictwo, to się zgadza – wtrącił Antonio. – Jednak abuelo Juan zostawił tę wiadomość dla kogoś, kto żyje w dzisiejszych czasach.

– Nie wiem. – Jakob zacisnął usta i przystąpił do ponownego studiowania notatki. – Mimo wszystko najpierw skupiłbym się na jednym ze starych kościołów. Może znajdziemy gdzieś dalsze informacje na ten temat.

– Ale dlaczego dziadek Antonia miałby nosić przy sobie karteczkę, która zawiera starą zagadkę opisującą tylko Barcelonę? – spytałem zdezorientowany.

– Mam pewien pomysł. – Jakob wyjął ze swojej teczki blok i długopis i napisał dwa słowa: „Chiny" i „Poblet".

– I co teraz? – zapytałem.

Nie odpowiedział, tylko w zamyśleniu przytknął długopis do ust. Potem napisał kolejne słowo: „zagadka".

Lola uważnie się mu przyglądała. Jakob najwyraźniej imponował jej swoją wiedzą. Wcale mi się nie podobało, że wpatrywała się w niego z takim podziwem. Na szczęście on sam zdawał się tego wcale nie dostrzegać.

Podumał jeszcze chwilę, po czym podniósł na nas wzrok.

– Najważniejsza nie jest tu treść tej notatki. Najważniejsze są moim zdaniem zawarte w niej elementy, a więc Chiny, podziemna rzeka, świątynia. I wskazówka, że chodzi tu o zagadkę.

– Teraz też bym już na to wpadł – mruknąłem. Nie chciałem, aby cała chwała spłynęła na niego.

Lola nie kryła tego, jakie wrażenie na niej wywarł. Proszę, co mnie spotkało za to, że go tu przyprowadziłem.

– A poza tym wcale nie wiemy, czy ten wiersz w ogóle ma jakieś znaczenie dla naszych poszukiwań.

– Ktoś zadał sobie sporo trudu, żeby go ukryć pod obwolutą książki – zauważył Jakob. – Już sam ten fakt świadczy o tym, że znajduje się tu wskazówka lub nawet kilka.

– Brzmi logicznie – zgodził się Antonio. – I taki zawiły tok myślenia bardzo pasuje do dziadka Juana.

– Ale czy rzeczywiście, pisząc o świątyni, nie mógł mieć na myśli kościoła Sagrada Família? – spytałem, bo nawet jeśli strzelałem w ciemno, nie chciałem tego odpuścić.

Jakob przytaknął.

– Niewykluczone. Jednak sądzę, że nie powinniśmy wyciągać zbyt pochopnych wniosków. Dzisiaj wieczorem zrobię jeszcze małe dochodzenie, a jutro zobaczymy, co dalej.

W przedpokoju rozległy się jakieś pokrzykiwania.

Nagle drzwi do pokoju Loli otworzyły się z impetem.

Do środka wpadł Morales, a za nim jeszcze jeden mężczyzna.

Ze strachu zaparło mi dech.

Kilka kobiet, głośno protestując, próbowało się wedrzeć do pokoju za nimi, ale Morales brutalnie zatrzasnął im drzwi przed nosem. Nie tylko zatem wyglądał na osiłka – również nim był...

Mimowolnie postąpiłem krok do tyłu.

Jego towarzysz, krępy typ z krótkimi włosami, w brązowej skórzanej kurtce, wyglądający jak bramkarz z podejrzanego lokalu, skrzyżował ręce na piersi i oparł się plecami o drzwi.

Kobiety na zewnątrz nie ustawały w próbach otworzenia drzwi, jednak on zdawał się nie odczuwać najmniejszego wysiłku, opierając się ich naporowi.

– Kogo tu mamy?! – Morales błysnął zębami. –

Młody pan Daniel, który zapewniał, że nie wie, komu przekazał rzeczy staruszka. A co my tutaj mamy?

Podszedł do Jakoba i wyrwał mu z ręki karteczkę.

Antonio, który, jak my wszyscy, do tej pory stał niczym sparaliżowany, złapał go za rękę.

– Hej, co pan wyprawia?!

Morales brutalnie odepchnął go na bok.

– Ręce precz, chłopczyku.

Przebiegł wzrokiem tekst na kartce, zmarszczył czoło i podniósł wzrok.

– Czy to wszystko?

Nikt z nas nie odpowiedział.

Morales uniósł kartkę pod światło i zaczął jej się bacznie przyglądać z obu stron. Po chwili z pogardą rzucił ją na podłogę.

– Zobaczmy, co tu jeszcze mamy.

Podszedł do walizki i wyrzucił jej zawartość na łóżko. Niecierpliwie przetrząsał rzeczy. Wreszcie wyjął z kieszeni scyzoryk, otworzył go i rozciął podszewkę walizki na całej długości. Szybkimi ruchami rozerwał materiał, jednak pod nim, jak sami już wcześniej ustaliliśmy, niczego nie ukryto.

Morales odrzucił walizkę na bok. Na jego twarzy wyraźnie malowało się rozczarowanie.

– Gdzie to jest?! – ryknął.

My, jakbyśmy się umówili, nadal milczeliśmy. Łomotanie do drzwi tymczasem ucichło i kumpel Moralesa trochę się rozluźnił.

Rzekomy policjant postąpił krok do przodu i brutalnie złapał Lolę za rękę.

– Już, mówcie! Chyba nie chcecie, żebyśmy was uszkodzili, co?

W tym momencie drzwi do pokoju otworzyły się z takim impetem, że mężczyzna w skórzanej kurtce zatoczył się przez pokój i dopiero po chwili z trudem odzyskał równowagę. W drzwiach stanęli Gato i jego banda.

Nigdy bym nie pomyślał, że kiedykolwiek tak bardzo się ucieszę na ich widok. W tym momencie Gato jawił mi się jako anioł stróż.

– Wynocha, ty gnoju! – zawołał. W prawej ręce trzymał nóż podobny do tego, którego przed chwilą używał Morales.

Ramón, który stał za nim, potrząsał metalową pałką teleskopową.

Morales zareagował błyskawicznie. Chwycił Lolę od tyłu i przyłożył ostrze do jej szyi. W dłoni jego kumpla w mgnieniu oka pojawił się rewolwer.

– Wow, prawdziwy *mexican standoff** – szepnął mi Jakob do ucha. Nawet teraz nie mógł sobie odpuścić, żeby nie zabłysnąć wiedzą. A może to był tylko jego sposób odreagowania w sytuacji takiej jak ta?

– Zamknij się! – ofuknął go Morales, zanim zwrócił

* Meksykański impas – w języku angielskim (*mexican standoff*) wyrażenie slangowe opisujące sytuację, w której obie strony zdają się nie mieć żadnych szans na wygraną.

się do Gata. – Zrobimy tak: zejdę z małą na dół, na ulicę, a mój kolega zostanie tutaj i będzie miał na was oko. Nie róbcie sobie przy tym złudzeń: to dobry strzelec i nie będzie miał najmniejszych skrupułów, aby w razie konieczności użyć broni. Gdy już będę na dole, przyjdzie za mną. Nietknięty. Wy wszyscy zostajecie tu, na górze. Wtedy dopiero puszczę małą, jasne?

Gatowi i Ramónowi nie bardzo to pasowało. Szeptem odbyli naradę, jednak najwyraźniej nie zdołali znaleźć innego rozwiązania. W końcu Gato przytaknął, zaciskając przy tym usta.

– No to z drogi! – rozkazał im Morales.

Gato i jego ludzie powoli wycofali się do przedpokoju.

Morales pchnął Lolę w plecy.

– A ty, mała, nawet nie myśl o głupotach! – pogroził jej.

Oczy Loli płonęły, nie tyle ze strachu, ile z nienawiści do porywacza.

Wydałem się sam sobie niesamowicie bezradny i wstydziłem się tego, że bezczynnie przyglądam się, jak Morales wyprowadza Lolę z pokoju. Tylko co mogłem zrobić, kiedy miałem przed sobą dwóch uzbrojonych mężczyzn? Mimo wszystko nie potrafiłem znaleźć pocieszenia nawet w tym argumencie. Gdyby Lola była zdana wyłącznie na moją pomoc, żałośnie bym ją zawiódł.

Tymczasem Morales zniknął wraz z dziewczyną. Nikt nie pisnął nawet słowa. Jedynie mężczyzna w skórzanej kurtce nerwowo wywijał pistoletem. Wreszcie zadzwonił telefon. Mężczyzna odebrał, nie spuszczając Gata z oczu, dwukrotnie powtórzył *„sí”*, po czym schował komórkę do kieszeni.

– Znikam – wysyczał. – Wy grzecznie zostajecie tutaj i ruszacie się dopiero wtedy, kiedy mała będzie na górze.

Ledwie opuścił mieszkanie, w ludzi stojących pod drzwiami znowu wstąpiło życie. Kobiety powróciły do głośnego narzekania, Gato podbiegł do okna, podniósł je i ostrożnie przez nie wychynął.

– Czarny seat – powiedział. – Za wiele nam to nie pomoże.

Rzuciłem się obok niego.

– A Lola?

Gato wsunął głowę z powrotem do środka, zasłaniając mi widok.

– Nie widzę. Ale jeśli coś jej się stanie, ty za to zapłacisz, *gadzio*.

– Hej, Gato, spokojnie – wtrącił się Antonio.

– Ten *gadzio* doprowadził tutaj te typy! – zawołał Gato. – Odkąd się u nas pojawił, mamy same kłopoty!

– Chcesz wyładować na mnie swoją frustrację – wyrwało mi się, zanim zdążyłem się ugryźć w język. Podobnie jak on, wciąż byłem roztrzęsiony.

Twarz Gata jeszcze bardziej spochmurniała. Wyglądał tak, jakby lada moment miał wybuchnąć.

Antonio przecisnął się między nami do okna.

Gato i ja nadal wpatrywaliśmy się w siebie z wrogością.

– Po co ci goście tutaj przyszli? – spytał w końcu.

– Szukają czegoś, co zostawił po sobie abuelo Juan! – odkrzyknął mu Antonio przez ramię.

Gato wykonał lekceważący ruch ręką.

– Phi, cóż ten stary żebrak mógł takiego zostawić? Przecież był biedny jak mysz kościelna.

– Dlatego też niczego nie znaleźli.

W tej samej chwili z ulicy dobiegł nas dźwięk startującego silnika i pisk opon.

– Już po wszystkim! – zawołał Antonio. – Puścili Lolę!

Ogromny kamień spadł mi z serca.

Gato rzucił mi jeszcze ostatnie groźne spojrzenie, po czym razem ze swoją bandą wybiegł na zewnątrz.

Pobiegłem za nimi. Kilka sekund później na klatce schodowej spotkałem Lolę.

– Wszystko w porządku? – zapytałem.

Przytaknęła bez słowa. Jej oczy wciąż pałały nienawiścią, przez co wydała mi się jeszcze piękniejsza.

Wróciliśmy do mieszkania, gdzie Lola natychmiast została zarzucona milionem pytań przez czekające na nią kobiety. Reszta nas zgromadziła się przy oknie.

Rzuciłem jeszcze jedno spojrzenie na zewnątrz, ale po Gacie i jego kumplach nie było śladu.

Jakob podniósł z podłogi karteczkę i starannie ją rozłożył.

– Prawdziwa przygoda, nie?

Gdybym go nie znał, pomyślałbym, że cieszy się nawet z tego, co przed chwilą przeżyliśmy.

Antonio położył dłoń na moim ramieniu.

– Nie wyrzucaj sobie tego, Danielu. Nie mogliśmy nic zrobić.

– Naprawdę nie? Czy po prostu stchórzyliśmy?

– To nie ma nic wspólnego z tchórzostwem czy odwagą. Ci dwaj załatwiliby nas bez mrugnięcia okiem. Czy to był ten Morales?

Kiwnąłem głową.

– Na szczęście mamy inną broń niż oni. – To mówiąc, popukał się palcem w skroń. – Niestety nie zawsze jest wystarczająca, ale w niektórych sytuacjach bywa bardzo przydatna. Wiem, jakie to okropne uczucie, bezradność. Jednak mimo wszystko nie powinieneś robić sobie wyrzutów.

Przerwała nam Lola, której wreszcie udało się wyrwać z kręgu matek, ciotek i sąsiadek.

– Teraz przynajmniej możemy być pewni, że Morales nie jest policjantem – powiedziała do mnie.

Kiwnąłem głową.

– Ale kim w takim razie jest? I co może mieć wspólnego z twoim wujkiem?

– Dowiemy się, kiedy rozwiążemy zagadkę z kartki – stwierdził Antonio. – I od tego powinniśmy zacząć już teraz.

– Ale gdzie?! – zawołałem.

– Tam, gdzie zaproponowałeś – odparł Jakob, który znowu wciskał klawiaturę swojego smartfona. – W kościele Sagrada Família. A dokładniej przy fasadzie Męki Pańskiej.

Nieprawidłowy kwadrat

Następnego dnia, podobnie jak wieczór wcześniej, byłem szczególnie uważny. Zastanawiało mnie, jak Morales dotarł do Loli. Czy rzeczywiście mnie śledził, jak przypuszczał tata? Właściwie byłem pewien, że nikt za mną nie szedł, ale tak naprawdę nie zwracałem na to uwagi. Wydarzenia u Loli dały mi jednak nauczkę.

Wiedzieliśmy teraz, że Morales nie walczył w pojedynkę, tylko miał wspólników, których nie znaliśmy. A to, że nie wahał się użyć broni, wskazywało, że jest profesjonalistą. Zatem bez problemu mógł kazać swoim ludziom nas śledzić, tak jak przypuszczalnie uczynił ze mną, a my na pewno byśmy tego nie zauważyli.

Mimo to nieustannie wodziłem wzrokiem po ulicy i sprawdzałem każdego czarnego seata, który przejeżdżał obok nas. Jakob i Lola też wciąż się obracali. Jednak nikt z nas nie dostrzegł niczego podejrzanego.

Gdy już zbliżaliśmy się do słynnej bazyliki, Jakob zaczął nas raczyć wiadomościami na temat historii jej powstania oraz innymi ciekawostkami. Niektóre z tych faktów znałem, ponieważ oczywiście byłem tam z rodzicami podczas naszego krótkiego urlopu w Barcelonie, a i później, zaraz po przeprowadzce. Mamę budowla zachwyciła do tego stopnia, że od razu przystąpiła do towarzystwa przyjaciół Sagrada Família. „Teraz mogę mówić, że też przyczyniłam się do budowy", głosiła z zachwytem.

Jakob daleki był od zachwytów, za to uwielbiał fakty. W tym roku to, w tamtym roku tamto, bla, bla, bla. W pewnym momencie po prostu się wyłączyłem.

Tymczasem Lola uważnie go słuchała i aprobująco potakiwała, co oczywiście zachęcało go do przytaczania coraz to nowych faktów.

Trzeba przyznać, że o kościele Sagrada Família można opowiadać bez końca. W księgarniach Barcelony półki uginają się od niezliczonych książek w niemal każdym języku dotyczących bazyliki lub jej architekta Antonia Gaudíego. Kiedy pierwszy raz ujrzałem tę budowlę, mimowolnie pomyślałem o bajkowym zamku z filmów Disneya. Nie było tu tak typowych dla innych kościołów masywnych wież. Zamiast jednej wieży lub dwóch wystrzeliwało tu w górę aż osiem, pełnych fantazyjnych otworów, przez co bardziej przypominały gigantyczne rzeźby odlane z cukru.

Te niezwykłe kształty powtarzały się w każdym z elementów budynku. Sam Gaudí zmarł w 1926 roku po tym, jak zatopiony w myślach wpadł pod tramwaj. Od tego czasu przedsięwzięcie kontynuowali inni, opierając się na jego planach i rysunkach. Za jakieś dziesięć lat, taką przynajmniej żywiono nadzieję, budowla wreszcie powinna zostać ukończona.

Kiedy dotarliśmy do Sagrady, jak zawsze tłoczyły się przed nią tysiące turystów z całego świata. W promieniach popołudniowego słońca fasada świątyni przybrała nasycony czerwonobrunatny odcień, który rzucał swą poświatę na liczne kolorowe ozdoby. Można było stać tam godzinami i wciąż odkrywać nowe elementy. Obeszliśmy bazylikę dokoła, zmierzając w stronę fasady Męki Pańskiej. Tutaj również, podobnie jak po przeciwnej stronie, usadowili się liczni handlujący, oferujący pamiątki i napoje. Przed kasami cierpliwie czekała długa kolejka odwiedzających, aby kupić bilet wstępu.

– Zanim się tam dostaniemy, nastanie północ – jęknął Jakob.

– Bez obawy – odparł Antonio, który milczał przez całą drogę. – Znam skrót.

Poprowadził nas na początek kolejki, omijając bramki. Kiedy dotarliśmy do wejścia, wyjął jakiś bilet, zamienił z wpuszczającym kilka słów i kiwnął nam na znak, że możemy wchodzić.

– Opłaca się należeć do przyjaciół Sagrady – stwierdził z zadowoleniem.

– Ty też? – zapytałem zdumiony. Wydawało mi się,

że jest to zajęcie głównie dla emerytów oraz dysponujących nadmiarem wolnego czasu gospodyń domowych takich jak mama.

Antonio przytaknął.

– Wspieram dalszą budowę bazyliki, a poza tym mam z tego mnóstwo korzyści. Jedną z nich jest wstęp wolny.

– Na dodatek bez czekania i z gośćmi. – Jakob się zdziwił.

– No cóż, nie do końca. To dzięki temu, że znam biletera. Grałem kiedyś z jego synem w jednym zespole.

Znaleźliśmy się tutaj, ponieważ Jakob na próbę wprowadził liczby widniejące na karteczce pod wierszem do programu GPS na swojej komórce. Program wyrzucił mu dokładnie pozycję przy fasadzie Męki Pańskiej. Oczywiście mógł to być przypadek, ale nie bardzo chciało się nam w to wierzyć. Oznaczało to też, że staruszek musiał być na czasie, ponieważ współrzędnych na mapie nie wyciąga się ot tak, z kapelusza. Nigdy bym nie przypuszczał, że mógłby się na tym znać.

Ledwie minęliśmy wejście, Jakob znowu w wielkim skupieniu zaczął się wpatrywać w ekran swojego smartfona, zrobił kilka kroków w jednym kierunku, potem w innym, aż wreszcie zatrzymał się przed fasadą.

– To tutaj – oznajmił.

Przed sobą ujrzeliśmy rzeźbę przedstawiającą dwóch mężczyzn stojących naprzeciw siebie. Jeden z nich trzymał dłoń na karku drugiego, jakby chciał przyciągnąć do siebie jego głowę.

– Pocałunek Judasza – wyjaśnił nam Antonio.

– Wygląda bardzo nowocześnie – zauważyłem.

Postaci nie były przedstawione realistycznie, raczej kubistycznie, a ich twarze świadomie prymitywnie wyciosano w kamieniu.

– Ponieważ wykonał je Subirachs.

Spojrzałem pytająco na Antonia.

Ale oczywiście odpowiedzi udzielił Jakob, który nie przepuszczał żadnej okazji do wygłoszenia wykładu.

– Josep Maria Subirachs należał do największych budowniczych Katalonii – oznajmił. – To był też powód, dla którego zlecono mu dokończenie dzieła Gaudíego. Jednak miał on zupełnie odmienny styl. Jak sami widzicie, jego rzeźby charakteryzują się dość oryginalną linią, która nie ma nic wspólnego ze stylem architektonicznym Gaudíego.

– No dobrze. To wszystko jest bardzo interesujące – skwitowałem – jednak z pewnością nie znaleźliśmy się tutaj po to, aby podziwiać dzieło Subirachsa, prawda?

– Sądzę, że powinniśmy bliżej się temu przyjrzeć. – Jakob wskazał na tablicę z liczbami, która wisiała na ścianie obok Jezusa i Judasza.

1	14	14	4
11	7	6	9
8	10	10	5
13	2	3	15

– Kwadrat magiczny! – zawołałem. Przerabialiśmy to niedawno na matmie i była to jedna z niewielu lekcji, podczas których naprawdę rozumiałem, o co chodzi. – Nieważne, w jaki sposób zsumuje się cyfry, poziomo, pionowo czy ukośnie, zawsze wychodzi ta sama suma.

– Tak, ale ten kwadrat zawiera dwa błędy – stwierdził Jakob. – Dwie liczby występują dwa razy, a to jest właściwie niedopuszczalne. To dziesięć i czternaście, widzicie?

– I myślisz, że dlatego abuelo Juan nas tutaj przysłał? – Głos Antonia zabrzmiał sceptycznie.

– O i l e w o g ó l e nas tu przysłał – podkreśliłem. – Może liczby umieszczone pod wierszem mają zupełnie inne znaczenie.

– Nie, nie, to współrzędne, jestem tego całkowicie pewien – upierał się Jakob. Wyciągnął z kieszeni kartkę ze swoimi notatkami. – „Chiny, Poblet, zagadka” – przeczytał. – To jest jednoznacznie zagadka. Sagrada została zaprojektowana przez Gaudíego, a Gaudí jako młody człowiek chciał odbudować klasztor w Poblet. Tylko jeszcze nie wiem, jak się mają do tego Chiny.

– Wszystko to wydaje mi się dość mgliste. – Nie byłem przekonany.

– Być może moglibyśmy się dowiedzieć czegoś więcej o tym Subirachsie – zaproponowała Lola. – I dlaczego umieścił tutaj nieprawidłowy kwadrat magiczny.

Jakob wygiął usta w grymasie zniecierpliwienia.

– Nie, kwadrat nie jest nieprawidłowy. Celowo tak go skonstruował. Musimy się tylko dowiedzieć dlaczego.

– Och, znam doskonałe do tego miejsce. – Na twarzy Antonia pojawił się figlarny uśmieszek.

Wskazówka Subirachsa

Następnego dnia spotkaliśmy się na stacji metra Tetuan i wspólnie ruszyliśmy do biblioteki Arús, miejsca, które wskazał nam Antonio. On sam nie mógł przyjść, ponieważ musiał załatwić jakieś sprawy związane ze studiami, dlatego byliśmy tylko we troje.

Również tym razem nie byłem jedynym, który rozglądał się w poszukiwaniu prześladowców. Lola i Jakob wciąż przebiegali wzrokiem okolicę. Nikt z nas nie miał ochoty na ponowne spotkanie z Moralesem. Dopóki było widno, mogliśmy kontrolować pole widzenia, lecz co będzie, kiedy zacznie zapadać zmrok lub zrobi się całkiem ciemno?

Zajście w mieszkaniu Loli miało na mnie zdecydowanie większy wpływ, niżbym sobie tego życzył. Ulice Barcelony, które do tej pory wydawały mi się tak szerokie i przyjazne, nagle zaczęły mi się jawić jako pełne podejrzanych nor, z których w każdej chwili mogła wypaść na nas mroczna postać.

Biblioteka Arús swoją nazwę zawdzięczała Rossendowi Arúsowi i Arderiu, znanemu katalońskiemu wolnomularzowi z XIX wieku. Nieco poguglowałem na ten temat i dowiedziałem się, że wolnomularze to ludzie, którzy żyją w zgodzie z takimi ideami, jak wolność, równość, braterstwo, tolerancja i humanitaryzm. Łączy ich to z anarchistami, którzy odrzucają wszelki rodzaj panowania ludzi nad ludźmi jako formę ograniczania wolności.

Z zewnątrz biblioteka nie wyglądała szczególnie imponująco. Pasaż Sant Joan, przy którym się znajdowała, był jedną z wielu szerokich ulic, typowych dla dzielnicy Eixample. Mieściły się przy niej sklepy z telefonami, piekarnie, księgarnia z komiksami po przeciwnej stronie ulicy i parę pustych lokali. Ktoś niewystarczająco uważny mógł przejść obok biblioteki, nie zauważywszy jej. Tylko maleńka latarenka nad drzwiami opatrzonymi nazwą wyróżniała to wejście spośród innych.

Weszliśmy do środka i znaleźliśmy się w innym świecie. Przed nami rozciągały się szerokie, okolone marmurowymi kolumnami schody, u których podstawy stała kopia amerykańskiej Statuy Wolności. Wykonana nie z kamienia, tylko z metalu, była o wiele mniejsza od oryginału i w czarnym kolorze.

Przed wejściem do sali bibliotecznej w podłodze wytłoczono napis „SALVE", łacińskie pozdrowienie. Czekały na nas sięgające sufitu regały pełne książek, prawdziwy labirynt, przez który prowadziły tylko wąskie przejścia.

Jak mieliśmy tu cokolwiek znaleźć?

Jakob zdecydowanie podszedł do jednego ze stołów, przy którym siedział starszy pan w rozpinanym swetrze, z przerzedzonymi włosami i z parodniowym zarostem.

– Przepraszam pana, szukamy książek napisanych przez Subirachsa lub o nim – powiedział.

Mężczyzna wstał i pokazał nam, żebyśmy za nim poszli.

Poprowadził nas korytarzem do wysokiej drewnianej szafy, w której były same szuflady. Wyciągnął jedną z nich, po brzegi wypełnioną fiszkami.

– Tutaj zgromadzono mniej więcej wszystko, co mamy o Subirachsie.

Jakob jęknął.

– I to w erze komputerów!

– Dopiero pracujemy nad digitalizacją danych – odparł mężczyzna, wzruszając ramionami. – Ale to jeszcze trochę potrwa. Wiele tytułów już opracowaliśmy, jednak większa część wciąż czeka na swoją kolej. A ponieważ jesteśmy uzależnieni od datków, nie posuwa się to tak szybko, jak byśmy sobie tego życzyli.

Podzieliliśmy się pracą i zaczęliśmy przeszukiwać szufladę z fiszkami. Po kwadransie porównaliśmy to, co do tej pory znaleźliśmy, odłożyliśmy część fiszek z powrotem do szuflady, a resztę zanieśliśmy bibliotekarzowi.

Wzięliśmy od niego książki i poszliśmy do czytelni, gdzie przy długich stołach, na obitych skórą czarnych krzesłach siedziało już kilku starszych panów pochylonych nad książkami lub czasopismami. My również wzięliśmy po jednej książce, usiedliśmy obok siebie i zagłębiliśmy się w lekturze.

Godzinę później, po przejrzeniu wszystkich tomów, nie posunęliśmy się ani kroku do przodu. Wprawdzie teraz wiedziałem o Subirachsie i jego pracy więcej niż dziewięćdziesiąt dziewięć procent społeczeństwa, jednak o kwadracie magicznym przeczytałem tylko kilka spekulacji, które nic nowego nie wniosły. Pozostałym nie poszło lepiej niż mnie.

Szeptem odbyliśmy naradę wojenną. Powinniśmy szukać dalej czy się poddać? Tymczasem większość czytelników już sobie poszła, oprócz mężczyzny, który sprawiał wrażenie równie leciwego jak sama biblioteka, i oparty na krześle cichutko pochrapywał. Poza nim był jeszcze starszy, gustownie ubrany pan, który przez cały czas nam się przyglądał. W pewnej chwili wstał i do nas podszedł.

– Pozwolą państwo, że się przedstawię: Josep Fons Serra. – Nieznacznie się przy tym ukłonił. – Usłyszałem, że szukacie informacji na temat kwadratu magicznego Subirachsa.

Przytaknęliśmy i odruchowo podnieśliśmy się z krzeseł.

– Czy mogę zapytać, do czego są wam potrzebne te informacje? Może mógłbym wam jakoś pomóc?

Spojrzeliśmy na siebie niepewnie. Dlaczego o to pytał? I dlaczego mielibyśmy odpowiadać na jego pytania? Swoją drogą sprawiał wrażenie osoby godnej zaufania w swoim stylowym, staromodnym ubraniu składającym się z garnituru, kamizelki i krawata, z uśmiechem, który odbijał się w jego oczach spoglądających na nas zza okularów.

Zauważył nasze wahanie.

– Może chcecie się przez chwilę nad tym zastanowić – powiedział i wycofał się w odległy zakątek sali.

– Co sądzicie? – zapytałem.

– Moim zdaniem wzbudza zaufanie – stwierdziła Lola.

– Ale czy to nie pozory? – Jakob mocno w to wątpił.

– Nie sądzę – odparłem, może głównie dlatego, aby mu się sprzeciwić. – Przecież poza nami i Antoniem nikt nie wiedział, że mieliśmy tutaj przyjść. No i już tu był, kiedy przyszliśmy, więc raczej nie ma nic wspólnego z tym, czego szukamy.

– Nie powinniśmy zdradzać mu zbyt wiele – zdecydowała Lola. – Powiedzmy, że musimy odrobić zadanie domowe, w którym chodzi o kwadrat magiczny Subirachsa.

I tak też zrobiliśmy. Pomachaliśmy w kierunku Serry, po czym wyjaśniliśmy mu, że chcemy rozwiązać zagadkę kwadratu.

Uśmiechnął się.

– Wiele osób przed wami próbowało to zrobić, ale jeszcze nikomu się to nie udało.

Potem położył palec wskazujący na ustach i pochylił głowę. Stał tak przez minutę lub dwie, aż wreszcie chyba podjął jakąś decyzję.

– Chodźcie ze mną – powiedział. – Ale uwaga: lepiej, aby ten brunet o niczym się nie dowiedział. – Pokazał w stronę wejścia. – Wprawdzie to miły i pomocny człowiek, jednak nieco uparty, jeśli chodzi o jego królestwo.

Podążyliśmy za nim. Po krótkim kluczeniu dotarliśmy do jednego z bocznych korytarzy i Serra zatrzymał się w miejscu, gdzie stykały się dwa regały na książki. Włożył rękę w wąską szparę między regałami i pociągnął.

Cały regał przesunął się na bok!

To była atrapa, ale tak udana, że na pierwszy ani nawet na drugi rzut oka nie można się było tego domyślić.

Za regałem wisiała czerwonobrunatna zasłona, za którą kryło się wejście. Serra odsunął kotarę i zobaczyliśmy mały kwadratowy pokoik z regałami pełnymi książek na wszystkich ścianach. Rozglądaliśmy się po nim ze zdumieniem.

Serra wszedł do środka i gestem nakazał, abyśmy poszli za nim. Potem przesunął atrapę na miejsce i zaciągnął zasłonę. Pomieszczenie było ciasne, więc mieliśmy mało miejsca na manewry.

– Wolnomularze nie zawsze byli mile widziani w Hiszpanii – zaczął staruszek. – Dlatego w czasach dyktatury Franco ukryto tu najważniejsze dzieła stowarzyszenia.

Przechadzał się wzdłuż regałów, brał z nich niektóre książki, kartkował je, po czym odkładał na półkę. Wreszcie znalazł to, czego szukał. Podał każdemu z nas po książce.

Na jednym z regałów była pusta półka. Za nią w ścianie widniała klapka. Serra otworzył ją i ukazała się nam tylna część innego regału z książkami. Sięgnął do przodu i wyjął kilka książek. Teraz można było zobaczyć, czy ktoś jest w biegnącej za regałem alejce.

– Droga wolna. – Serra pokiwał głową zadowolony i wypędził nas z pomieszczenia.

Tak niepostrzeżenie, jak to było możliwe, przemknęliśmy do czytelni.

Serra przysiadł się do nas.

– Wszystko zaczyna się od Dürera – zagaił.

– Albrechta Dürera? – zapytałem. – Niemieckiego artysty?

– Właśnie tego. – Serra wziął ze stołu jedną z książek, otworzył ją i pokazał nam stronę. Widniała na niej kopia miedziorytu. – To dzieło Dürera z 1514 roku, nosi tytuł *Melencolia I* i należy do jego najbardziej znanych, a zarazem najbardziej zagadkowych prac. Jak sami widzicie, obok licznych naukowych instrumentów pojawia się tu kwadrat magiczny.

Pochyliłem się nad ryciną. Przedstawiała pogrążonego w zadumie anioła, u którego stóp leży pies. Anioł opierał się o ścianę i zdawał się spoglądać na morze, nad którym właśnie wschodziło lub zachodziło słońce. Za nim wisiały waga, klepsydra, a obok kwadrat magiczny.

– Przyjrzyjcie się najpierw tym liczbom – ciągnął dalej Serra. – Kwadrat zawiera liczbę tysiąc pięćset czternaście, rok, w którym powstało dzieło. Po prawej i lewej stronie znajdują się cyfry cztery i jeden. Jeśli w zamian podstawi się pierwszą i czwartą literę alfabetu, otrzymamy „DA", odwrócone inicjały Dürera, który wszystkie swoje prace sygnował literami „AD". – Następnie podniósł kolejną książkę i otworzył ją. – Tutaj mamy zdjęcie rzeźby z brązu autorstwa Subirachsa.

Była to rama obrazu, przez którą luźno przewieszono chustę. Spod niej wyzierał prawy dolny róg kwadratu magicznego, który zdawał się identyczny z tym narysowanym przez Dürera.

Serra przeszedł do kolejnej książki.

– To jedne z wykonanych przez Subirachsa drzwi z brązu na zachodniej fasadzie.

Na drzwiach odlano niezliczone litery, a w środku widniał niewielki kwadrat magiczny. Rzuciłem okiem na swój smartfon, którym wykonałem zdjęcie bazyliki Sagrada Família. Kwadrat był identyczny z wielkim kwadratem magicznym na ścianie w bazylice.

– Czy coś rzuca się wam w oczy, kiedy patrzycie na te dwa kwadraty? – zapytał Serra.

Kwadrat Dürera

16	3	2	13
5	10	11	8
9	6	7	12
4	15	14	1

Kwadrat Subirachsa

1	14	14	4
11	7	6	9
8	10	10	5
13	2	3	15

Oczywiście pierwszy odezwał się Jakob.

– Kwadrat Subirachsa to odwrócona wersja kwadratu Dürera! – zawołał. – I zmienił niektóre liczby.

Przyjrzałem się im dokładniej. Rzeczywiście: u Dürera cyfra jeden znajdowała się po prawej stronie na dole, u Subirachsa po lewej na górze. Podczas gdy dolny rząd u Dürera składał się z liczb cztery, piętnaście, czternaście, jeden, u Subirachsa był to pierwszy rząd w odwróconej kolejności: jeden, czternaście, czternaście, cztery. Zamienił zatem piętnaście na czternaście.

– Ale dlaczego to zrobił? – zapytała Lola, która również to zauważyła.

– W tym niewielkim traktacie znajdziemy kilka spekulacji na ten temat – odparł Serra i wyjął z kieszeni cienką książkę, która nie mogła mieć więcej niż sto stron. – Przekartkował ją. – Napisano tutaj, że Subirachs musiał zamienić liczby, aby otrzymać sumę trzydzieści trzy reprezentującą wiek Jezusa.

– Nie za wiele nam to pomogło – mruknąłem rozczarowany.

– Chwileczkę, młody człowieku, ta historia ma kontynuację. Dziwnym trafem liczba stopni w parku Güell, który również został zaprojektowany przez Gaudíego, także wynosi trzydzieści trzy. Poza tym liczba ta oznacza najwyższą rangę, jaką może uzyskać wolnomularz, a Subirachs, jak wiadomo, należał do tej organizacji. Według innej teorii, jeśli zsumuje się te zdublowane liczby, otrzyma się liczbę czterdzieści osiem. Jeśli zaś przyporządkuje się tym liczbom litery alfabetu, a więc jeden A, dwa B i tak dalej, czterdzieści osiem będzie sumą ciągu liter „INRI”, napisu, jaki miał zostać przymocowany na krzyżu Jezusa.

Jakob z wielkim zainteresowaniem przysłuchiwał się wywodom Serry. Najwyraźniej spotkały się tu dwa pokrewne umysły.

Ja natomiast zacząłem się zastanawiać, czy nie marnujemy czasu. W religijnych aluzjach z pewnością nie znajdziemy tego, czego szukaliśmy.

– Posłuchajcie dalej – ciągnął Serra, który zdawał się być w swoim żywiole. – Kolejna teoria mówi, że liczba rzeźb na fasadzie Męki Pańskiej Sagrady, przedstawiających przecież sceny z Drogi Krzyżowej, wynosi szesnaście. Jeśli przyporządkuje się każdej rzeźbie liczbę od jeden do szesnaście, a następnie wstawi się je w odpowiednie miejsca w magicznym kwadracie, można stwierdzić, że brakuje dwóch stacji: żołnierza Longinusa i zmartwychwstania. Powstaje pytanie: dlaczego?

Serra przytaczał jedną teorię za drugą, a każda zdawała się bardziej zagadkowa i nieprawdopodobna.

Wreszcie zamknął książkę. Jakob wciąż siedział wyprostowany, podczas gdy Lola i ja wykończeni zwisaliśmy z naszych krzeseł.

– Obawiam się, że niewiele wam jednak pomogłem – zreflektował się staruszek, wykonując przy tym przepraszający gest. – Mam nadzieję, że nie zanudziłem was swoimi wywodami lub jeszcze bardziej wam nie namieszałem.

– Nie, na pewno nie. Ale mimo pana starań nie za bardzo posunęliśmy się naprzód – odparła Lola.

W milczeniu siedzieliśmy wokół stołu, wręcz uginającego się pod książkami. Nagle Jakob sięgnął po książeczkę, z której Serra czerpał swoje przykłady.

– Czy nie przytoczono tutaj teorii, według której należy dodać do siebie podwójne liczby? – zapytał przejęty.

Serra przytaknął.

– To była teza z podstawieniem liter.

– Ale co by było, gdyby nie dodawać do siebie dziesięć i czternaście, tylko zapisać je obok siebie? A więc tysiąc czternaście lub tysiąc czterysta dziesięć?

– Zgadza się, to mogłyby być daty! – zawołałem.

– Ciekawe spostrzeżenie – przyznał Serra. – Pomogłoby mi, gdybyście wyjaśnili, dlaczego tak bardzo zależy wam na rozwikłaniu zagadki tych kwadratów.

– Zadanie domowe – odparł Jakob. – Przecież już wcześniej to mówiliśmy.

Staruszek się uśmiechnął.

– Mówiliście, a pewnie. Tylko czy to prawda? Mam już kilka ładnych latek na karku, ale to nie znaczy, że można mnie brać za głupca. Tyle zainteresowania jakimś przedmiotem to rzecz raczej niespotykana wśród uczniów. Byłem nauczycielem, więc wiem, o czym mówię.

– Jesteśmy po prostu inni – odparłem.

– Bez wątpienia. – Serra nie dawał się zbić z pantałyku. – Nie będę w takim razie nalegał, to w końcu wasza decyzja. Lecz jeśli chcecie, naprawdę chętnie wam pomogę.

Spojrzeliśmy na siebie. Co mieliśmy do stracenia? Przecież sami nie wiedzieliśmy, czego tak naprawdę szukamy, przez co byliśmy zdani na każdą, nawet najmniejszą wskazówkę. Poza tym nie musieliśmy mu opowiadać wszystkiego w najdrobniejszych szczegółach.

Pozostali zdawali się podzielać to zdanie.

– Mogę? – zapytał Jakob, a Lola i ja przytaknęliśmy. Przedstawił zatem starą legendę o tajemniczym przedmiocie i przytoczył wiersz, który miał zawierać jakieś wskazówki na ten temat.

– I jakie wnioski wyciągnęliście z tych wersów? – zapytał Serra z zainteresowaniem.

– Tylko takie, że nie chodzi w nich o treść, a raczej o niektóre występujące tam pojęcia.

Serra na chwilę zatopił się w myślach, zanim ponownie się odezwał.

– To, co przed chwilą powiedziałeś, coś mi przypomniało. Chiny, Poblet, zagadka i Gaudí, co mogą mieć ze sobą wspólnego? I wtedy przyszło mi do głowy, że dawno temu czytałem coś, co być może mogłoby dostarczyć odpowiedź na to pytanie.

W napięciu przysunęliśmy się do siebie, aby nie uronić żadnego z jego słów. Staruszek zaś zniżył głos do szeptu, mimo że oprócz śpiącego czytelnika nikogo na sali nie było.

– Gaudí miał przyjaciela z młodości Eduarda Todę i Güella, z którym niegdyś badał ruiny klasztoru w Poblet. Trzeci w drużynie był Josep Ribera i Sans. Marzyli o tym, aby odbudować klasztor, przetrząsali więc każdy najmniejszy kąt. W piśmie, które przeczytałem, jest wzmianka o tym, że wpadło im w ręce coś, z czego znaczenia dopiero później w pełni zdali sobie sprawę. Był to pierścień.

– Pierścień? – powtórzyłem.

I to wszystko? Chodziło tylko o zwykły pierścień? I dlatego z całej tej sprawy robiono taką tajemnicę?

Również na twarzach Loli i Jakoba odmalowało się rozczarowanie. Serra musiał to zauważyć, ponieważ podniósł dłoń.

– Nie wyrokujcie zbyt szybko. Trzej młodzi mężczyźni od razu zauważyli, że pierścień, który znaleźli, wcale nie był zwykłym pierścieniem. Każdy z nich trzymał go w ręku i każdy czuł wielką moc promieniującą z tego maleńkiego kawałka metalu. Gaudí zabrał pierścień ze sobą do Barcelony, kiedy podjął tam studia. Toda wszczął badania nad jego pochodzeniem. Dowiedział się, że setki lat temu został on przyniesiony do klasztoru w Poblet przez jedną z pierwszych grup Romów, które dotarły do Hiszpanii.

Bingo!

Wreszcie mieliśmy jakieś powiązanie między wujkiem Loli, jego niezwykłą wiadomością i świątynią Sagrada Família.

Nasz sceptycyzm uleciał bez śladu.

– Jaką moc miał ten pierścień? – spytała Lola.

– O tym niestety nic nie napisano – odparł Serra. – Ale czy nie jest godne uwagi, że wszyscy trzej, a więc Gaudí, Güell i Sans, odnieśli potem znaczne sukcesy?

– Zgadza się. Güella znam nawet ja – przyznałem. Wreszcie i ja mogłem zapunktować swoją wiedzą. – Był bogatym człowiekiem, który zlecał wiele prac Gaudíemu.

– Mylisz się – poprawił mnie Serra. – Güell, o którym tutaj mowa, był dyplomatą, między innymi w Chinach, oraz archeologiem.

– Chiny! – zawołał Jakob. – Tym samym nasz krąg się zamyka.

– No dobrze – przyznałem. – Znamy już związek między klasztorem w Poblet, Chinami, Gaudím i pierścieniem. Ale wciąż nie wiemy, gdzie znajduje się pierścień.

– Dlatego musimy rozwiązać kwadrat magiczny – stwierdził Jakob poruszony.

Serra rzucił okiem na swój zegarek.

– Niestety nie mogę dłużej służyć wam pomocą, mam ważne spotkanie. – Wstał, wyjął z kieszeni wizytówkę i położył ją na stole. – Jeśli będziecie mieć jakieś pytania, skontaktujcie się ze mną, proszę. Zawsze bardzo mnie cieszy, kiedy spotykam młodych ludzi tak żądnych wiedzy jak wy. I jeszcze coś. – Ponownie pochylił się w naszą stronę. – Uważajcie, komu opowiadacie tę historię. Nie każdy będzie wam tak sprzyjał jak ja.

Po tych słowach opuścił nas. Cóż to miało oznaczać?

– Zabrzmiało to tak, jakby wiedział coś więcej na ten temat – zauważył Jakob.

– Zdecydowanie tak – poparłem go. – I przed kim mielibyśmy się strzec?

Jakob wzruszył ramionami.

– Miejmy nadzieję, że to nie był błąd, że opowiedzieliśmy mu o naszej sprawie. – Zmartwiłem się. – Byliśmy zdecydowanie za bardzo otwarci.

Jakob w zamyśleniu przygryzł dolną wargę.

– E tam – zaprotestowała Lola. – Nie wierzę, aby źle nam życzył. W przeciwnym razie przecież by nas nie ostrzegał!

– Co najmniej połowa świata zdaje się coś wiedzieć na temat tego skarbu Romów – zauważyłem. – Najpierw Morales, teraz Serra. I jakie inne typy mógł mieć na myśli?

– Może chciał nas tylko nastraszyć – zastanawiał się na głos Jakob. – W takim razie byłby jedynym, który wie o naszych poszukiwaniach, oprócz Moralesa oczywiście.

Wziąłem do ręki wizytówkę, którą Serra zostawił na stole.

– Jest tu tylko jego nazwisko i numer telefonu. Żadnego tytułu, żadnego zawodu. Nieco dziwne jak na poważnego uczonego, prawda?

– Teraz już tego nie cofniemy – zauważyła przytomnie Lola. – Poza tym przecież nie zaczniemy niedowierzać całemu światu tylko dlatego, że mieliśmy złe doświadczenia z Moralesem. Serra powiedział nam przynajmniej, o co tutaj chodzi.

– O ile to prawda, a nie wpuszczanie nas w maliny – stwierdził Jakob, znowu pochylając się nad swoją komórką.

– Co robisz? – zapytałem.

– Szukam dat, które mogłyby pasować do liczb z kwadratów.

Jak widać, temat Serry uważał za zamknięty.

Lola ziewnęła ukradkiem.

– Zmęczona? – zapytałem.

– Dużo tego jak na tych kilka ostatnich dni – odparła.

Dobrze ją rozumiałem. Na mnie ostatnie wydarzenia też odcisnęły swoje piętno.

Jeszcze parę dni temu moje życie było dość nudne, ale przynajmniej toczyło się utartym torem. Teraz nie tylko umarł człowiek, który w jakiś sposób należał do mojej codzienności, lecz także zyskałem kilku nowych przyjaciół, tak bardzo różniących się od moich dotychczasowych kumpli. Nieomal nie padłem ofiarą gangu i groził mi typ spod ciemnej gwiazdy w osobie Moralesa. Można było doznać szoku.

Jakob przerwał moje myśli.

– Chyba znalazłem – oznajmił, jednocześnie spoglądając na nas z wyrzutem. – Też moglibyście trochę pomóc.

– Po co? – zapytałem i dodałem z niewinnym uśmieszkiem: – Przecież ty tu jesteś supermózgiem. Zanim zdążyliśmy wrzucić jakieś hasło do przeglądarki, już wszystko odszukałeś.

Chyba mu się to spodobało.

– Zgadza się, w szukaniu informacji jestem całkiem niezły.

Był dość zarozumiały, jednak muszę przyznać, że bez niego nie zaszlibyśmy tak daleko. Przynajmniej nie tak szybko.

– Zatem czego się dowiedziałeś?

– Dla 1014 roku niczego nie znalazłem. Za to znalazłem dla roku 1410. – Zawiesił głos.

– No nie dręcz nas tak. Mów! – domagała się Lola.

– Dobrze. Męska linia królewskiego rodu z Barcelony kończy się w 1410 roku na Sycylii wraz ze śmiercią Marcina I.

– I? – Lola spoglądała na niego równie zmieszana jak ja.

Jakob wzruszył ramionami.

– Żadnego „i". To wszystko. Poza tym nie ma niczego, co wskazywałoby na jakikolwiek związek z Barceloną.

Nic, tylko rwać włosy z głowy. Ledwie rozwikłaliśmy jedną zagadkę, a już pojawia się następna. Na co miałaby się nam przydać ta informacja?

Rozczarowany i zmęczony osunąłem się na krzesło. Z Loli najwyraźniej też uleciała cała energia.

Kiedy zobaczyłem jej wyraz twarzy, przypomniałem sobie o tym, co powiedział Antonio. Naszą bronią jest nasz rozum. A kiedy miałbym go użyć, jeśli nie teraz?

Postanowiłem wziąć się w garść i wpisałem słowa „Sycylia" i „Barcelona" do przeglądarki w swoim smartfonie. Już pierwszy wynik to była nazwa ulicy Carrer de Sicília. W Barcelonie! Dopiero w następnej kolejności wyskoczyły domki wakacyjne i loty z Barcelony na Sycylię.

Pokazałem obojgu moje wyniki.

– No cóż, niewiele – rzucił Jakob.

– Jednak zawsze coś – powiedziała Lola entuzjastycznie.

– Najlepiej będzie, jeśli się tam przejdziemy. A jeżeli niczego tam nie znajdziemy, możemy poszukać w innym miejscu – zaproponowałem. – Albo jeszcze raz wypytać tego Serrę.

Lola wstała.

– Od razu wam mówię, że dzisiaj już nigdzie nie idę. Chcę tylko wrócić do domu. Poza tym muszę zdać relację Antoniowi z tego, czego dowiedzieliśmy się do tej pory.

Ja też nie miałem ochoty na dalsze wędrówki po mieście. Powinienem wrócić do domu, zanim rodzice zaczną się o mnie martwić. Tatę co prawda uspokajało to, że byłem z Jakobem, jednak nie chciałem ryzykować ani tym bardziej prowokować jakichś bardziej wnikliwych pytań z jego strony.

Jakob wydawał się lekko rozczarowany, jednak się z nami nie kłócił.

Opuściliśmy bibliotekę, po czym odprowadziliśmy Lolę do jej dzielnicy, gdzie się z nią pożegnaliśmy. Kiedy szliśmy razem z Jakobem wzdłuż Travessera w stronę domu, nagle poczułem mrowienie na karku. Zatrzymałem się i odwróciłem. Na ulicy roiło się od samochodów, a chodniki były pełne ludzi.

– Co jest? – zapytał Jakob i też się rozejrzał.

– Nie wiem. – Mrowienie na karku zniknęło.

– Ktoś nas śledzi?

Pokręciłem głową.

– Możliwe, że coś mi się wydawało.

– Może Morales jednak sobie odpuścił po tym, jak zobaczył, że nic nie wiemy.

– Może – odparłem, ale tak naprawdę wcale w to nie wierzyłem.

– Nie bądź ipta i nie daj się zwariować.

Dla żartu uderzyłem go w ramię.

– Jaka ipta!

Jakob wyszczerzył zęby w uśmiechu.

– Jesteś Szwabem, a nie rozumiesz naszego języka!

– Nie jestem Szwabem – zaprotestowałem, na co Jakob jeszcze bardziej wyszczerzył zęby.

– Tak my, Szwajcarzy, nazywamy niemieckich sąsiadów – wyjaśnił. – A ipta to po prostu głupek.

Znowu go szturchnąłem.

– Aha, jestem więc głupkiem.

I tak przekomarzaliśmy się jeszcze jakiś czas i kiedy się rozstaliśmy, już wcale nie myślałem o Moralesie.

Co, jak się okazało, było wielkim błędem.

Osobliwy księgarz

Carrer de Sicília nie zasługiwała na szczególną uwagę, ot, jedna z licznych ulic w Barcelonie. Większość stojących na niej domów to były nowe budynki z mieszkaniami na piętrze, a na parterze z typowymi lokalami takimi jak salony kosmetyczne, masarnie, bary, biura podróży, sklepy z telefonami, warzywniaki, salony fryzjerskie, piekarenki czy fast foody.

Przeszliśmy obok niewielkiego parku i opuszczonego placu zabaw. Poza nami na ulicy było tylko kilkoro przechodniów.

Cóż szczególnego mielibyśmy tutaj znaleźć?

Twarz Jakoba wydłużała się, w miarę jak posuwaliśmy się po ulicy, która zdawała się nie mieć końca. Na domiar złego niebo zachmurzyło się i zawisło nad dachami niczym ciężki szary dzwon. Znad gór zerwał się chłodny wiatr i w każdej chwili mógł spaść deszcz.

Podobnie jak poprzedniego dnia szliśmy tak czujnie, jak tylko to było możliwe. Ponieważ jednak ponownie nie zdołaliśmy znaleźć choćby śladu jakichkolwiek prześladowców, nasza czujność z każdym krokiem malała. Zwłaszcza że Carrer de Sicília była tak opustoszała, iż każdą podejrzaną osobę zauważylibyśmy nawet ze znacznej odległości.

Dotarliśmy prawie do końca ulicy, gdy Lola gwałtownie się zatrzymała.

– Popatrzcie tam! – krzyknęła i pokazała na przeciwległą stronę.

Zobaczyliśmy maleńki sklepik z tylko jedną niepozorną witryną, w niezbyt ładnym budynku. Nad drzwiami wejściowymi wisiał ręcznie malowany szyld z napisem „*Casal de Barcelona*".

Królewski dwór w Barcelonie? To nie mógł być przypadek! W pośpiechu przekroczyliśmy jezdnię i znaleźliśmy się przed witryną, która wyglądała tak, jakby od miesięcy nie była czyszczona. Staliśmy przed księgarnią – co do tego nie było wątpliwości. Przez szybę zdołaliśmy ujrzeć podłużne pomieszczenie z regałami przy ścianach. Pomiędzy nimi stały stoły z piętrzącymi się na nich książkami. Sklep sprawiał wrażenie opustoszałego. Nie było widać klientów ani sprzedawcy.

– Czy Subirachs rzeczywiście miał na myśli ten sklep? – zapytałem sceptycznie. – Przecież nie wiedział, czy będzie jeszcze istniał, kiedy ktoś wpadnie na rozwiązanie jego kwadratu.

– Może nie zakładał, że zajmie to tyle czasu – stwierdził Jakob.

– A poza tym czy już się nad tym zastanawialiście, że wujek Loli i rzeźbiarz musieli się znać?

– Niekoniecznie – odparł Jakob. – Możliwe, że stary Juan po prostu przejął kwadrat od Subirachsa i nadał mu nowe znaczenie.

– Znaczyłoby to, że do tej księgarni doprowadził nas nie Subirachs, tylko wujek Juan? – zapytała Lola ze zdumieniem.

– Właśnie tak – potwierdził Jakob. – Rzeźbiarz prawdopodobnie nie ma nic wspólnego z całą tą sprawą.

– A jego przynależność do wolnomularzy?

– Może to także tylko przypadek.

– Cokolwiek by to było, musi mieć coś wspólnego z właścicielem księgarni – stwierdziłem. – Książki się sprzedają i znikają. Księgarze nie.

Lola przycisnęła nos do szyby.

– Nie widzę tu żadnego księgarza.

– Wejdźmy i się rozejrzyjmy.

Spojrzeliśmy na siebie i niemal jednocześnie kiwnęliśmy głowami. Na pewno warto było spróbować. Poza tym właśnie zaczęły spadać na nas pierwsze krople deszczu, a sklep oferował wygodne schronienie.

Popchnąłem drzwi i weszliśmy do środka.

W środku wcale nie było tak ciemno, jak nam się zdawało z zewnątrz. Na końcu długiego pomieszczenia znajdowało się biurko z komputerem, a za nim siedział siwowłosy mężczyzna. Właśnie rozmawiał przez telefon i zdawał się wcale nie zauważać naszego przybycia.

Trochę pachniało stęchlizną. Książki wokół nas nie były zwykłą zbieraniną bestselerów i przewodników, jakie można znaleźć w większości księgarń Barcelony. Dotyczyły dość podejrzanych tematów: czarów *voodoo* i santerii*, wolnomularstwa i prześladowań czarownic, astrologii i teorii spiskowych. Pokręciliśmy się trochę między regałami i przekartkowaliśmy częściowo pożółkłe strony paru książek, zanim pochyliliśmy głowy ku sobie, żeby się naradzić.

– W książkach niczego nie znajdziemy – zauważyła Lola.

– Nie byłbym tego taki pewien – zaoponował Jakob. – Nie widzisz, że wszystkie zgromadzone tu książki dotyczą przedmiotów, które w mniejszym lub większym stopniu są tajemnicze? Może powinniśmy jeszcze trochę poszukać. A jeśli niczego nie znajdziemy, zapytamy po prostu tego pana, czy znał Subirachsa.

Kiwnąłem głową. Nie było to może głębokie przekonanie, raczej niechęć przed spotkaniem z ulewą, która rozszalała się na zewnątrz.

– Czego dokładnie szukacie? – Znienacka rozległ się za nami głos, a my aż podskoczyliśmy ze strachu.

* Santeria – afroamerykański kult pochodzenia karaibskiego, występujący głównie na Kubie.

Był to oczywiście księgarz, który niepostrzeżenie do nas podszedł.

Na pierwszy rzut oka sprawiał wrażenie nieszkodliwego. Miał na sobie ciemnoczerwony blezer, a pod nim koszulę w kratę, wypchane na kolanach spodnie i znoszone pantofle. Wyglądał tak jak wielu właścicieli mniejszych sklepów, których się tu spotykało.

Jednak kiedy zobaczyłem wyraz jego oczu, od razu zmieniłem zdanie. Uważnie nas lustrowały, bynajmniej nie z przyjaznym zainteresowaniem, raczej tak jak wilk przygląda się owcy, która niczego nie podejrzewając, zabłąkała się na jego teren.

Jakob odezwał się pierwszy:

– Znajomy polecił nam pańską księgarnię. Chcieliśmy się trochę rozejrzeć.

– Znajomy, co? – Oczy mężczyzny się zwęziły. – A jak się ten znajomy nazywa?

– Josep Serra – wyrwało mi się. Było to pierwsze nazwisko, które przyszło mi do głowy.

Zdumiewające, jaką reakcję wywołało to nazwisko u księgarza. Najpierw jego twarz spochmurniała, jakby zaraz miał wybuchnąć i wyrzucić nas ze sklepu. Następnie jego rysy równie szybko się wygładziły, a usta rozciągnęły w uśmiechu.

– Josep Fons Serra, tak? – zapytał. – Bardzo wykształcony człowiek i szlachetny dżentelmen. Napawa mnie dumą, a jednocześnie dziwi, że was do mnie przysłał.

– Zna go pan? – Zdumiałem się.

– Stary Pep przez długi czas był moim wiernym klientem. A wcześniej nawet trochę się przyjaźniliśmy. – Jego twarz przybrała nieco nostalgiczny wyraz. – Cieszy mnie to, że po tak długim czasie jeszcze o mnie pamięta.

Zamilkł na chwilę. Potem potrząsnął głową, jakby chciał się wyrwać ze wspomnień.

– Ale chodźcie, chodźcie. W czym mogę wam pomóc? – Pokierował nas w stronę biurka, przy którym jeszcze niedawno siedział.

Zrobiliśmy mu tę przyjemność. Przy odrobinie szczęścia może uda nam się znaleźć tu jakąś wskazówkę? Może zagadka Subirachsa miała nas doprowadzić nie do kryjówki z przedmiotem czy do informacji, tylko do człowieka? Sądząc po wieku księgarza, można było z powodzeniem założyć, że mógł znać rzeźbiarza osobiście.

Mężczyzna przysiadł na krawędzi biurka. Staliśmy przed nim jak trzech uczniów przed surowym nauczycielem. Czy mogliśmy mu zaufać? Jego podejrzliwe spojrzenie kazało raczej zakładać coś przeciwnego, ale co powinniśmy zrobić? Do tej pory był to nasz jedyny trop, a jeśli chcieliśmy pójść dalej, musieliśmy, bez względu na rezultat, uchylić przed nim rąbka naszej tajemnicy.

– Sądzimy, że kwadrat Subirachsa wskazuje na pana sklep – powiedziałem wreszcie. Nie patrzyłem przy tym mężczyźnie w oczy, tylko wbiłem wzrok w ciemną plamę na jego swetrze. – Znał go pan?

– Rozwiązaliście kwadrat Subirachsa? – wyrwało mu się. – Ale przecież jesteście...

– ...jeszcze dziećmi? – dokończył za niego Jakob. – I co z tego? Co jedno ma wspólnego z drugim?

– Masz rację, w zasadzie nic. – Mężczyzna potarł dłonie. – Dobrze, że do mnie przyszliście. Trafiliście pod dobry adres. Czy Pep pomógł wam rozwikłać kwadrat? – Jego głos zabrzmiał teraz ostrzej.

– Pomógł nam tylko dotrzeć do pewnej książki, to wszystko. Na resztę wpadliśmy sami.

– No dobrze. – Mężczyzna założył nogę na nogę. – Może powinienem opowiedzieć wam trochę więcej o Josepie i o mnie, co? Tak w ogóle nazywam się Arnulfo. Arnulfo Robles. – Wykonał zamaszysty gest ręką. – Jak sami widzicie, zajmują mnie sprawy, które nieco odbiegają od typowych zainteresowań ludzi. Dzięki temu poznałem niegdyś obu Pepów.

– Obu Pepów? – zapytałem. Wiedziałem, że w Katalonii „Pep" to zdrobnienie imienia „Josep".

– Pepa Serrę i Pepa Subirachsa – odparł Arnulfo. – Dzieliliśmy pasję do tajemnic oraz zjawisk, których nie da się wytłumaczyć w konwencjonalny sposób. Połączyło nas zainteresowanie nauką. W pewnym momencie jednak Subirachs stwierdził, że nie ma czasu, chciał się w pełni poświęcić swoim rzeźbom. A Serra... – Arnulfo spuścił wzrok. – Serra nagle zaczął przedkładać swój osobisty interes nad naukę. Od tej pory liczyły się dla niego tylko bogactwo i władza. – Westchnął. – Dlatego z ciężkim sercem musiałem zakończyć tę przyjaźń.

– Na nas zrobił całkiem przyjemne wrażenie – stwierdził Jakob. – I pomógł nam, niczego w zamian nie żądając. Nawet nie chciał wiedzieć, co takiego wyczytaliśmy z kwadratu.

Arnulfo znowu spochmurniał.

– Josep jest bardzo sprytny. Powinniście trzymać się od niego z daleka. Niezły z niego aktor, to wszystko! Czy nie zastanowiło was, dlaczego przypadkiem pojawił się akurat tam, gdzie szukaliście wskazówki?

– Podejrzewa pan, że na nas czekał? – W głosie Loli, podobnie jak Jakoba, pobrzmiewało niedowierzanie. – Przecież nie mógł wiedzieć, że przyjdziemy do biblioteki Arús.

– Tak? Nie mógł? A co z tymi dwoma panami na zewnątrz? – Wykonał podbródkiem ruch w kierunku wystawy.

Obejrzeliśmy się.

Po drugiej stronie ulicy stali Morales i jego wspólnik!

Czy zdążyli nas zauważyć? A może w głębi sklepu byliśmy poza ich wzrokiem? W końcu stojąc na ulicy, też nie widzieliśmy Arnulfa.

– Musi nam pan pomóc! – wykrzyknąłem w panice. – Może nas pan gdzieś ukryć?

– A więc ci dwaj rzeczywiście przyszli tu za wami?

Przytaknęliśmy.

– Proszę – nalegałem.

– No ładnie. – Przesunął nas do drzwi, które prowadziły na zaplecze księgarni.

Rzuciłem wzrokiem za siebie. Morales i ten drugi właśnie przechodzili na drugą stronę ulicy. Miałem wielką nadzieję, że nas nie zauważyli.

– Szybko! Tutaj!

Znaleźliśmy się w małym pomieszczeniu biurowym, z kolejnymi drzwiami umieszczonymi na przeciwległej ścianie.

– Prowadzą do magazynu – powiedział Arnulfo. – Schowajcie się tam i zachowujcie spokojnie. Przyjdę po was, kiedy atmosfera się oczyści. – Z tymi słowami zawrócił do sklepu.

W malutkim magazynie stały stosy kartonów. Większość była rozerwana, a niektóre ze stosów niebezpiecznie się przechylały. Przykucnęliśmy za pakunkami.

– Jak Morales nas znalazł? – szepnęła Lola.

– Musiał nas śledzić – odparł Jakob. – Ale odkąd? A może obserwował jedno z nas?

– Na pewno bym go zauważył – stwierdziłem, mimo że wcale nie byłem tego taki pewien. – Poza tym cały czas obserwowaliśmy ulicę. Nigdzie go nie było.

– A jednak się pojawił – skomentował sucho Jakob.

– Myślicie, że możemy ufać temu Arnulfowi? – zapytała szeptem Lola.

Wzruszyłem ramionami.

– Nie mam pojęcia. Może jest w zmowie z Moralesem i sam go tutaj wezwał.

– Mało prawdopodobne – skwitował Jakob. – Zauważylibyśmy to. Poza tym tamci tak szybko by się tu nie pojawili.

– Pst! – uciszyła nas Lola.

Ktoś wszedł do biura. Usłyszeliśmy głosy. Ostrożnie podczołgałem się do drzwi magazynu i przycisnąłem do nich ucho.

– Nie mam pojęcia, co to mogło być – powiedział ktoś.

Rozpoznałem głos Moralesa.

– Znam wiele legend, drogi panie, jednak ta nie jest mi znana. – To był Arnulfo.

– Dziwne. Twoje nazwisko wypływa w związku z tą sprawą kilkakrotnie.

– Mogę to tylko wyjaśnić tym, że moje nazwisko często jest wymieniane w związku z tajemniczymi zjawiskami w Barcelonie.

– Czy mógłbym poprosić mojego asystenta, aby dokładniej przetrząsnął twoją zbójecką jaskinię? Może jednak coś znajdzie.

– Proszę bardzo, drogi panie, jednak będzie to strata czasu.

Usłyszeliśmy odgłos kroków zbliżających się do

magazynu. Musiałem się wziąć w garść, aby nie podskoczyć. Jeśli jednak mieli wejść do tego pomieszczenia, i tak by nas znaleźli.

– Dokąd prowadzą te drzwi? – spytał Morales.

– Do nieczynnej toalety.

Ktoś nacisnął klamkę i nią szarpnął. Wstrzymałem oddech.

– Gdzie jest klucz?

– Nie mam go, proszę pana. Pomieszczenie od lat jest nieużywane. Kilkakrotnie nagabywałem właściciela lokalu, żeby coś z tym zrobił, ale... sam pan wie... To on ma klucz. Chętnie do niego zadzwonię, jeśli pan nalega.

Morales jeszcze raz ruszył klamką, po czym kroki się oddaliły.

– No dobra, Robles. Na dzisiaj dam sobie z tym spokój. Ale biada ci, jeśli coś przed nami zataiłeś. Wiesz, kim jesteśmy.

– O tak, wiem, proszę pana.

Głosy się oddaliły i mogłem wreszcie wstać. Lola i Jakob również wyszli zza skrzynek.

Kilka sekund później otworzyły się drzwi.

Arnulfo był blady jak ściana.

– Xinos – wymamrotał. – Skąd znacie takich ludzi?

– To długa historia – odparłem.

– Znaleźliście sobie potężnych przeciwników.

– Nikogo sobie nie znaleźliśmy – zaprotestowała

Lola. – Kim są ci mężczyźni? Dlaczego nazywają się Xinos?

Arnulfo pokazał nam ręką, abyśmy poszli za nim do biura.

– Lepiej zostańmy tutaj, na wypadek gdyby jeszcze kręcili się gdzieś w pobliżu.

Osunął się na jedyne krzesło znajdujące się w tym pokoju, otworzył szufladę biurka i wyjął z niej butelkę oraz szklankę.

– Najpierw muszę nieco uspokoić nerwy – powiedział i nalał sobie do szklanki trochę przezroczystej cieczy, którą wypił jednym haustem.

– *Aguardiente* – powiedziała Lola, co oznaczało wódkę.

– Dokładnie tak, *aguardiente* – potwierdził Arnulfo i nalał sobie jeszcze jedną porcję. Potem schował butelkę z powrotem do biurka.

– No więc kim są ci Xinos, o których pan wspomniał? – powtórzyła pytanie Lola.

Arnulfo odchylił się na krześle. Na jego policzki powoli wracały rumieńce.

– Nie macie pojęcia, w co się wplątaliście, co?

Potrząsnęliśmy głowami.

– To może lepiej, aby tak zostało.

– A jeśli ci Xinos znowu się pojawią? – Lola się zaniepokoiła. – Jeżeli powie nam pan, co pan o nich wie, może uda się nam lepiej przed nimi ochronić.

Arnulfo machnął ręką.

– Nie przyszli tu dlatego, że podążali za wami. Chcieli uzyskać coś ode mnie. Dziwny zbieg okoliczności, nie sądzicie? – Podniósł palec wskazujący. – Ale od początku: Xinos to tajne stowarzyszenie, a jego nazwa powiązana jest z człowiekiem o nazwisku Toda i Güell. Nosił przydomek *consol xino*, ponieważ był kiedyś konsulem w Chinach. To potężna organizacja o koneksjach w najwyższych kręgach.

Toda i Güell! To przecież on wspólnie z Gaudím znalazł pierścień, którego my teraz szukaliśmy! Jakob i Lola również od razu zaskoczyli, sądząc po spojrzeniach rzucanych w moją stronę.

– Jak to możliwe, że tak potężna organizacja wysyła zaledwie dwóch typów pokroju Moralesa i jego pomocnika? – zapytałem.

– Nie powinieneś ich lekceważyć – upomniał mnie Arnulfo. – Dla Xinos najważniejsze jest, aby nie wzbudzać zainteresowania. Gdyby chcieli, mogliby nas wszystkich wsadzić za kratki, ale wtedy zaczęto by stawiać pytania. A tego chcą za wszelką cenę uniknąć.

– Co znaczy, że Morales nie jest przywódcą Xinos – domyślił się Jakob.

– Ten błazen? Nie, skądże. Nikt nie wie, kto przewodzi organizacji, nawet jej członkowie. Polecenia dla szeregowych członków są wydawane pisemnie lub telefonicznie.

Chciałem zadać kolejne pytanie, ale Arnulfo wstał i przeszedł do sklepu.

Podążyliśmy za nim, jednak najpierw upewniliśmy się, że nikt nie stoi po przeciwnej stronie ulicy.

Księgarz przeszedł wzdłuż stołów, jakby czegoś szukał. Nagle się zatrzymał.

– Bardzo ciekawe! – zawołał.

– Co? – zapytałem.

– Wasz przyjaciel Morales zabrał pewną książkę – odpowiedział.

– To nie jest nasz przyjaciel – zaprotestowałem. – I co jest szczególnego w tej kradzieży?

– Temat, którego dotyczyła książka: Enriqueta Martí.

Nic z tego nie rozumiałem. Lola wręcz przeciwnie.

– Wampir z Raval! – zawołała.

Oboje spojrzeliśmy na Lolę ze zdumieniem. W tej chwili nawet sprytny Szwajcar zdawał się wiedzieć mniej niż ona.

– Widzę, że ktoś tutaj odrobił zadanie domowe. – Arnulfo przytaknął z zadowoleniem. – Teraz pytanie brzmi: dlaczego Xinos się tym interesują? Nie mogę sobie wyobrazić, że zabrali akurat tę książkę przypadkiem, jako coś w rodzaju pamiątki z księgarni.

Skubiąc brzeg swetra, podszedł jeszcze raz do stołów, rozejrzał się, po czym wrócił do nas.

– To był ostatni egzemplarz – mruknął. – Wydawnictwo zbankrutowało, a książka została wyprzedana. Bardzo irytujące.

Zaczynał mnie denerwować. Może był tylko starym głupcem, a ja myliłem się, biorąc go za szczwanego lisa. Jednak zanim zdążyłem zapytać go o coś więcej, rzucił okiem na swój zegarek.

– A teraz wybaczcie, będziemy musieli odłożyć naszą rozmowę na następny raz – powiedział. – Mam coś pilnego do zrobienia.

I zniknął w swoim biurze.

Spojrzeliśmy na siebie. Chciał nas tak po prostu zbyć? Jednak po chwili zjawił się znowu, z aktówką w ręce i przerzuconym przez ramię brązowym wełnianym płaszczem, który wyglądał o wiele bardziej elegancko niż to, co miał na sobie.

– Mam przyjaciółkę, pracuje w dzielnicy Raval – powiedział. – Jest ekspertem, jeśli chodzi o historię Enriquety Martí. Przed chwilą rozmawiałem z nią przez telefon, jest u siebie. Możecie zatem od razu do niej pójść. Być może uda wam się od niej dowiedzieć, co Xinos mają z tym wspólnego. – Napisał coś na kartce i nam ją podał. – Tu jest jej nazwisko i adres. Dam jej znać, że zaraz się u niej zjawicie. Jeśli się czegoś dowiecie, wróćcie tu, żeby mi o tym opowiedzieć, zgoda? – Z tymi słowami wypchnął nas z księgarni.

Największy deszcz już przeszedł i teraz tylko delikatnie siąpiło. Powietrze pachniało świeżością i niewielką domieszką miejskiego kurzu.

Arnulfo zamknął drzwi, po czym podał każdemu z nas rękę na pożegnanie.

– Oczekuję waszych odwiedzin – powiedział, nałożył płaszcz i odszedł.

Staliśmy tam przez chwilę, nie bardzo wiedząc, co dalej.

– I co robimy? – zapytał Jakob.

Spojrzałem na niebo.

– Proponuję, żebyśmy usiedli w jakiejś kawiarni i się naradzili.

Nikt nie miał nic przeciwko temu. Poszliśmy wzdłuż Carrer de Sicília w kierunku centrum, aż dotarliśmy do jakiejś kafejki, przed którą pod zadaszeniem stało kilka pustych stolików. Zamówiliśmy trzy lemoniady i przystąpiliśmy do obrad.

– Czego dokładnie właśnie się dowiedzieliśmy? – zapytałem, bo chciałem uporządkować myśli.

– Po pierwsze, że Subirachs znał Roblesa – odparł Jakob.

– Po drugie, że Morales i Xinos czegoś od niego chcą – dodała Lola.

– Po trzecie, że mają coś wspólnego z Todą i Güellem, o którym mówił nam również Serra – kontynuował Jakob.

– I tym samym z pierścieniem – podsumowałem.

Lola kiwnęła głową.

– A Robles i Serra nie są przyjaciółmi, przynajmniej już nie.

– Poza tym jest jeszcze ta Enriqueta Martí – przypomniał nam Jakob. – Musimy się dowiedzieć, co ma wspólnego z całą tą sprawą.

– O ile coś ma – rzuciłem. – Do tej pory mamy na to tylko słowo Arnulfa. A ja mu nie ufam.

– Ja też nie – poparła mnie Lola.

Jakob zmarszczył czoło.

– A dlaczego?

– Po prostu przeczucie – odparłem.

– I zdajesz się na nie? – Jakob pokręcił głową. – Czy nie ukrył nas przed Moralesem? I czy nie dał wskazówki co do Enriquety Martí i nie opowiedział o Xinos?

– Tak, jednak o wiele istotniejsze jest to, czego nam nie powiedział – stwierdziłem. – Wydaje mi się, że wie o całej tej sprawie o wiele więcej, niż przyznaje, że wie. Kiedy chcieliśmy go dopytać, nagle nie miał już czasu.

– Zatem bardziej ufasz Serze niż jemu?

– Jeśli chcesz wiedzieć, to tak.

– A ja nie jestem taka pewna, czy rzeczywiście powinniśmy bardziej wierzyć Serze – zauważyła Lola. – Nie musi być od razu naszym przyjacielem tylko dlatego, że wydaje się nam sympatyczniejszy od Arnulfa. W przyszłości wszystko, co wydaje się nam ważne, powinniśmy po prostu zachowywać dla siebie.

Jakob przyznał jej rację.

– Dopóki nie dowiemy się, kto jaką rolę odgrywa w tej grze, ostrożność na pewno nie zawadzi.

– Zgoda. – Zwróciłem się do Loli: – A teraz może nam coś opowiesz o tym wampirze z Raval.

– Enriqueta Martí – zaczęła Lola. – To bardzo zagadkowa historia. Umarła w 1913 roku. Ludzie mówią, że porywała i zabijała dzieci, aby robić z nich maści i magiczne mikstury.

– Brrr, co za potworna historia. – Jakob aż się wzdrygnął. – Jesteś pewna, że to nie jest tylko bajka, taka katalońska wersja Jasia i Małgosi?

– Na pewno nie – upierała się Lola. – Naprawdę tutaj żyła. Jeśli zaś chodzi o morderstwa dzieci, historycy mają różne zdania na ten temat. Niektórzy twierdzą, że to tylko plotki. Jest pewne, że była prostytutką i obracała się w najlepszych kręgach. Przypuszczalnie z tego powodu policja przez tak długi czas zostawiała ją w spokoju.

– „W najlepszych kręgach" może oznaczać, że znała Gaudíego – zauważyłem.

– A także Todę i Güella, naszego *consol xino* – dodał Jakob. – Subirachsa nie, ponieważ ten urodził się dopiero w 1927 roku.

Spojrzałem w górę. Deszczowe chmury przesunęły się dalej i niebo znowu było niebieskie. Jeszcze przez co najmniej godzinę powinno być jasno. Wyciągnąłem z kieszeni kartkę, którą dostałem od Arnulfa. Było na niej napisane:

Pilar Fernández
Carrer de Joaquín Costa 29

– Co wy na to, żebyśmy jeszcze dzisiaj odwiedzili tę Pilar? – rzuciłem. – Arnulfo stwierdził, że ona może nam opowiedzieć więcej o Enriquecie Martí i jej koneksjach. I że teraz powinna być w domu.

Lola i Jakob zgodzili się pójść. Sprawdziliśmy na Google Maps, gdzie dokładnie znajduje się ta ulica, i ruszyliśmy w stronę Raval.

Po drodze Lola opowiedziała nam trochę o sobie. Jej tata pracował jako kierowca ciężarówki w firmie spedycyjnej, a mama pomagała w kuchni w restauracji. Miała trzech braci, ale wszyscy byli starsi i mieszkali już poza domem. Jako pierwsza w rodzinie chciała pójść na studia.

– A co chcesz studiować? – zapytałem.

– Kulturoznawstwo – odpowiedziała, po czym dodała, kiedy zobaczyła moje pytające spojrzenie: – Chcę zbadać historię naszego ludu w Hiszpanii oraz to, co wniósł do tutejszej kultury.

– Tak jak Antonio – zauważyłem.

Przytaknęła.

– Właśnie tak. Weźmy na przykład flamenco. Jako dziecko miałam jedno marzenie: chciałam zostać tancerką. I nie tylko ja. Prawie wszystkie moje przyjaciółki marzyły o tym samym.

– A teraz? Zrezygnowałaś ze swojego marzenia?

Lola się roześmiała.

– Naukę flamenco zaczyna się u nas w wieku pięciu, góra sześciu lat. Najpóźniej. Jakoś mi to umknęło.

– Ach, flamenco, andaluzyjski czar – wtrącił się Jakob.

Już zacząłem się dziwić temu, że tak długo nic nie mówił. Za to teraz przystąpił do jednej ze swoich nieskończonych tyrad.

– Camarón de la Isla, Paco de Lucía...

– Przestań! – zawołałem. – Wiem, co to jest flamenco! Lola tym bardziej!

Naturalnie wcale go to nie zniechęciło.

– A wiedzieliście, że nazwa „flamenco" może oznaczać zarówno flaminga, jak i Flamandów? Wtedy w Andaluzji żyła grupa Romów, która cieszyła się znacznymi przywilejami króla. Nazywano ich Flamandami, stąd *Flamencos*.

– Tak, tak, a flaming, ponieważ ruchy tancerek i tancerzy przypominają właśnie ruchy tych ptaków – dorzuciłem. W ubiegłym tygodniu przeczytałem o tym w jednym artykule.

Lola zatrzymała się i spojrzała na nas ze zdumieniem.

– Wiecie dość sporo – wydukała. – W takim razie na pewno znacie też Carmen Amayę.

– Hm – mruknęliśmy obaj równocześnie. Ulżyło mi, że Jakob też musiał spasować.

– Największa tancerka flamenco Barcelony! A wy jej nie znacie – podsumowała Lola z wyrzutem.

– Nieczęsto wychodzę – mruknął Jakob.

Lola roześmiała się głośno.

– Raczej byś jej nie spotkał. Nie żyje od kilku dziesięcioleci.

W głębi duszy cieszyło mnie, że Jakob ze swoim zarozumialstwem wreszcie dostał po nosie. Chociaż wiedziałem, że o mały włos też by mi się dostało, bo właśnie miałem wyskoczyć z jakąś podobną wymówką.

– A ty co masz z tym wspólnego? – zapytałem zamiast tego Lolę.

– Rodzina Amayi należy do większych i jest spokrewniona z naszą. Poza tym znacie ją.

Obydwaj spojrzeliśmy pytająco na Lolę.

– Plakat na mojej ścianie. Ta kobieta to Carmen Amaya.

– Aha.

Flamenco za bardzo mnie nie pociągało, to nie był mój rodzaj muzyki. Jednak dla *Kalé* zdawało się przedstawiać ogromną wartość.

– Nigdy nie byłeś na koncercie flamenco, zgadza się? – zapytała mnie Lola. – Koniecznie musimy to zmienić. Kiedy to wszystko się skończy, zabiorę cię ze sobą.

Przebiegł przeze mnie przyjemny dreszczyk, gdy wyobraziłem sobie wspólne wyjście z Lolą na koncert. Oznaczało to przecież, że spotykalibyśmy się nadal nawet po zakończeniu polowania na pierścień.

Tymczasem dotarliśmy już do Plaça de Catalunya, ogromnego placu w sercu miasta. Przekroczyliśmy go i poszliśmy w dół, do Rambli, szerokiej alei prowadzącej do morza. Kotłowało się na niej od ludzi, oczywiście przede wszystkim turystów i kieszonkowców, więc ciężko nam było stwierdzić, czy jesteśmy śledzeni. Morales z łatwością mógłby nas obserwować ukryty w tłumie i sam zupełnie niewidoczny.

El Raval to dzielnica mająca dwuznaczną opinię.

Wprawdzie czasy, gdy znajdowało się tu centrum wszelkiego zła, dawno minęły, jednak wąskie uliczki wciąż przyciągały różne ciemne typy, które miały nadzieję na zarobienie szybkich pieniędzy.

Droga zajęła nam więcej czasu, niż przypuszczałem, i kiedy skręciliśmy do Raval, słońce zniknęło już za dachami.

– Czy na pewno chcemy jeszcze tu wchodzić? – zapytał Jakob. – Moglibyśmy to przełożyć na jutro.

Nie mogłem mu odmówić racji. Wprawdzie Rambla wciąż była pełna turystów, którzy przesuwali się od jednego sklepiku do drugiego, ale jeden rzut oka w stronę bocznych uliczek wystarczył, aby stwierdzić, że tam sytuacja wyglądała zupełnie inaczej.

– Też sądzę, że moglibyśmy tu wrócić jutro – poparłem go.

Dobry nastrój sprzed paru chwil gdzieś się ulotnił. Nagle wszędzie widziałem prześladowców, a wąskie uliczki Raval jakoś nie wpływały na poprawę mojego humoru.

Lola podparła się pod boki.

– Doszliśmy już tak daleko, a wy po prostu chcecie zawrócić? Jak myślicie, co nam się tam może stać?

– Nie wiem. – Jakob wzruszył ramionami. – Napad, morderstwo, zabójstwo. – W każdym razie nie zabrzmiało to całkiem poważnie.

– Wiecie, jak często przechodziłam tędy po ciemku? – zapytała Lola. – El Raval to jedna z trzech dzielnic miasta, gdzie mieszkają *Gitanos Bajarí*. Mamy tam wielu krewnych, których nieraz odwiedzam. Wierzcie mi, nic się nam tutaj nie przydarzy.

Powiedziała to z taką pewnością siebie, że na moment pozbyłem się wszelkich obaw.

– No dobrze – zgodziłem się, ponieważ nie miałem ochoty uchodzić w jej oczach za tchórza. Jakob do mnie dołączył.

Ruszyliśmy w dalszą drogę. Po prawej i lewej stronie ulicy wiele sklepów było zamkniętych, z opuszczonymi żaluzjami. Widniejące na nich rysunki świadczyły o tym, że był to dogodny teren dla grafficiarzy.

– To bary nocne – wyjaśniła Lola. – Otwierają się później.

Niektóre mniejsze sklepiki były czynne, wśród nich gabinety kosmetyczne, piekarenki i niewielkie supermarkety, które przyciągały klientów tym, że były czynne całą dobę.

Barcelona to ogromne miasto. Żeby poznać wszystkie dzielnice, trzeba połowy życia, a ja mieszkałem tu zaledwie od kilku tygodni. W ciągu ostatnich dni zobaczyłem więcej miasta niż wcześniej, a Raval również należała do części, których prawie nie znałem. To, co właśnie przeżywaliśmy, to była cisza przed burzą. W Barcelonie życie toczyło się dwadzieścia cztery godziny na dobę. Nawet u nas na rogu znajdowały się piekarnie i supermarkety, które były czynne dzień i noc. A El Raval okazała się jedną z tych dzielnic, w których szczególnie dużo się działo. Niektóre sklepy właśnie się zamykały, ale gdzie indziej otwierały się inne.

Skręciliśmy w Joaquín Costa. Domy po obu stronach ulicy były tak wysokie, że niebo stanowiło tylko wąski ciemny pasek nad nami. Latarnie uliczne, przymocowane na budynkach na wysokości pierwszego piętra, nie były jeszcze włączone, przez co domy wydawały się ciemne i nieprzystępne.

Numer dwadzieścia dziewięć okazał się starym budynkiem, w którym na parterze znajdował się sklep ze słodyczami. Jakaś kobieta właśnie opuściła kraty. Do wnętrza prowadziły drewniane drzwi, obłażące z farby. Zadzwoniliśmy.

Chwilę poczekaliśmy, po czym usłyszeliśmy metaliczny głos wydobywający się z domofonu:

– *Sí?*

– Chcielibyśmy się zobaczyć z Pilar Fernández – powiedziała Lola.

– A kto dokładnie?

– Przysyła nas Arnulfo Robles.

– Chwileczkę.

Trwało dłużej niż chwileczkę, zanim wreszcie otworzyły się drzwi. W tym czasie kobieta ze sklepu ze słodyczami zdążyła zniknąć. Zaułek sprawiał wrażenie całkiem opuszczonego.

Pilar Fernández wyglądała zupełnie inaczej, niż ją sobie wyobrażałem. Myślałem, że zobaczymy starszą historyczkę o siwych włosach. Tymczasem przed nami stała młoda kobieta. Wprawdzie miała siwe włosy, jednak była to dzika czupryna, która sięgała jej do ramion. Nosiła czerwony sweter i rozciągnięte bawełniane spodnie opadające na trampki bez sznurówek.

Kobieta obrzuciła nas sceptycznym spojrzeniem.

– Tak, słucham?

– Przychodzimy z polecenia Arnulfa Roblesa – powtórzyła Lola. – Powiedział, że mogłaby nam pani pomóc.

Kobieta pytająco uniosła brwi, nie udzielając żadnej odpowiedzi.

– Chodzi o Enriquetę Martí i jej ewentualne koneksje z niektórymi znanymi mieszkańcami miasta. – Postanowiłem pomóc Loli.

Kobieta chwilę się zawahała, po czym wykonała zapraszający gest ręką.

– W takim razie wchodźcie.

Podążyliśmy za nią wąskim korytarzem, dość oszczędnie oświetlonym, ale nie weszliśmy wyżej, tylko podeszliśmy do otwartych drzwi prowadzących do piwnicy. Stara lampa na ścianie rzucała niewyraźne światło. Ostrożnie ruszyliśmy schodami w dół za kobietą.

Kiedy już była na dole, skręciła w prawo i poprowadziła nas następnym, równie skąpo oświetlonym korytarzem do stalowych drzwi.

Na dole czuć było stęchlizną i musiałem się obrócić, aby mieć pewność, że nikt w tej ciemności na nas nie czyha. Już jako mały chłopiec źle się czułem, kiedy musiałem zejść do piwnicy, i teraz było dokładnie tak samo. W każdym razie dzisiaj miałem ku temu jak najlepsze powody. Nie tylko Morales, lecz także Serra, Arnulfo i Pilar – przy żadnym z nich nie mogliśmy się czuć bezpiecznie. Czułem napięcie w całym ciele, gotowym na przyjęcie nieprzyjemnej niespodzianki. Może był to skutek tego, że do każdego, kogo spotkałem, podchodziłem obecnie z nieufnością.

Kobieta pchnęła drzwi. Z zachwytem zatrzymaliśmy się na progu. Za nim znajdował się jasno oświetlony duży pokój, wypełniony szeregiem metalowych regałów, na których ułożono niezliczone ilości mniejszych i większych rolek z filmami. Powietrze było tu zdecydowanie chłodniejsze i świeższe niż w korytarzu, dało się słyszeć szum klimatyzacji. Zrobiło mi się zimno. Teraz dotarło do mnie, dlaczego Pilar Fernández mimo łagodnej temperatury późnego lata miała na sobie ciepły sweter.

– Niczego nie dotykajcie – ostrzegła nas, zanim zamknęła za sobą drzwi i poprowadziła nas do stołu z kilkoma krzesłami.

Po Loli było widać, że też zamarza, podczas gdy Jakob zdawał się w ogóle nie przejmować niską temperaturą.

– Muszę tu marznąć, żeby chronić stare filmy – wyjaśniła Pilar, która zauważyła naszą reakcję. – Celuloid jest bardzo czuły. Niskie temperatury spowalniają rozkład.

– Ale go nie powstrzymują – dodał Jakob mentorskim tonem.

Kobieta spojrzała na niego ze zdumieniem.

– Zgadza się. Znasz się na tym?

– Tylko trochę – odparł. – Wcześniej nieco eksperymentowałem z celuloidem.

Zacząłem się zastanawiać, czy było coś, czego nie robił. Jakob pokazał na gaśnicę wiszącą na ścianie.

– Nie przyda się na zbyt wiele. Kiedy klisza zaczyna się palić, od razu wydziela tlen i przez to nie można zdusić ognia, nawet gdy spryska się go pianą, poleje wodą lub posypie piaskiem.

– Wiem. Wisi tu na wypadek, gdyby coś innego zaczęło się palić, żeby ochronić filmy przed ogniem – powiedziała Pilar, która teraz zaczęła odnosić się do nas z o wiele mniejszą rezerwą. Najwyraźniej wiedza Jakoba wywarła na niej wrażenie.

Poprosiła, abyśmy usiedli. Wytłumaczyliśmy, dlaczego Arnulfo nas do niej przysłał. Czy wiedziała coś na temat możliwych kontaktów Enriquety Martí z Güellem lub Gaudím?

– Zastanawiam się, czy mogę wam pomóc – powiedziała, kiedy skończyliśmy. – Moją specjalizacją nie jest wprawdzie Martí, tylko ogólnie El Raval, ale mam spore archiwum. Na szczęście Barcelona dość wcześnie stała się miastem, w którym zachwyt filmem był powszechny. Jak widzicie, istnieje mnóstwo historycznych filmów dokumentalnych.

– Czy nie lepiej byłoby przechowywać je w muzeum? – zapytał Jakob.

Podczas gdy pogrążyli się w fachowej rozmowie, nieco się wyłączyłem i rozejrzałem po pomieszczeniu. Mimo że piwnica była jasno oświetlona, nie opuszczało mnie złe przeczucie. Byliśmy tu zupełnie odcięci od świata, a przez ciężkie drzwi nikt nie usłyszałby naszych krzyków.

Rzuciłem spojrzenie na Lolę. Śledziła rozmowę Jakoba z Pilar, jednak na jej twarzy malowało się napięcie, tak jakby również nie czuła się tu najlepiej.

– Akurat w projektorze mam film, który może was zainteresować. – Pilar przerwała moje myśli. – Chcielibyście rzucić na niego okiem?

Przytaknęliśmy. Zresztą co innego mogliśmy powiedzieć?

Pilar podeszła do projektora, nacisnęła włącznik i zgasło światło. Nagle wokół nas zrobiło się zupełnie ciemno. Instynktownie wcisnąłem się w oparcie krzesła. Usłyszałem kliknięcie i projektor zaczął szumieć. Kilka ciemnych plamek zatańczyło na ekranie, a potem zobaczyliśmy nagranie osiedla domków na jakiejś plaży.

Były to biedne, chwiejne budowle, a po biegnących między nimi błotnistych drogach osły ciągnęły duże drewniane wozy. W drzwiach domów stały kobiety i przyglądały się mężczyznom dźwigającym na plecach ciężkie kosze. Kilku chłopców w obdartych spodniach szamotało się między chatkami, a dziewczynki w skromnych sukienkach tańczyły w kółku na bosaka.

– To jest Somorrostro – wyjaśniła Pilar. – Lub raczej było, ponieważ ta dzielnica już nie istnieje. Zburzono ją pięćdziesiąt lat temu, żeby zrobić miejsce na dzisiejszą plażę, Barcelonetę.

Zatem tak jeszcze niedawno wyglądało miejsce, gdzie dzisiaj rozciągała się miejska plaża Barcelony.

– Moja rodzina tam wtedy mieszkała. – Rozległ się głos Loli. – Jak wielu *Gitanos*. Jeśli w ogóle mieli jakąś pracę, otrzymywali za nią głodowe stawki. A zlecano im przede wszystkim roboty, których nikt inny nie chciał wykonywać.

– Ale to była ich ojczyzna, ich dzielnica – uzupełniła Pilar. – I większość rozpaczała, kiedy ich stamtąd przepędzono.

Scena się zmieniła. Teraz zobaczyliśmy zbocze góry, na którym również postawiono chaty.

– Montjuich – oznajmiła Pilar. – Także tam mieszkali *Gitanos*, tak samo biedni jak ci z plaży.

Kolejna scena pokazywała tę samą górę, tym razem jednak obraz miał lepszą jakość. Nagranie zrobiono chyba o wiele później, mimo że nadal był to czarno-biały film. Kamera najeżdżała na drewniane drzwi na stoku góry, które się otworzyły, ukazując wnętrze tunelu.

– To było wejście do bunkra pod górą – skomentowała. – W czasie wojny domowej puczyści bombardowali miasto noc w noc, więc wielu ludzi szukało schronienia w bunkrach, które zbudowano wokół góry Montjuich i pod nią.

Następowały kolejne sceny. Widzieliśmy nagrania z różnych dzielnic Barcelony, które powstały przed pięćdziesięciu lub nawet stu laty. Zastanawiałem się, w czym nam to może pomóc.

Nagle na ekranie ukazała się wąska uliczka. Była zapełniona ludźmi, między którymi tu i tam wędrowały osiołki z koszami na grzbietach.

– To Carrer Ponent, ulica, przy której mieszkała Enriqueta Martí – powiedziała Pilar.

Natychmiast ponownie skupiłem się na filmie. Podczas gdy kamera przesuwała się wzdłuż uliczki, miałem coraz większe wrażenie, że już ją gdzieś widziałem. Jednak nie mogła to być prawda, bo przecież po tamtych sklepikach na pewno nie było śladu.

– Czy dom Martí również będzie pokazany? – zapytała Lola.

– Za chwilkę. O, tutaj, widzicie? Numer dwadzieścia dziewięć.

Budynek wyglądał jak zupełnie normalny dom mieszkalny. Na balkonach suszyło się pranie, w niektórych oknach było widać klatki z ptakami. I znowu miałem wrażenie, że już gdzieś ten dom widziałem.

Wtedy kamera zjechała w bok i ukazała kobietę w falbaniastych spódnicach, która wchodziła na stopnie jakiegoś budynku.

– Enriqueta Martí! – zawołała Lola.

– Dokładnie tak – potwierdziła Pilar. – Tutaj akurat wchodzi do budynku sądu, gdzie była przesłuchiwana w związku ze stawianymi jej zarzutami o rzekome morderstwa dzieci.

Kobieta zwróciła twarz w stronę kamery. Nie była pięknością. Miała twarde rysy twarzy i zimne oczy.

Nagle ekran stał się biały. Rolka filmu się skończyła. Pilar wyłączyła projektor i znowu włączyła światło.

– I? Była morderczynią czy nie? – zapytałem.

Pilar wyjęła rolkę z projektora i włożyła ją na urządzenie, które miało dwa ramiona. Potem na drugie ramię nałożyła pustą szpulę. Ostrożnie pociągnęła końcówkę kliszy i przymocowała ją do pustej szpuli. Na koniec włączyła przycisk i film zaczął się przewijać do tyłu.

– Tak do końca nie wie tego nikt – odpowiedziała na moje pytanie. – Pewne jest jedynie to, że regularnie mieszkały u niej dzieci, które nie były jej. Ale możliwe, że po prostu miała dobre serce i współczuła małym włóczęgom, których było wówczas zatrzęsienie. – Spojrzała na nas i się uśmiechnęła.

Po raz pierwszy zauważyłem, że jej oczy w jakiś sposób nie pasują do twarzy. Podczas gdy jej twarz była młodzieńcza, oczy zdawały się należeć do starej kobiety.

Bez serca.

Przypominały dwa głębokie szyby kopalniane, które nie mają dna.

W tym samym momencie dotarło do mnie, skąd znam tę ulicę z filmu, i moje serce zaczęło bić jak szalone.

Film przewinął się do końca. Pilar zdjęła rolkę z ramienia i włożyła ją do kasety. Możliwie jak najciszej wyjąłem telefon z kieszeni i wprowadziłem parę słów do przeglądarki.

Wynik potwierdził moje obawy.

Musiałem się powstrzymać, żeby natychmiast nie wybiec z tego pomieszczenia.

Poczułem szum w uszach.

Musieliśmy się stamtąd wydostać! Teraz! Natychmiast!

Tymczasem Pilar odłożyła kasetę z powrotem na półkę i wróciła z nową rolką w ręce.

– Ten tutaj też mógłby was zainteresować – powiedziała.

Zerwałem się z miejsca.

– Niestety nie mamy już czasu! – wykrzyknąłem i machnąłem ręką w kierunku przyjaciół.

Lola natychmiast wstała, ale Jakob pozostał na swoim miejscu.

– Przecież nie usłyszeliśmy jeszcze wszystkiego, czego chcieliśmy się dowiedzieć – zaprotestował.

– Myślę, że wiemy wystarczająco dużo – odparłem, usiłując mimiką i nieznacznymi ruchami głowy uzmysłowić mu, jak bardzo mi się spieszy.

– Och, mogę opowiedzieć wam jeszcze kilka rzeczy o wampirze z Raval, których na pewno nie wiecie. – Oczy Pilar zwęziły się w dwie małe szparki. – Interesuje was jej związek z Gaudím i Güellem, prawda?

– Sam słyszysz – zwrócił się do mnie Jakob. Wciąż siedział na swoim krześle.

– Daniel ma rację. Naprawdę musimy już iść. – Lola podeszła do Jakoba i pociągnęła go za rękaw.

Rzuciłem jej pełne wdzięczności spojrzenie.

Wreszcie Jakob wstał.

– Co wam się nagle stało? – zapytał rozdrażniony. – Właśnie teraz robi się interesująco.

– Dokładnie tak – potwierdziła Pilar. – Właśnie teraz robi się interesująco. – Uśmiech zamarł na jej twarzy. Oczy przypominały dwie czarne dziury, które zdawały się pochłaniać całe światło.

Pociągnąłem Lolę w stronę drzwi, a ona złapała Jakoba. Ten w międzyczasie też już się chyba zorientował, że coś tutaj nie gra.

Pilar wyciągnęła rękę, aby nas zatrzymać, jednak zręcznie jej umknęliśmy.

– Wielkie dzięki za informacje! – zawołałem, zanim otworzyłem drzwi.

Pobiegliśmy korytarzem i wpadliśmy na schody. Na ostatnim stopniu na chwilę się zatrzymaliśmy, żeby nadstawić ucha, jednak najwyraźniej za nami nie biegła.

Parę sekund później znowu staliśmy na ulicy.

– Moglibyście mi teraz wyjaśnić, co to miało znaczyć? – zapytał Jakob, ciężko dysząc i podpierając się rękami pod boki.

Lola też rzuciła mi pytające spojrzenie.

Pociągnąłem przyjaciół dalej w dół ulicy.

– To jest dom, w którym mieszkała Enriqueta Martí.

Pod górą

Oboje wpatrywali się we mnie przez dłuższą chwilę, zanim doszli do siebie.

– Ale mieszkanie wampira znajdowało się przecież przy Carrer Ponent – zauważyła Lola.

– Właśnie – odparłem. – A ta ulica nazywała się wcześniej Carrer Ponent. Zorientowałem się, kiedy pokazała nam film. Niektóre budynki wciąż wyglądają tak samo. I numer domu też pozostał ten sam.

– Dom Martí – mruknął Jakob w zamyśleniu, spoglądając za siebie na budynek.

– A zauważyliście oczy Pilar? – zapytałem. Serce wciąż waliło mi jak młotem. – Wyglądały identycznie jak oczy Enriquety Martí.

– Teraz chyba trochę przesadzasz.

– Przecież ty też coś poczułaś – powiedziałem. – W przeciwnym razie nie pomogłabyś mi tak szybko postawić tego uparciucha na nogi.

– Kto jest uparty? Ja? – Jakob udawał niewiniątko. Lola nie zwracała na niego uwagi.

– Miałam dziwne przeczucie, zgadza się. Jednak nie potrafię go dokładnie nazwać. Pilar wydawała mi się trochę dziwna.

– Obojgu wam odbija! – zawołał Jakob. – Ta kobieta chciała nam pomóc, a Daniel wyjeżdża z jakimiś bajeczkami o identycznych oczach! Pilar to zupełnie normalna historyczka, która teraz prawdopodobnie dzwoni do Arnulfa, aby poskarżyć się na nieokrzesanych gości, których jej przysłał.

– Jeśli tak, to trudno – odparłem. – Może się mylę, ale nie chce mi się w to wierzyć.

Jakob uniósł ręce.

– No pięknie! Nigdy nie dowiemy się, dlaczego Morales interesuje się wampirem z Raval. I co teraz?

Spojrzałem na swój smartfon.

– Na dzisiaj kończymy. Już prawie ósma, właściwie od dawna powinienem być w domu. Poza tym na razie mi wystarczy.

Lola się ze mną zgodziła.

– Ja też muszę jeszcze zrobić coś do szkoły.

Ruszyliśmy w kierunku Rambli.

Nagle jak spod ziemi wyrośli przed nami trzej mężczyźni.

Dwóch z nich znałem: Moralesa i jego wspólnika. Musieli się na nas zaczaić w jednej z bram. Rozejrzałem się wokół siebie w panice. Uliczka przed i za nami była zupełnie opustoszała.

– Ha, kogóż to się nie spotyka wieczorem w Raval. –

Morales uśmiechnął się szyderczo. Złapał mnie za ramię i pociągnął w swoją stronę, podczas gdy jego towarzysze chwycili Jakoba i Lolę. – Pewnie myślisz, że jesteś bardzo sprytny, co? – syknął mi do ucha. – Ale koniec z gierkami. Chcemy notatnik.

– Jaki notat... – zacząłem, ale przerwał mi w pół słowa.

– Nie udawaj głupiego, mały. Bo może to mieć bardzo nieprzyjemne konsekwencje dla twojej przyjaciółki. – Kiwnął głową w stronę Loli. – Weźmiemy ją teraz ze sobą i będziemy trzymać tak długo, aż wręczycie nam notatnik.

Lola próbowała się wyrwać, ale typ, który ją trzymał, był zbyt silny. To był znak dla Jakoba i dla mnie. Obaj zaczęliśmy się wić, próbując się wydostać z uścisków Xinos. Zanim Lola zdążyła wydobyć z siebie krzyk, brutalnie zatkano jej usta.

Krótko się szamotaliśmy i przez chwilę wierzyłem, że uda nam się uwolnić, jednak nasi przeciwnicy byli po prostu za silni.

– Nie mamy żadnego notatnika! – zawołałem zrozpaczony.

– Wasz pech – zadrwił Morales. Wcisnął mi do ręki jakąś karteczkę. – Tu jest numer telefonu, pod który zadzwonicie, kiedy będziecie gotowi, by odzyskać swoją przyjaciółkę. – Brutalnie popchnął mnie na ścianę. – I nie ważcie się nas śledzić. Bo zrobi się naprawdę nieprzyjemnie.

Jego kumpel tak nieoczekiwanie puścił Jakoba, że ten wylądował na chodniku. Bezsilnie przyglądaliśmy się, jak mężczyźni odchodzą zaułkiem, ciągnąc Lolę między sobą.

Sfrustrowany miałem ochotę głośno krzyczeć.

Ledwie zniknęli za rogiem, już chciałem za nimi pobiec.

Jednak Jakob mnie powstrzymał.

– Teraz nie możesz tego zrobić – powiedział.

Wyrwałem mu się.

– Zostaw mnie! Musimy zobaczyć, dokąd ją prowadzą.

– Nie pomożesz jej, samemu ładując się w tarapaty. – Znowu złapał mnie za ramię, tym razem mocniej. – Potrzebujemy wsparcia. I dlatego najpierw powinniśmy zadzwonić do Antonia.

Aż się zagotowałem. Zwinąłem dłonie w pięści, serce mi waliło. Najchętniej po prostu pobiegłbym za Lolą i rzucił się na jej porywaczy.

Już drugi raz nie byłem w stanie jej pomóc.

Przysięgłem sobie, że po raz trzeci do tego nie dojdzie.

Jednak mimo że tak bardzo przeklinałem Jakoba, nie mogłem odmówić mu racji. Wziąłem więc kilka głębokich oddechów i wybrałem numer Antonia.

W krótkich słowach powiedziałem mu, gdzie jesteśmy i co się stało. Obiecał, że natychmiast ruszy w drogę, i umówił się z nami w miejscu oddalonym o kilka przecznic od ulicy, na której się znajdowaliśmy.

Zrezygnowany opuściłem ramiona.

– I jak mamy teraz odnaleźć Lolę? Porywacze z pewnością wywieźli ją daleko stąd.

– Nie martw się o to – uspokajał mnie Jakob. – Mogę namierzyć jej telefon.

– Jak chcesz to zrobić?

– No cóż... – spuścił głowę – trzeba zainstalować odpowiedni program.

Spojrzałem na niego.

– Na to niestety jest już trochę za późno... Czy może chcesz powiedzieć...?

W obronnym geście uniósł obie ręce.

– Tylko się nie denerwuj. To zupełnie niewinne.

– Co jest niewinne? Że zainstalowałeś szpiegowskie oprogramowanie w telefonie Loli? W moim też?

– Nie, zapewniam cię, że nie.

Odchrząknął. Widziałem, że ta rozmowa wprawia go w zakłopotanie.

– Instaluję go tylko w telefonach dziewczyn, które mi się podobają.

Stanąłem jak rażony piorunem.

– Co robisz?

– No sam przecież wiesz, że przy dziewczynach jestem raczej nieśmiały – zaczął. – Dlatego napisałem ten programik. Kiedy wgram go na telefon jakiejś dziewczyny, widzę, gdzie się akurat znajduje, i wtedy przypadkiem mogę się znaleźć w tej samej okolicy, żeby ją spotkać. To wszystko.

Wciąż nie mogłem tego pojąć.

– Jesteś stalkerem – powiedziałem, kiwając głową. – A to, co robisz, jest nielegalne.

– Ale teraz może się nam przydać, nie? – Spojrzał na mnie wyzywająco. – A może powinienem z tego zrezygnować, żebyś miał czyste sumienie?

– Oczywiście, że nie. Ale jeszcze o tym porozmawiamy.

W drodze na miejsce spotkania Jakob oddał się swojemu smartfonowi. Wrzucił kilka tajemniczo brzmiących komend do czegoś w rodzaju edytora tekstu i na ekranie wyświetliła się mapa Barcelony. Zaraz potem pojawiła się na niej czerwona pulsująca kropka. W międzyczasie dotarliśmy do skrzyżowania, przy którym Antonio chciał się z nami spotkać.

– To musi być gdzieś na Montjuich! – zawołał Jakob. – Gdzie jest Antonio?!

Wykorzystałem tę okazję, żeby na chwilę zadzwonić do domu. Mama i tata z pewnością zaczęli się już martwić, bo przecież dochodziło wpół do dziewiątej.

– *Dígame* – powiedział tata.

– To ja – odparłem tak wesoło, jak tylko to było możliwe. – Jestem jeszcze w mieście z Jakobem i przyjdę trochę później.

– Trochę później? – Niemal poczułem, jak ciśnienie taty wzrosło. – Wiesz może, która jest godzina?

Naturalnie, że wiedziałem.

– Wpół do dziewiątej – odparłem. – Wcale nie tak późno.

– Jak dla czternastolatka w dużym mieście, i owszem.

Czułem, że jeszcze nie traci panowania.

– Za godzinkę lub dwie będę w domu. – Próbowałem go uspokoić, jednak obróciło się to przeciwko mnie.

– Nie będziesz się włóczył nie wiadomo gdzie do jedenastej w nocy!

Aha, zaczynał krzyczeć.

– Natychmiast wracaj do domu. Gdzie ty w ogóle jesteś?

– Gdzieś w Raval.

– A może by tak dokładniej?

– Tato, Jakob i ja musimy jeszcze coś załatwić. To pilne.

– Chcę wiedzieć, gdzie dokładnie jesteś! Teraz!

W tle słyszałem głos mamy. Prawdopodobnie pytała, co się dzieje.

– I twoja matka też chce to wiedzieć!

Czułem, jak moje postanowienie, by nie zdradzić im dokładnego miejsca pobytu, słabło. Na szczęście w tej samej chwili zza rogu, głośno terkocząc, wyjechał obtłuczony seat i zatrzymał się obok nas.

To mógł być tylko Antonio.

– Muszę kończyć! – zawołałem do telefonu i zakończyłem rozmowę. Ostatnie co usłyszałem, to głęboki wdech taty, który prawdopodobnie dopiero teraz się rozkręcał.

Jakob już wsiadał na przedni fotel pasażera. Szybko wskoczyłem na tylną kanapę i Antonio od razu dodał gazu.

– Dokąd? – rzucił tylko. W jego głosie pobrzmiewała lodowata determinacja.

Jakob, wciąż ze spojrzeniem wbitym w ekran smartfona, kierował go przez plątaninę ulic w stronę góry Montjuich.

Zadzwonił mój telefon, który nadal ściskałem w dłoni. To był tata. Wiedziałem, że nie da za wygraną, dopóki się nie zgłoszę. Dlatego wyłączyłem w aparacie dźwięk i schowałem go do kieszeni.

Po paru minutach znaleźliśmy się w dzielnicy położonej u podnóża góry. Jakob doprowadził nas przez kilka przecznic do wąskiej uliczki, która kończyła się schodami prowadzącymi na Montjuich.

– Dalej nie pojedziemy autem – stwierdził Antonio. – Jesteś pewien, że znajdujemy się we właściwym miejscu?

Jakob wpatrywał się w ekran.

– Nie rozumiem tego. Zgodnie z ostatnim sygnałem Lola powinna być dokładnie przed nami na schodach.

Spojrzał w górę. Jedno było pewne: na podświetlonych w regularnych odstępach stopniach nie zobaczyliśmy nikogo.

Antonio wyłączył silnik i wysiedliśmy z samochodu. Z oddali dobiegał nas szum ruchu ulicznego z ulicy Parallel, jednak wokół nas panowała niemal upiorna cisza. Budynki na tej ulicy były stare i w nie najlepszym stanie. W dwóch lub trzech oknach paliło się światło, poza tym wszędzie było ciemno.

Jakob wciąż studiował coś na ekranie. Wszedłem na kilka stopni i nasłuchiwałem w ciemności, jednak nic nie było słychać.

Jakob opuścił telefon.

– Sygnał został przerwany.

– Co to oznacza? Powiedziałeś, że odnajdziesz Lolę! – Miałem ochotę skoczyć mu do gardła. Kręciliśmy się tu bez celu, podczas gdy Lola była nie wiadomo gdzie.

– Program działa bez zarzutu – odparł Jakob. – Lola musi przebywać gdzieś, gdzie nie dociera sygnał.

– Co to ma zna...? – Zająknąłem się. Co mówiła nam przed chwilą Pilar? Odwróciłem się do Antonia. – Czy pod Montjuich nie ma tych starych bunkrów?

Przytaknął.

– Jasne. Część z nich można nawet zwiedzać.

– Ale nie wszystkie?

– Niektóre są zbyt niebezpieczne dla zwiedzających, grożą zawaleniem. Innych nigdy nie odnaleziono.

– Czy to możliwe, że zaprowadzili Lolę do jednego z takich bunkrów?

– Niewykluczone. – Antonio podrapał się po głowie. – Ale jak mielibyśmy go znaleźć?

– Wejście musi być gdzieś w pobliżu – odezwał się Jakob.

Rozejrzeliśmy się po okolicy. Dużo nie zobaczyliśmy. A na pewno nic, co przypominałoby wejście do bunkra.

– Wiele bunkrów zostało wykopanych pod domami – powiedział Antonio. – Być może wejście znajduje się w jednym z opuszczonych budynków.

– Co z tym tam? – Jakob wskazał na dom stojący przy wejściu na schody.

Była to zaniedbana ruina, która sprawiała wrażenie, jakby w każdej chwili miała się zawalić. Dach w wielu miejscach był zapadnięty, a w ramach okiennych wisiały tylko odłamki szyb.

Antonio kiwnął głową.

– Dom wygląda na wystarczająco stary, aby pochodzić jeszcze z czasów wojny domowej. Oznacza to, że mógłby się znajdować pod nim bunkier, który został wykopany we wnętrzu góry.

Próbowałem popchnąć zardzewiałą furtkę, ale nie ruszyła się ani o milimetr.

– Pozwól mi – powiedział Antonio zdecydowanie.

Naparł na nią całym ciałem i centymetr po centymetrze furtka zaczęła ustępować, aż utworzyła się na tyle szeroka szpara, abyśmy mogli się przez nią przecisnąć.

Ostrożnie szliśmy przez zdziczały ogród w stronę domu. Im bardziej się do niego zbliżaliśmy, tym intensywniejszy zapach stęchlizny czułem. Musiał być spowodowany wilgocią, która przez te wszystkie lata zaniedbania wniknęła w mury domu. Miałem nadzieję, że wewnątrz ściany nie są zupełnie zapleśniałe. Na pleśń bowiem też byłem uczulony. Już teraz czułem delikatne łaskotanie w nosie.

Ku naszemu zdumieniu drzwi wejściowe udało nam się z łatwością otworzyć. Zapach stęchlizny przybrał na sile. Światła z ganku wystarczyło akurat na to, abyśmy rozpoznali kontury pomieszczenia.

Staliśmy w wąskim korytarzu, z którego ścian zwisały paski tapet. Ostrożnie poszliśmy przed siebie i dotarliśmy do uchylonych drzwi na jego końcu.

Również tutaj przez wybite szyby docierało skąpe światło z zewnątrz. Pomieszczenie było, na ile mogliśmy się zorientować, puste. Podłogę pokrywały strzępki tapet i odłamki szkła, a na ścianach widniało graffiti. Ostrożnie zrobiliśmy kilka kroków w głąb pokoju. Śmierdziało uryną i innymi rzeczami, o których wolałem nie myśleć.

Jakob wyraził moje obawy.

– Fu, jak tu śmierdzi! – zawołał. – Ktoś najwyraźniej nie dobiegł do toalety!

– Dziękuję za wyjaśnienie – syknąłem. – Do bunkra raczej tędy się nie wejdzie.

– Piwnica – powiedział Antonio.

Wróciliśmy na korytarz, jednak nie znaleźliśmy tu drzwi prowadzących do piwnicy. Pukaliśmy w ściany, a ja naciągnąłem sobie na dłoń rękaw kurtki, żeby nie dotykać ich bezpośrednio. Najchętniej wyszedłbym już na zewnątrz, ale ponieważ chodziło o Lolę, musiałem przezwyciężyć swoje obrzydzenie.

Jednak pukanie na nic się nie zdało.

Wreszcie Antonio przyklęknął i zaczął macać po zabrudzonym parkiecie.

– To tutaj! – wykrzyknął nagle i podniósł klapę ukrytą w podłodze.

Pod nią znajdowały się wąskie schody, które prowadziły w ciemność.

Bez wahania wyjął z kieszeni telefon i włączył funkcję latarki, po czym ostrożnie zszedł na pierwszy stopień.

– Trzymajcie – powiedział tylko i zniknął w ciemności.

Jakob poszedł za nim, ja zabezpieczałem tyły. Oświetlałem sobie przy tym drogę swoim smartfonem.

Miałem wrażenie, że minęła wieczność, zanim doszliśmy do końca schodów. Staliśmy na początku tunelu o łukowatym sklepieniu, który prowadził w głąb góry. Podłoże stanowiła jedynie ubita ziemia.

Dyskretnie rozejrzałem się wokół, żeby sprawdzić, czy w pobliżu nie ma szczurów, ponieważ bałem się ich bardziej niż bakterii. Albo je przepłoszyliśmy, albo czaiły się w jakiejś ciemnej szparze, czekając na odpowiedni moment do ataku.

Przez chwilę staliśmy, nasłuchując, ale nic nie było słychać. Następnie powoli ruszyliśmy przed siebie tunelem, który był tak wąski, że musieliśmy iść pojedynczo, jeden za drugim. Znowu byłem na samym końcu. Wcale mi się to nie podobało. Z niezliczonej liczby horrorów, które obejrzałem, wiedziałem, że to zawsze ten ostatni zostaje zaatakowany jako pierwszy.

Wciąż zerkałem za siebie, próbując przeniknąć ciemność. Nerwy miałem napięte i dziwiłem się, że Jakob nie słyszy bicia mojego serca, tak głośno waliło mi w uszach.

Z każdym krokiem, z którym zagłębialiśmy się we wnętrze góry, moja panika narastała. Miałem poczucie, że zaraz zabraknie mi powietrza. Wreszcie Antonio się zatrzymał.

– Tutaj tunel się rozwidla – szepnął.

– Chwileczkę. – Jakob jeszcze raz sprawdził swój program do namierzania telefonów. Wyciągnął przed siebie rękę, obrócił się powoli wokół własnej osi i stanął na palcach. – Nie ma sygnału – stwierdził. – Mogli pójść w każdym kierunku.

– Może powinniśmy się rozdzielić? – zaproponował Antonio. – Ja pójdę na prawo, a wy obaj na lewo.

„Tylko nie to!”, chciałem zawołać. Bez Antonia całkiem tutaj oszaleję.

– Jestem za tym, żebyśmy się nie rozdzielali – szepnąłem. – Ty sam lub my obaj nie damy rady pokonać porywaczy. Tylko we trójkę mamy szansę, o ile w ogóle.

– Zgoda – odparł.

To była jedna z tych sytuacji, kiedy chciałem, żeby Gato był ze mną. Jednak tym razem musieliśmy radzić sobie sami. Zatem w którą stronę?

Postanowiliśmy pójść dalej korytarzem prowadzącym na lewo. Po obu jego stronach znajdowały się wyrąbane w skale pomieszczenia z poustawianymi pod ścianami ławkami z butwiejącego drewna. Wyobraziłem sobie, jak tu musiało być wcześniej, kiedy bunkry były pełne ludzi, którzy w śmiertelnym przerażeniu czekali na koniec ataków bombowych. Może nawet kilka razy dziennie. Poczułem gęsią skórkę na karku.

Nagle znaleźliśmy się przed ścianą – korytarz raptownie się urywał.

– Więc jednak na prawo – szepnął Antonio.

Ruszyliśmy z powrotem do rozwidlenia, tym razem ja na przodzie, co nie podobało mi się tak samo jak zabezpieczanie tyłów. O mały włos przeoczyłbym rozwidlenie dróg. Naturalnie zauważył je Jakob, który miał najkorzystniejszą pozycję pośrodku. Zdawałem sobie sprawę z tego, że takie myślenie było nielogiczne, bo jeśli miałoby się nam coś tutaj przytrafić, każdy z nas by oberwał. Jednak mimo to miałem mu trochę za złe, że trafiła mu się ta pozornie najbezpieczniejsza pozycja.

Weszliśmy do drugiego korytarza.

Czy w ogóle podążaliśmy właściwym tropem? Może porywacze wcale nie zaciągnęli Loli pod górę, tylko byli teraz gdzieś na zewnątrz. I podczas gdy my błądzimy tutaj po ciemku, oni właśnie się oddalają. Zdaliśmy się jedynie na aplikację Jakoba, która być może wcale nie działała tak dokładnie, jak twierdził.

Wtedy w oddali przed nami rozbłysło niewyraźne światło.

Antonio natychmiast zakrył dłonią ekran swojego smartfona.

Staliśmy w zupełnej ciemności.

Nie myliliśmy się: przed nami było światło.

I może była tam Lola.

Na palcach ruszyliśmy dalej przed siebie. Po paru metrach dobiegł nas męski głos. Poruszaliśmy się jeszcze wolniej i nagle dotarło do mnie, że to, co robimy, jest dość głupie. Nie mieliśmy żadnego planu ani broni, a teraz, w zasięgu słuchu naszego przeciwnika, nie mieliśmy już możliwości, aby się naradzić.

Tymczasem dotarły do nas wyraźne słowa mężczyzny:

– ...możesz długo czekać. Pozostaje ci tylko mieć nadzieję, że szybko oddadzą ten notatnik.

– Jak często muszę powtarzać, że nie mamy tego notatnika? Jesteś głuchy czy co?

To bez wątpienia była Lola.

Mimo że wydawało się to niemożliwe, moje serce jeszcze bardziej przyspieszyło i w głębi duszy przeprosiłem Jakoba. Jego aplikacja rzeczywiście działała bez zarzutu.

Ale co teraz?

– Uważaj, żebym nie zatkał tej twojej bezczelnej gęby – zabrzmiał męski głos.

– Phi – odparła Lola.

Głosy dochodziły z jednego z bocznych pomieszczeń, podobnego do tych, które już widzieliśmy wcześniej. Naprzeciw niego znajdował się kolejny bunkier. Antonio pokazał nam ruchem dłoni, żebyśmy zostali na miejscu, a sam przemknął do ciemnego pomieszczenia.

Jakob i ja spojrzeliśmy na siebie. Co on zamierzał?

– Idę na chwilę na zewnątrz sprawdzić maile – oznajmił mężczyzna. – Nie chcemy zostać tu dłużej, niż to konieczne, prawda?

Teraz również na twarzy Jakoba odmalowała się panika.

Co mieliśmy zrobić? Uciec? Pobiec do Antonia do piwnicy?

Za późno!

Z przejścia wyłoniła się duża sylwetka, ze wzrokiem utkwionym w smartfonie.

Jakob i ja przycisnęliśmy się do ściany, jednak nie mieliśmy najmniejszej szansy. Mężczyzna uniósł głowę i od razu nas zauważył.

– Kogo tutaj mamy?! – zawołał i stanął przed nami.

Wpatrywaliśmy się w niego z szeroko otwartymi oczami.

A potem wszystko potoczyło się błyskawicznie.

Rozległ się głuchy dźwięk uderzenia i mężczyzna z jękiem osunął się na ziemię.

Za nim stał Antonio z połamaną deską w dłoni.

To, jak odetchnąłem z ulgą, było słychać chyba na drugim końcu miasta.

Antonio odrzucił na bok deskę i pochylił się nad mężczyzną. Uniósł jego dłoń i zbadał mu puls.

– Stracił przytomność. Dobrze.

Zerwał się i pobiegliśmy do oświetlonego bunkra.

Na ławce pod przeciwległą ścianą leżała Lola ze związanymi rękami i nogami.

– Nie za bardzo się spieszyliście – rzuciła z przekąsem, jednak na jej twarzy wyraźnie malowało się poczucie ulgi.

– Coś ci zrobili? – Pomogłem jej się podnieść.

Pokręciła głową.

Jakob pobiegł na korytarz i za chwilę wrócił z nożem sprężynowym w dłoni.

Antonio przeciął nim więzy. Lola przeszła chwiejnie kilka kroków, masując swoje nadgarstki.

– Musimy stąd spadać – nakazał Antonio. – Kto

wie, na jak długo mój cios wykluczył twojego strażnika z gry.

Absolutnie się z nim zgadzałem.

– Możesz się o mnie oprzeć – zaproponowałem Loli.

Z wdzięcznością chwyciła moje ramię i opuściliśmy pomieszczenie. Na zewnątrz zastaliśmy Jakoba pochylonego nad komórką. Od razu zauważyłem, że nie był to jego telefon, tylko strażnika Loli. Mogłem sobie wyobrazić, co zamierzał.

– Co tam robisz? – zapytał Antonio.

– Opowiem wam później. – Jakob położył telefon na ziemi obok mężczyzny. – Idziemy?

Antonio przytaknął. Tym razem prowadził Jakob, Lola i ja szliśmy w środku, a Antonio zabezpieczał tyły, na wypadek gdyby mężczyzna ruszył za nami. W ręce trzymał nóż.

Po krótkim marszu wróciliśmy do opuszczonego domu. Zamknęliśmy klapę w podłodze i zablokowaliśmy ją starą komodą, która stała przy ścianie. Na długo nie zatrzyma naszego prześladowcy, ale dzięki niej na pewno zyskamy więcej czasu.

Potem pobiegliśmy do samochodu. Antonio potrzebował trzech prób, by wreszcie uruchomić silnik, a ja przez cały ten czas nerwowo spoglądałem w stronę domu, oczami wyobraźni widząc wybiegającego z niego mężczyznę. Jednak nic podobnego się nie wydarzyło i udało nam się odjechać.

Po raz pierwszy od chwili porwania Loli pomyślałem o tacie i aż mnie przeszły ciarki na myśl o powitaniu, jakie czekało mnie w domu. Nawet mamie mogło zabraknąć argumentów na moją obronę.

– Jak właściwie udało wam się mnie znaleźć? – spytała Lola.

– Zawdzięczasz to Jakobowi – odpowiedziałem. – Zlokalizował twój telefon.

Wpatrywała się w niego wielkimi oczami.

– To tak można?

– Jasne, trzeba tylko mieć odpowiednią aplikację.

– Taką jak ta, którą załadowałeś na telefon temu mężczyźnie w tunelu, tak? – zapytałem z udawaną niewinnością.

Jakob rzucił mi błagalne spojrzenie. Niech sobie trochę pocierpi.

Na szczęście dla niego ani Lola, ani Antonio nie wyciągnęli logicznych wniosków z mojej uwagi.

– Przynajmniej teraz wiemy, że chodzi o notatnik – stwierdził Antonio. – Pod tym względem jednak coś dobrego wyniknęło z całej tej sprawy.

Lola obróciła się w jego stronę. Jej oczy płonęły.

– Wielkie dzięki. Może więc następnym razem ty dasz się porwać.

– Nie to miałem na myśli – odparł. – Jednak to prawda. Gdyby ci faceci się nie pojawili, wciąż nie wiedzielibyśmy, czego szukamy.

Lola wcisnęła się w oparcie fotela.

– Myślę, że szukamy pierścienia – stwierdziła, tym razem spokojnie.

Podziwiałem jej opanowanie.

– Nie umarłaś ze strachu, kiedy zaciągnęli cię do tego bunkra? – zapytałem.

– Skąd! – Machnęła ręką. – Wiedziałam, że nic mi nie zrobią. Chcieli tylko dotrzeć przeze mnie do tego notatnika.

– O którym guzik wiemy – rzucił Jakob. – Podejrzewam, że to jest to, co zostawił wuj Juan i czego szukają Xinos.

– Xinos? – zapytał Antonio.

Wyjaśniliśmy mu, czego dowiedzieliśmy się od Arnulfa. Antonio przytaknął.

– Zatem abuelo Juan nie był szaleńcem – stwierdził.

– Na pewno nie – przyznałem. – Ale znów znaleźliśmy się w punkcie wyjścia. Xinos nie wiedzą, gdzie znajduje się notatnik, ale my też nie.

– I nie wiadomo, czy notatnik rzeczywiście należał do dziadka Antonia – dorzucił Jakob.

– O co chodzi z tym Arnulfem? – zapytał Antonio. – Może wiedzieć więcej?

– Wtedy już dawno sam zdobyłby ten notatnik – zauważyła Lola. – Albo go ma i pilnie strzeże.

– Tak czy siak powinniśmy jeszcze raz z nim porozmawiać – zaproponował Antonio. Spojrzał za ramię na Jakoba. – Co tam zrobiłeś z tym typem, którego obezwładniliśmy?

– Pożyczyłem sobie na chwilę jego smartfon – odparł Jakob. – Zaatakujemy ich teraz ich własną bronią.

– Załadowałeś mu swoje oprogramowanie? – zapytałem.

Trochę wbrew woli, ale musiałem w tym momencie przyznać, że miał nerwy ze stali. Sam wtedy na dole chciałem jedynie wydostać się stamtąd i jak najszybciej uciec przed porywaczem.

– Teraz możemy ich śledzić, a przy okazji zobaczyć, czy za nami nie pojadą – stwierdził Jakob, a w jego głosie pobrzmiewała duma.

Najwyraźniej zapomniał, że miał się tym nie chwalić przed Lolą. Wolałem nie wiedzieć, jak dziewczyna zareaguje, kiedy się dowie, że kombinował również przy jej telefonie.

– Nieźle, nieźle. – Na twarzy Antonia pojawił się figlarny uśmieszek.

Tymczasem dojechaliśmy do ulicy, przy której mieszkałem. Parę minut przed jedenastą uliczki wciąż były tak pełne życia jak w jasny dzień. W Sant Gervasi tętniło wieczorne życie, choć zapuszczało się tu stosunkowo mało turystów. Obok nas chodnikami przechodziły grupy roześmianych, głośno rozmawiających młodych mężczyzn i kobiet.

Chciałem być co najmniej cztery lata starszy! Mógłbym się włóczyć nocą z przyjaciółmi po mieście i żadni dorośli nie suszyliby mi z tego powodu głowy.

Jednak chcąc nie chcąc, musiałem na to poczekać jeszcze kilka lat.

– Nie wiem, czy będę mógł do was jutro dołączyć – powiedziałem, otwierając drzwi samochodu. – Moi rodzice będą się wściekać o to, że tak późno wracam do domu.

– Może powinienem z nimi porozmawiać? – zaproponował Antonio.

– Myślę, że obecnie nie byłby to najlepszy pomysł – stwierdziłem.

Pożegnaliśmy się i pognałem w stronę domu.

W mieszkaniu wciąż świeciło się światło. Mogłem się spodziewać, że będą mnie wyczekiwać. I tak też było.

Tata czekał na mnie już w korytarzu, gdy tylko otworzyłem drzwi. Stał ze skrzyżowanymi na piersiach rękami i nie odezwał się ani słowem. Tak naturalnie, jak to tylko było możliwe, rzuciłem w jego stronę „cześć", zdjąłem buty i włożyłem kapcie. Musiałem przejść obok niego.

Tymczasem mama również pojawiła się w drzwiach salonu.

– Czy mógłbym przejść? – zwróciłem się do taty, który wciąż zagradzał mi drogę.

– A dokąd to się wybierasz?

– Do łazienki, a potem do łóżka.

– A nie sądzisz, że najpierw powinieneś nam coś wyjaśnić?

Wzruszyłem ramionami.

– Danielu, chodź, proszę, z nami do salonu – powiedziała surowo mama.

Zatem ona także. Tym razem miałem zdecydowanie niedobre karty. Ze spuszczoną głową podreptałem przed mamą i zrezygnowany usiadłem w fotelu. Nagle zauważyłem, jak niewiarygodnie jestem wyczerpany. Musiałem powstrzymywać ziewanie. Za siedem godzin miałem znowu wstać i ruszyć do szkoły. W tej chwili było to absolutnie niewyobrażalne, po tym wszystkim, co dzisiaj przeżyliśmy.

Mama i tata usiedli naprzeciwko mnie na sofie.

– Tak? – zapytał tata. Wciąż miał ręce założone na piersi. Bardzo zły znak.

Już miałem rozpocząć wyjaśnienia, kiedy zadzwonił dzwonek do drzwi. Mama i tata spojrzeli na siebie zirytowani. Kto to mógł być o tak późnej porze?

Tata wstał i podszedł do drzwi.

Usłyszałem głos w sieni – to była Lola!

Również mama zerwała się z miejsca, kiedy Lola weszła z tatą do pokoju. Lola kiwnęła w moją stronę porozumiewawczo, potem stanęła obok mnie i położyła mi rękę na ramieniu.

– Daniel wrócił tak późno, ponieważ pomagał mi uwolnić się z dość przykrej sytuacji – oznajmiła. – Proszę się na niego nie gniewać.

Moim rodzicom najwyraźniej odebrało mowę. Byli przygotowani na burzę z piorunami, ale nie na to, że nagle pojawi się u nas dziewczyna, która weźmie mnie w obronę.

Mama pierwsza odzyskała mowę.

– Usiądź, proszę – powiedziała. Zabrzmiało to zdecydowanie mniej niebezpiecznie.

Ustąpiłem Loli miejsca w fotelu, a sam przysiadłem na oparciu. Również mama i tata z powrotem usiedli na sofie.

– Zostałam porwana przez młodzieżową szajkę, a Daniel i jego przyjaciel Jakob uwolnili mnie stamtąd – dodała Lola i spojrzała na mnie z wdzięcznością.

Zrobiło mi się ciepło na sercu.

– Porwanie? – zapytała mama z szeroko otwartymi oczami. – Co to była za szajka?

– Ach, po prostu młodzież, która już od jakiegoś czasu prowadzi wojnę z gangiem z naszej dzielnicy. W zasadzie to nic poważnego.

– Czytałem o tych wojnach gangów – wtrącił się tata. – To wcale nie wydaje się niewinne. A porwania również nie traktowałbym jako wybryku rozwydrzonej młodzieży.

– W tym przypadku to dokładnie tylko to – próbowała go uspokoić Lola. – Nie było to zbyt przyjemne, ale nie niebezpieczne.

Moi rodzice nie byli szczególnie przekonani, czułem to.

Mama zwróciła się do mnie:

– A dlaczego nie poszedłeś na policję, tylko narażałeś się na niebezpieczeństwo? Przecież ciebie też mogli porwać!

– Nie było takiej możliwości – broniła mnie Lola. – My tak nie postępujemy.

– My? Jesteś zatem...? – Tata się zawahał. Chciał powiedzieć „Romką" lub „Cyganką", jednak w ostatnim momencie urwał.

– Jestem Lola Cortés. – Lola zachowywała się tak, jakby tego nie zauważyła. – Daniel i ja poznaliśmy się dzięki mojemu stryjecznemu wujowi.

– Czy to ten, który niedawno zmarł?

Lola kiwnęła głową.

– Tak.

– Mimo to musisz iść na policję – nalegała mama. Zdumiała mnie jej rzeczowość i to, jak szybko przełknęła tę informację.

– Porwanie to nie jest coś, co powinno się bagatelizować. Nawet jeśli było to tylko kilku wyrostków. Może będą próbowali to powtórzyć.

– Nie wydaje mi się. – Lola potrząsnęła głową. – Zresztą to dzięki pomocy Daniela. – Wstała. – Też muszę już iść do domu. Proszę, aby nie byli państwo dla niego zbyt surowi.

Podała rękę mamie i tacie, po czym odprowadziłem ją do drzwi.

– Wielkie dzięki – powiedziałem. – To naprawdę bardzo miłe z twojej strony, że przyszłaś.

– Pozostali początkowo byli temu przeciwni, ale przyjaciele powinni sobie pomagać, nie?

Uśmiechnęła się do mnie i zrobiło mi się błogo na sercu. Objęliśmy się krótko i Lola zniknęła za drzwiami.

Wróciłem do rodziców. Byli wyraźnie bardziej rozluźnieni niż podczas powitania.

– Miła dziewczyna – stwierdziła mama. – Czy to z nią spędzasz popołudnia?

– Z nią i z Jakobem. Mamy wspólny projekt związany z historią miasta.

– To jednak nie usprawiedliwia twojego zachowania – ostrzegł mnie tata. – Najpierw ten fałszywy policjant, a teraz porwanie. To na pewno nie jest towarzystwo, jakiego byśmy sobie życzyli dla czternastolatka.

– Przecież nic na to nie poradzę – zaprotestowałem. – Nie szukałem towarzystwa Moralesa ani porywaczy Loli.

– Chodzi nam o to, że ostatnio kilka razy znalazłeś się w niebezpieczeństwie – wyjaśniła mama, rzucając mi zatroskane spojrzenie. – Chyba rozumiesz, że tatę i mnie bardzo to martwi.

– Jasne, rozumiem. Ale to dzisiaj to naprawdę nie było nic wielkiego. Możecie zapytać Jakoba, jeśli chcecie. Też był przy tym. A on od razu by się wycofał, gdyby sprawa wyglądała na ryzykowną.

– Hm – mruknął tata. – Nie podoba mi się to

wszystko. Wolałbym, żebyś trzymał się od tych ludzi z daleka.

– Ale wtedy nie mógłbym też spotykać się z Lolą! – zawołałem. – A mama sama powiedziała, że to miła dziewczyna! Wreszcie znalazłem sobie paru przyjaciół, a ty chcesz, żebym przestał się z nimi spotykać?

Tata uspokajająco podniósł ręce.

– Tego nie powiedziałem. Ale martwimy się o ciebie.

– Nikt nie wymaga, abyś zrezygnował ze swoich przyjaźni – potwierdziła mama. – Rozumiem, że chciałbyś znowu spotkać się z Lolą.

Odchrząknąłem i poczułem, jak krew pulsuje mi w skroniach. Są rzeczy, które niekoniecznie należy omawiać z własnymi rodzicami.

– No dobrze – zakończył tata. – Zrobimy tak: obiecasz nam, że w przyszłości będziesz wracał do domu najpóźniej o wpół do dziesiątej, i uprzedzisz nas, jeśli miałbyś się spóźnić. Wtedy zrezygnujemy z zakazu wychodzenia dla ciebie. Zgoda?

– Okej, zgoda, tato. – Zgodziłbym się na wszystko, gdybym tylko w zamian mógł następnego dnia znowu pójść do Loli.

– No to wszystko jasne. – Tata wstał i się przeciągnął. – A teraz wszyscy do łóżka, jest już po północy. – Położył mi dłoń na ramieniu. – I naprawdę doceniam to, że pomogłeś tej dziewczynie. Brawo.

Pochwała od taty to była rzadkość. Jeszcze bardziej się zaczerwieniłem i pod nosem mruknąłem tylko coś w stylu „przecież to normalne".

Mama pocałowała mnie w policzek.

Zanim to wszystko zdążyło się wymknąć spod kontroli, szybko czmychnąłem do swojego pokoju.

Tej nocy spałem kamiennym snem.

Głos z przeszłości

– Hej, wy dwaj rzeczywiście jesteście już chyba nierozłączni – zażartowała mama, kiedy Jakob następnego dnia zjawił się u nas po szkole. Jej głos brzmiał tak, jakby zapomniała o wydarzeniach z poprzedniego wieczoru. – Co dzisiaj chcecie robić?

– Och, chcieliśmy się przejść do niemieckiej księgarni, żeby trochę sobie poczytać – zmyśliłem odpowiedź na miejscu. Wiedziałem, że jej się spodoba. – A potem spotkamy się z Lolą. Chcemy teraz coś szybko zjeść i ruszamy.

– Ale ja jeszcze nic nie ugotowałam. – Mama się zmartwiła. – Ach, wiecie co? – Poszperała w swojej torebce, wyjęła portmonetkę i podała mi dwadzieścia euro. – Proszę, kupcie sobie po drodze coś do jedzenia.

– Hej, dziękuję, mamo! – Schowałem banknot do kieszeni. – Tak zrobimy.

– Bardzo dziękuję, pani Herbst – powiedział Jakob. Potrafił być uprzejmy, to trzeba mu było przyznać.

Chwilę później siedzieliśmy w niewielkiej kafejce i zajadaliśmy każdy po porcji patatas bravas.

– Nie miałeś wczoraj problemów w domu? – zapytałem.

– Trochę – odparł Jakob.

– Czyli co dokładnie?

– Mama zdenerwowała się z powodu zabrudzonych ciuchów, a tata nalegał, bym od tej pory po ósmej wieczorem dzwonił do niego co godzinę. – Włożył ostatni kawałek ziemniaka do ust. – A ciebie uratowała Lola, nie?

Kiwnąłem głową.

– Inaczej by mnie tu teraz nie było.

Wyciągnął z kieszeni smartfon i coś do niego wklepał.

– Po porywaczu Loli nie ma śladu. Albo wyłączył telefon, albo porusza się gdzieś poza zasięgiem.

Mruknąłem coś pod nosem.

– Wstałeś dziś lewą nogą czy co? – zauważył Jakob. – Już w szkole zachowywałeś się jakoś dziwnie.

– Zmęczony – odparłem krótko, ponieważ nie miałem ochoty tłumaczyć mu, o co naprawdę chodzi.

Prawda była taka: miałem niezłego pietra. W ostatnich dniach aż trzy razy stykaliśmy się z Moralesem i jego wspólnikami. Do tego doszły rzeczy, których dowiedzieliśmy się od Arnulfa i Serry. Jeśli to wszystko, co nam powiedzieli, było prawdą, nie chodziło tylko o to, że wujek Loli znał miejsce ukrycia niezwykłego reliktu, lecz bardziej o to, że byliśmy prześladowani przez potężną, tajemniczą organizację, która nie cofnie się przed niczym. Ale przede wszystkim każdy, kogo spotykaliśmy, mógł być zdrajcą.

Nagle znalazłem się w samym środku niesamowitego, mrocznego świata, o którym nikt, kto chodził ulicami Barcelony, nie miał bladego pojęcia.

A wszystko przez to, że odprowadziłem do domu psa.

Spotkaliśmy się z Lolą i Antoniem w kafejce w dzielnicy Gràcia. Przy jednym ze stolików siedzieli dwaj mężczyźni z chłopcem w czerwonych butach, którego widziałem już wcześniej. Jeden z mężczyzn miał długie, związane na karku włosy i gitarę na kolanach, drugi, starszy, rozmawiał z chłopcem.

– Dlaczego ten chłopak ma na sobie takie śmieszne buty? – zapytałem Lolę.

Roześmiała się.

– To Miguelito. Mieszka kilka domów od nas i bardzo chce zostać tancerzem i śpiewakiem flamenco. Do tego trzeba właśnie takich butów.

Przypomniałem sobie, że Lola również marzyła kiedyś o byciu tancerką.

– Też miałaś takie buty?

– Tak, ale nie czerwone. Posłuchaj!

Mężczyzna z kucykiem zaczął grać na gitarze jakąś melodię, a chłopiec śpiewał, wyklaskując przy tym bardzo skomplikowany rytm. Jego twarz się rozpromieniła, a głos przyprawił mnie o dreszcze.

– Prawdziwy talent – powiedział Antonio z uznaniem. – I ma dobrych nauczycieli.

Słuchanie flamenco z tak bliska i na żywo było czymś zupełnie innym niż z płyty CD. Muzyka, pełna pragnienia, tęsknoty i energii, poruszyła mnie do głębi. Skoro nawet dziecko potrafiło wywoływać takie uczucia, co dopiero wykształcony śpiewak?

– Jaki mamy plan? – Jakob sprowadził mnie na ziemię. Pokazał na smartfon. – Wspólnika Moralesa przynajmniej nie ma w pobliżu, mamy zatem wolną rękę.

– Nie oznacza to, że sam Morales gdzieś tu na nas nie czyha. – Antonio ostudził jego zapał. – A tym razem z pewnością będzie bezwzględny.

– Sądzisz, że on wciąż myśli, że mamy ten notatnik? – zapytałem.

– Dlaczego miałby tak nie myśleć? O wiele bardziej interesujące jest jednak pytanie, skąd w ogóle wie, że abuelo Juan zostawił jakiś notes.

– Może stąd, że go obserwował – próbowałem zgadnąć.

Antonio potrząsnął głową.

– Abuelo Juan nie byłby tak głupi, aby obnosić się wszem wobec ze swoim notatnikiem.

– W takim razie musiał mieć jakieś inne źródło informacji. Ale kto poza najbliższym kręgiem twojego dziadka mógłby o tym wiedzieć?

– Abuelo Juan nie miał żadnego najbliższego kręgu. Przynajmniej ja nikogo nie znam.

– Nie powinniśmy zaprzątać sobie tym głowy – stwierdził Jakob. – O wiele ważniejsze jest teraz to, abyśmy znaleźli ten notatnik, zanim zrobi to Morales.

– W każdym razie nie było go w walizce. – Lola w zamyśleniu nawijała pasemko włosów na palec. – Może ukrył go gdzieś w swoim pokoju.

– Jego pokój został już dokładnie posprzątany – odparł Antonio. – Pomagałem przy tym i nie znalazłem żadnego zeszytu.

Natychmiast przypomniałem sobie wszystkie filmy kryminalne, które obejrzałem.

– Może pod deskami podłogowymi?

Antonio się roześmiał.

– Nie mamy drewnianych podłóg, wszędzie są płytki.

– W takim razie musi być ukryty poza mieszkaniem.

– Logiczna konkluzja – skomentował ironicznie Jakob. – Tylko gdzie?

– Może powinniśmy zapytać tego Arnulfa? – zaproponował Antonio. – Zdaje się, że bardzo dużo wie.

– I bardzo dużo przemilczał – dodałem. – Ale jeśli zna miejsce ukrycia notatnika, dlaczego sam go już dawno stamtąd nie wziął? Wtedy Xinos ścigaliby jego, a nie nas.

– Uważam, że warto spróbować – upierał się Antonio. – Tym bardziej że nie mamy wskazówek w nadmiarze.

Każdy z nas po kolei zgodził się z Antoniem. Chętnie zostałbym dłużej, ponieważ tutaj, w środku dzielnicy *Kalé*, czułem się chroniony przed Moralesem i jego ludźmi. Na szczęście Antonio poszedł z nami do księgarza, więc tym razem byliśmy we czworo. Wprawdzie w przypadku spotkania z pistoletem za bardzo by nam to nie pomogło, ale było mi zdecydowanie raźniej.

Arnulfo, podobnie jak na początku naszej pierwszej wizyty, siedział zgarbiony za biurkiem w głębi sklepu. Nie miał żadnych klientów i szczerze wątpiłem w to, że w pozostałe dni było inaczej. Z czego zatem się utrzymywał?

Kiedy weszliśmy, wstał i do nas podszedł.

Przedstawiliśmy mu Antonia. Uścisnęli sobie dłonie, obrzucając się wzajemnie krytycznym spojrzeniem. Bynajmniej nie była to przyjaźń od pierwszego wejrzenia.

Następnie Arnulfo zaprosił nas do swojego biura i po chwili tłoczyliśmy się w malutkim pomieszczeniu.

– Szybko pożegnaliście się z Pilar, prawda? – powiedział z wiele mówiącym uśmieszkiem. – Chciała coś wam dać, niestety nie zdążyła. Dlatego przyniosła to do mnie.

Wyjął z szuflady cienką teczkę.

– Może znajdziecie tu parę odpowiedzi na swoje pytania. – Postukał w nią palcem. – Nie miałem czasu, aby przejrzeć jej zawartość. Chcecie zobaczyć, co się tu znajduje, co?

– Chętnie – odpowiedział Antonio, wyciągając rękę po dokumenty.

Arnulfo potrząsnął głową.

– Ja będę czytał, wy słuchajcie. W ten sposób wszyscy czegoś się dowiemy. – Oparł się na krześle i otworzył teczkę.

Jeszcze bardziej się do niego przybliżyliśmy. W teczce znajdowały się kartki zapisane na maszynie.

– To odpis dzienników Enriquety Martí – wyjaśnił Arnulfo. – Prowadziła dokładne zapiski ze spotkań z bogatymi obywatelami Barcelony.

Przekartkował zawartość.

– Interesują nas wiadomości przekazane jej przez Gaudíego i Güella, których rzeczywiście znała. Ach, są tutaj.

Nieznacznie uniósł teczkę do twarzy, aby lepiej widzieć, i zaczął czytać:

– *Wczoraj znowu byłam w odwiedzinach u G i G.* – Arnulfo spojrzał na nas. – Sądzę, że ma na myśli Güella i Gaudíego. *Zawsze proszą mnie, abym wzięła ze sobą lekarstwo na wzmocnienie* – kontynuował czytanie – *a potem siedzimy razem i gawędzimy. Gdy krople zaczynają już działać, opowiadają zupełnie niewiarygodne historie.*

– Z tego, co słyszę, wnioskuję, że mowa tu raczej

o narkotykach niż o lekarstwie – przerwał mu Antonio.

Arnulfo przytaknął.

– Nie można zapominać, że w tamtych czasach nawet silne środki odurzające takie jak kokaina były przepisywane przez lekarzy. Jeśli więc o to chodzi, nie było niczego szczególnego w kroplach Enriquety. – Znowu powrócił do zapisków. – *To, co powiedzieli wczoraj, brzmi jak powieść przygodowa. Przekazuję dokładnie to, co sama usłyszałam. Nie mnie oceniać, czy ta historia jest prawdziwa. Rozgrywa się przed prawie pięciuset laty, w maju 1448 roku, i brzmi niewiarygodnie, jednak G i G twierdzą, że każde słowo jest prawdziwe.*

Jak pierścień trafił do Hiszpanii

Przybyli nocą.

Kiedy Teresa, służąca wójta, szła wczesnym rankiem do studni, żeby zaczerpnąć wody, usłyszała rżenie konia dobiegające zza stojącego na skraju wsi domu kowala. Odstawiła wiadro i przeszła przez brukowany plac. Tuż przed winklem domu zatrzymała się i spróbowała ostrożnie zza niego wyjrzeć.

Odskoczyła, zakrywając usta dłonią, aby powstrzymać krzyk.

Na wiejskim placu stało pięć wozów z kolorowymi plandekami. Konie pasły się na skraju lasu. Przy jednym z drzew siedział ciemnoskóry mężczyzna, który miał na sobie jasnoniebieski turban, a niebiesko-zielone szaty opadały mu na stopy.

To musiał być Maur!

Teresa pobiegła z powrotem do dworu, zupełnie zapominając o wiadrze, i zdyszana zaczęła pukać do drzwi swojego pana.

Zaspany don Eusebio wyszedł na podwórze.

– Co jest? – ofuknął Teresę. – Dlaczego tak hałasujesz?

Dziewka spuściła oczy.

– Maurowie przyjechali, panie. Rozbili się za domem kowala.

– Maurowie?! – Don Eusebio ocknął się w jednej chwili. – Natychmiast obudź pozostałych mężczyzn i przyślij ich tutaj!

Pospieszył z powrotem do domu i założył buty z cholewami. Ze skrzyni wyjął grubą skórzaną kamizelę, w którą ledwie udało mu się wcisnąć. Minęło trochę czasu, kiedy po raz ostatni stał na polu walki, a tłuste lata w urzędzie wójta pozostawiły ślady na jego sylwetce.

Na ścianie przy kominku wisiał miecz. Przypiął go do pasa i sprawdził, czy ostrze wystarczająco lekko wysuwa się z pochwy. Tak uzbrojony ponownie wyszedł na dziedziniec.

Zgromadzili się już na nim mężczyźni z wioski. Tylko nieliczni byli porządnie uzbrojeni, większość trzymała w rękach widły, kosy albo siekiery. Don Eusebio westchnął. Z nimi raczej nie wygra bitwy. Jeśli pod wioską rzeczywiście obozowali Maurowie, będzie mógł liczyć jedynie na pertraktacje.

W każdym razie wątpił w słowa dziewczyny. Maurowie już dawno zostali wypędzeni z tej części kraju. Wiedział, że na południu jeszcze kilka miast znajdowało się pod ich panowaniem, jednak oddziały chrześcijan codziennie posuwały się do przodu i wkrótce ostatni Arab opuści Hiszpanię na dobre. Tak przynajmniej przepowiadał wiejski kaznodzieja, mnich z pobliskiego klasztoru w Poblet. A bracia zakonni zawsze byli dobrze poinformowani.

Mimo to musiał sprawdzić, kim byli owi przybysze.

Tak więc don Eusebio maszerował na czele swoich ludzi przez wioskę. W drzwiach chat stały kobiety z wtulonymi w siebie dziećmi i przerażonymi oczami śledziły drogę swoich mężów i dorosłych synów.

Kiedy grupa zbliżyła się do domu kowala, szeptane rozmowy mieszkańców wioski ucichły. Mężczyźni otoczyli dom, wznosząc kosy i widły, gotowi do obrony swoich rodzin.

Ale to, co zobaczyli, wprawiło ich tylko w zdumienie.

Na polanie przycupnęła grupka kobiet, zajętych szorowaniem i krojeniem warzyw. Miały na sobie długie, kolorowe suknie, a na nadgarstkach pobrzękiwały błyszczące bransolety.

Kiedy zobaczyły mieszkańców wioski, opuściły ręce i milcząco zaczęły się w nich wpatrywać.

Don Eusebio od razu stwierdził, że nie są to wcale Maurowie. Nie wiedział, do jakiego narodu należeli ci ludzie, ale na pewno nie sprawiali wrażenia wrogo nastawionej armii.

Powoli zbliżał się do kobiet, kiedy zza jednego z wozów wystąpiła grupka mężczyzn. Wyglądali równie dziwacznie jak kobiety i nie byli uzbrojeni. Na ich czele szedł starszy mężczyzna, który najwyraźniej był przywódcą.

Starzec podszedł do don Eusebia i się ukłonił.

– Pozdrawiam was, mój panie – powiedział łamaną hiszpańszczyzną.

– Wy też bądźcie pozdrowieni – odparł wójt. – Kim jesteście i co was tutaj sprowadza?

– Jesteśmy z ludu Romów – odparł starzec.

Don Eusebio zmarszczył czoło.

– O takim narodzie jeszcze nigdy nie słyszałem.

– Jesteśmy narodem bez ziemi – wyjaśnił rozmówca. – Od stuleci wędrujemy po świecie, gościmy to tu, to tam, i przenosimy się dalej.

– A dokąd prowadzi was droga?

– Donikąd, panie.

Don Eusebio podrapał się po głowie. Cóż za osobliwi ludzie. Każda podróż miała przecież jakiś cel – wiedział to nawet on, który od dziesięcioleci nie opuszczał już swojej wioski.

– A co was tu sprowadza? – zapytał w końcu.

– Gdzieś w pobliżu znajduje się dom świątobliwych mężów – odparł starzec.

– Macie na myśli klasztor.

Starzec przytaknął.

– Muszę się tam dostać, aby porozmawiać z ich przełożonym. Potem powędrujemy dalej.

Don Eusebio skinął głową.

– Możecie tu zostać jeden dzień, żeby odpocząć.

Wasze konie wyglądają na zmęczone. Każę wam przynieść jedzenie i picie.

– Jesteście bardzo łaskawi, panie. – Starzec wyjął z kieszeni kilka złotych monet. – Sprawiedliwie wynagrodzimy wasze starania.

Oczy don Eusebia zaświeciły się na widok złota, ale ponieważ był dobrym chrześcijaninem, zdecydowanie potrząsnął głową.

– Jesteście naszymi gośćmi. Zachowajcie swoje złoto na później.

– Dziękuję wam – powiedział starzec. – Pozwólcie przynajmniej, abyśmy dzisiaj wieczorem pokazali mieszkańcom wioski nasze tańce.

– Bardzo chętnie – odparł don Eusebio.

Niezmiernie go ciekawiło, jakimi muzykantami byli ci dziwnie wyglądający ludzie. W wiosce już dawno nie gościli żadni kuglarze. W tych niepewnych czasach władza twardo występowała przeciw wszystkiemu, co sprawiało ludziom przyjemność. Dlatego trzeba było wykorzystywać każdą nadarzającą się okazję, aby zapewnić im choć trochę wytchnienia od znojów codzienności.

Don Eusebio machnięciem ręki rozkazał swoim ludziom, aby powrócili do swoich domostw lub do pracy.

– Obsłużcie naszych gości i przekażcie wszystkim, że dziś wieczorem odbędzie się widowisko taneczne! – zawołał.

Wiadomość rozniosła się po wiosce lotem błyskawicy i już po chwili pierwsze kobiety przyszły do nowo przybyłych z koszami pełnymi chleba, oliwek i wina, aby razem z nimi przygotować posiłek.

* * *

Opat klasztoru w Poblet był szczupłym mężczyzną o siwych włosach. Na pierwszy rzut oka ciężko było docenić drzemiące w nim przymioty – błąd, za który niejednemu przyszło gorzko zapłacić.

– Doszły mnie słuchy o waszym przybyciu – powiedział opat, kiedy przyprowadzono do niego wędrowca, który przedstawił się jako Nicol. – Słyszałem też o narodzie Romów, który od wieków wędruje przez świat. Jednak w naszym kraju jeszcze nigdy nikogo z was nie widzieliśmy. Co was tutaj sprowadza i dlaczego akurat do mnie? Nie sądzę, aby był to przypadek.

– Macie rację, wasza wielebność – odparł Nicol. – Jesteśmy tutaj, ponieważ zawędrowaliśmy tak daleko, jak to tylko możliwe. Teraz jednak nasze siły są już na wyczerpaniu i obawiam się, że cały wysiłek pójdzie na marne.

Opat pytająco uniósł brwi.

– Jestem już starym człowiekiem, wasza wielebność – mówił dalej Nicol. – W trakcie całego swojego życia widziałem mnóstwo cierpienia i śmierci. Przeprowadziłem swoich przez wiele krajów aż tutaj, abyśmy

mogli żyć w pokoju. Obawiam się jednak, że zepsucie podążyło za nami.

Opat spojrzał na niego z powagą.

– Co takiego uczyniliście, że prześladuje was zło?

– Nic, wasza wielebność. Wręcz przeciwnie, próbowaliśmy przeszkodzić Złemu w jego dziele. Jesteśmy chrześcijanami tak jak wy. Jednak to, co wieziemy ze sobą, przeczy wszystkiemu, za co nasz Pan umarł na krzyżu. – Nicol wyjął zza pazuchy małą szkatułkę. – W środku znajduje się przedmiot, który obdarza swojego właściciela niezmierną mocą. Jednocześnie zsyła na ludzi niewyobrażalne nieszczęście.

Wyciągnął szkatułę w stronę opata.

– Dlatego chciałbym was prosić, abyście ukryli go w tym świętym miejscu. Wtedy będzie bezpieczny od wpływów Złego, a moja rodzina może wreszcie zacznie żyć bez obaw.

Opat z wahaniem przyjął szkatułkę.

– Nie powiecie mi, co się w niej znajduje?

– Lepiej, żebyście nie wiedzieli – stwierdził Nicol. – Radzę wam ukryć ten przedmiot na samym dnie waszego archiwum i nikomu o nim nie opowiadać.

Opat zmarszczył czoło.

– Skoro ten przedmiot jest tak niebezpieczny, dlaczego po prostu go nie zniszczycie?

– Ponieważ to niemożliwe, panie. Trzymacie w rękach coś, co nie jest z tego świata. Dlatego nie może zostać zniszczone na tym świecie.

– Mówicie zagadkami. A mimo to czuję, że mówicie prawdę, ponieważ jawicie mi się jako człowiek godny czci. Spełnię wasze życzenie.

– Dziękuję wam. – Nicol podniósł się i głęboko pokłonił.

Opat odprowadził swojego gościa do furty, a później spoglądał w zamyśleniu, jak ten wolnym krokiem podąża w kierunku swoich towarzyszy.

Niebo, jeszcze przed chwilą błękitne i rozświetlone słońcem, w jednej chwili się zachmurzyło. Opat zmrużył oczy i spojrzał w górę. Słońce zakryła ciemna chmura. Czy to był omen?

Szkatułka w jego kieszeni nagle zaciążyła mu, jakby była z ołowiu, i opat zaczął się zastanawiać, czy podjął właściwą decyzję, ulegając prośbie starca.

Tak szybko, jak tylko mógł, pospieszył z powrotem do głównego budynku klasztoru, gdzie mieściło się archiwum, aby ukryć skrzyneczkę w najciemniejszym kącie.

* * *

Wieczorny występ był wielkim wydarzeniem dla wszystkich, którzy mogli go podziwiać. Nawet jeśli muzyka i tańce przybyszów zdawały się osobliwe, to i tak serca mieszkańców wioski się radowały, ponieważ dawno nie mieli okazji przeżyć czegoś podobnego. Wszyscy razem jedli i pili, porozumiewali się, pomagając sobie rękami i nogami, aż wreszcie zmęczeni i zadowoleni rozeszli się do swoich łóżek.

W nocy wieśniaków zbudził dziwny dźwięk. Brzmiał jak wycie wiatru, lecz kiedy kilku odważnych wychynęło ze swoich chat, stwierdziło, że jest bezwietrznie. Wycie przybierało na sile i teraz dało się też słyszeć łoskot, tak jakby zbliżały się galopujące oddziały jeźdźców. Psy, skomląc, wciskały się w najdalsze kąty domów, a ludziom włosy na głowach stawały dęba.

Hałas przeszedł w piekielne crescendo. Potem na wieś opadł mroczny cień. Mężczyźni w panice powrócili do domów i zaryglowali drzwi. Niektórzy twierdzili później, że widzieli grupę odzianych na czarno wojowników ogromnej postury, którzy na buchających ogniem rumakach pędzili w stronę obozowiska Romów. Świadkowie zaklinali się, że to nie mogli być ludzie, tylko upiory.

Prawda czy nie, celem niesamowitych jeźdźców byli obcy goście. W nocy dało się słyszeć krzyki i brzęk oręża, jednak nikt z mieszkańców wioski nie odważył się ruszyć Romom na pomoc. Zamiast tego ludzie mamrotali modlitwy i tłumaczyli sobie, że to nieszczęście z pewnością było karą za wielkie grzechy popełnione przez przybyszów.

Wreszcie wszystkie odgłosy ucichły.

Odczekawszy chwilę, kilku mężczyzn odważyło się w końcu pójść na skraj wsi.

Ich pochodnie oświetliły straszliwą scenę.

Konie leżały martwe na ziemi, wozy były przewrócone, a ich zawartość rozwleczona po placu.

Romowie jakby zniknęli z powierzchni ziemi.

Czy udało im się uciec na czas? A może zatrważający jeźdźcy zabrali ich ze sobą?

Pytania te pozostały bez odpowiedzi również następnego ranka, kiedy to spod jednego z wozów wydobyto dziesięcioletniego chłopca, nieprzytomnego i dotkliwie poturbowanego. Zaniesiono go do klasztoru, gdzie mnisi zajęli się opatrzeniem jego ran. Kiedy oprzytomniał, dukał coś w swoim obcym języku, co brzmiało jak mulo. *Więcej nie można było z niego wyciągnąć.*

Mnisi z klasztoru przyjęli go do siebie i zaopiekowali się nim. Pozostał zamknięty i milczący. Już jako młodzieniec opuścił klasztor i wioskę, jednak po kilku latach powrócił z kobietą ze swojego ludu. Osiedlili się we wsi, gdzie zostali serdecznie przyjęci. On zajął się wyplataniem koszy, a ponadto pomagał mnichom w uczeniu dzieci, jego żona zbierała zioła i szybko została słynną, również poza granicami wioski, uzdrowicielką. Urodziło im się sześcioro zdrowych dzieci. Każde z nich z chwilą ukończenia dwunastego roku życia było zabierane przez ojca w miejsce, gdzie niegdyś obozowali Romowie. Mieszkańcy wioski nigdy się nie dowiedzieli, co im wtedy opowiadał.

Nawiedzone domy

Arnulfo spojrzał na nas.

– Tutaj historia się kończy.

– Uf! – Zauważyłem, że przez cały czas wstrzymywałem oddech, i teraz odetchnąłem tak, że wszyscy to usłyszeli.

– Interesująca lekcja historii – skomentował Jakob. – Ale czy na coś nam się przyda?

– Przynajmniej potwierdza opowieść o istnieniu przedmiotu, który ukryto w klasztorze w Poblet.

– O ile to prawdziwa historia.

– Dla mnie brzmi wiarygodnie – stwierdził Arnulfo. – Zgadza się ze wszystkim, czego do tej pory dowiedziałem się o tej sprawie.

– Oznacza to, że również Xinos znają tę historię.

– Należy tak przypuszczać. A może wiedzą znacznie więcej.

– Brakuje im tylko jednej informacji – zauważył Antonio. – Nie wiedzą, gdzie pierścień jest ukryty obecnie. Prawdopodobnie zapisano to w zaginionym notatniku mojego dziadka.

– Wasz dziadek zostawił jakiś notatnik? – Arnulfo spojrzał pytająco na Antonia.

W krótkich słowach zdaliśmy mu relację z naszej wczorajszej przygody z Xinos.

– Ostrzegałem was – powiedział Arnulfo, marszcząc czoło. – Xinos nie cofną się przed niczym. Jednak porwanie przyciąga uwagę, a tego przeważnie starają się unikać. Wnioskuję zatem, że istotnie nie mają najmniejszego śladu.

– Tak jak my – zauważyłem.

Na moment zamilkliśmy, wszyscy zatopieni we własnych myślach. Ciągnęło się to już od kilku dni. Za każdym razem, kiedy wydawało nam się, że trafiliśmy na jakiś trop, szybko okazywał się mylny lub kończył w ślepej uliczce. Naprawdę ręce opadały!

– Jeśli my niczego nie znajdziemy, Xinos również niczego nie znajdą – stwierdził Jakob. – A to oznacza, że pierścień pozostanie bezpieczny w ukryciu. Czy to również nie jest dobre rozwiązanie?

Lola potrząsnęła głową.

– Wtedy Morales i jego ludzie nie przestaną deptać nam po piętach. Nie sądzę, by tak łatwo się poddali.

– Dlaczego nie pójdziemy na policję i nie złożymy doniesienia na Moralesa i jego wspólników? – zapytałem.

– A co dokładnie zamierzasz im powiedzieć? – Arnulfo odłożył zapiski Enriquety z powrotem do szuflady. – Nawet nie wiesz, czy Morales to jego prawdziwe nazwisko, co? A poza tym to słowo przeciwko słowu. W takim przypadku policja nie zdziała zbyt wiele. Zresztą sądząc po znajomościach, z jakich słyną Xinos, raczej i tak nic by nie zrobili.

– W takim razie rzeczywiście pozostaje nam tylko jedno. Musimy odnaleźć notatnik dziadka Juana – skwitował Antonio.

– A kto powiedział, że Xinos śledzą tylko nas? – zapytał Jakob. – Być może podążają też innym tropem. Moglibyśmy to sprawdzić.

– W jaki sposób zamierzasz to zrobić? – zadał pytanie Arnulfo.

– Mamy na to swoje sposoby. – Jakob uśmiechnął się szelmowsko.

– Co macie na myśli?

Spojrzeliśmy na siebie. Dlaczego nie? Mogliśmy teraz zamienić się rolami, nawet jeśli na samą myśl o tym od razu poczułem dziwne łaskotanie w brzuchu. Najchętniej trzymałbym się od Xinos najdalej, jak to tylko możliwe. Jednak skoro nawet Jakob złożył taką propozycję, nie chciałem być tym, który w ostatniej chwili się wycofuje.

Jakob przez moment majstrował przy swoim smartfonie.

– Ha! – zawołał. – Mam cię!

Pokazał nam ekran. Zobaczyliśmy mapę Barcelony i mały czerwony punkcik, który przesuwał się po przekątnej. Na szczęście w znacznej odległości od nas, jak zauważyłem.

– Czy to on? – zapytał Antonio.

Jakob dumnie przytaknął.

– To on!

– W takim razie chodźmy!

Arnulfo wstał z miejsca.

– Bardzo sprytnie – przyznał z uznaniem. – Namierzanie obiektu przez telefon komórkowy. Chętnie bym z wami poszedł, ale mam jeszcze sporo pracy. Bądźcie ostrożni i informujcie mnie, gdy czegoś się dowiecie.

Pożegnaliśmy się z nim i ruszyliśmy w stronę centrum miasta. Nie spuszczaliśmy przy tym z oka punkciku na mapie. W końcu nie mieliśmy ochoty wpaść mu prosto w łapy.

Właśnie przekroczyliśmy skrzyżowanie Carrer de Mallorca, kiedy usłyszeliśmy za sobą głos.

– Drodzy młodzi przyjaciele, zaczekajcie chwilkę!

Spojrzeliśmy za siebie. Był to Josep Serra, skory do pomocy uczony z biblioteki.

Czy na pewno był to przypadek?

Serra podszedł do nas. Miał na sobie ciemny kapelusz z szerokim rondem, płaszcz narzucony na jasny garnitur, a w prawej dłoni trzymał wykałaczkę, którą wymachiwał w trakcie rozmowy.

– Właśnie jadłem bocadillo*, kiedy was zobaczy-

* Bocadillo – rodzaj sandwicza popularny w Hiszpanii.

łem. – Wskazał na budkę z jedzeniem po przeciwnej stronie ulicy. – Chciałem was tylko zapytać, czy posunęliście się nieco dalej w swoich poszukiwaniach.

Czy rzeczywiście był tutaj z powodu kanapki i przypadkowo nas wypatrzył? I dlaczego tak bardzo interesowały go rezultaty naszych badań?

Bacznie studiowałem jego twarz, kiedy Lola przedstawiała mu Antonia. Jednak nie dopatrzyłem się na niej ani śladu przebiegłości, tak jak to było w przypadku Arnulfa.

– Musi nam pan wybaczyć, ale właśnie idziemy do miasta i bardzo nam się spieszy – powiedział Jakob, nie odrywając wzroku od swojego telefonu.

– Co za zbieg okoliczności, też tam idę. Pozwolicie, że będę wam towarzyszył?

Ciężko nam było odmówić. Tak więc dalej maszerowaliśmy razem, staruszek trochę w tyle. Najwyraźniej dotrzymanie nam kroku sprawiało mu trudność i miałem nadzieję, że sam szybko zrezygnuje. Jednak był bardziej wytrwały, niż myślałem.

Gdy przekroczyliśmy Plaça de Catalunya, od razu poczułem nieprzyjemny ucisk w żołądku. Stał się bardziej dotkliwy, kiedy Jakob zdecydowanie poprowadził nas w kierunku Raval, zakątka miasta, który najchętniej omijałbym z daleka.

Było już po osiemnastej i nad miasto nadciągnęły ciemne chmury, równie złowróżbne jak moje przeczucia. Kiedy skręciliśmy za wielkim targiem na

Rambli, najchętniej bym zawrócił, tak żywe były moje wspomnienia z nocy, gdy porwano Lolę.

– Mogę zapytać, dokąd prowadzi wasza droga? – odezwał się Serra, który dreptał obok mnie i Loli.

– Śledzimy kogoś – odpowiedziałem wymijająco.

– Zatem wciąż jesteście na tropie pierścienia? – domyślił się.

Zacisnąłem usta, a on położył dłoń na moim ramieniu.

– Nie musicie się martwić z mojego powodu. Nie mam najmniejszego interesu w odnalezieniu pierścienia. Wręcz przeciwnie, jeśli zależałoby to ode mnie, już dawno zostałby zniszczony.

Jak to możliwe, że najwyraźniej wszyscy na świecie słyszeli o pierścieniu i teraz rzucali się na nas jak muchy na padlinę? Morales, Arnulfo, Serra, ta Pilar – ludzie, których tydzień temu jeszcze nie znałem (i których w normalnych okolicznościach prawdopodobnie nigdy bym nie poznał), śledzili nas, obserwowali i grozili nam, żądali informacji albo niepytani ich udzielali. Kto by się w tym w ogóle połapał? I dlaczego Serra interesował się pierścieniem?

– Z pewnością zna pan księgarza Arnulfa Roblesa, tak? – zapytałem.

Pytanie go zaskoczyło.

– Robles? Tak, znamy się od wielu lat. Choć nie jesteśmy najlepszymi przyjaciółmi, że pozwolę sobie tak to ująć.

– Ostrzegał nas przed panem.

– Nie dziwi mnie to.

Tymczasem dotarliśmy już do labiryntu uliczek Raval. Nasze tempo wyraźnie wykończyło Serrę. Wyjął z kieszeni płaszcza chusteczkę i otarł sobie pot z czoła.

– Arnulfo i ja staliśmy kiedyś po tej samej stronie, zanim on przeszedł na tę ciemną.

– To samo mówi o panu – rzuciła Lola.

– Jak mniemam, macie spory dylemat. – Serra włożył chusteczkę z powrotem do kieszeni. – Nie wiecie, komu zaufać: jemu czy mnie.

– Albo żadnemu z was – dodałem.

Staruszek przytaknął.

– To też. Ale będziecie musieli w końcu zdecydować się na którąś ze stron, jeśli chcecie pójść dalej.

– I pan uważa, że to pańska strona?

Przez jego twarz przemknął nieznaczny uśmieszek, po czym znowu spoważniał.

– Istotnie, tak uważam.

Tymczasem Jakob zwolnił kroku. Musiało to oznaczać, że Xinos znajdowali się coraz bliżej nas.

– Czy słyszał już pan kiedyś o Xinos? – zapytałem staruszka pod wpływem impulsu.

Uniósł brwi.

– To temat, który niechętnie poruszam. Nie powinniście się zadawać z tymi osobnikami.

– Za późno! Kilku z nich znajduje się tuż przed nami. To właśnie ich śledzimy.

Serra ciężko westchnął.

– Miałem nadzieję, że ich nie spotkacie, dlatego nic o nich nie wspomniałem. Ale teraz... Zaklinam was, przyjmijcie moją pomoc. W walce z Xinos będziecie potrzebować dużo wsparcia.

Jakob zatrzymał się na rogu ulicy. My wraz z nim. Spojrzał na mnie pytająco i wskazał na Serrę.

– Jest okej – zdecydowałem, choć nawet w moich własnych uszach nie brzmiało to zbyt przekonująco.

– Są w tej uliczce. – Jakob pokazał zaułek tuż przed nami.

Ostrożnie wychyliłem głowę zza rogu. Była to wąska uliczka, podobna do innych w dzielnicy Raval, które ginęły w wieczornym mroku.

– Ach, Casa dels Fantasmes – odezwał się Serra. – Niegdyś mieszkał tu *monsieur* Renault, francuski szlachcic. Tak pokochał to miejsce, że jego duch do dzisiaj regularnie się tutaj przechadza.

Nie odważyliśmy się wejść w uliczkę, w obawie przed spotkaniem z Moralesem.

– Jeśli pozwolicie, mógłbym sprawdzić, co ci panowie tam robią – zaproponował Serra. – Nie znają mnie, a poza tym kto zwracałby uwagę na starszego pana?

Uśmiechnął się, dotknął kapelusza i poszedł. Po kilku minutach nadszedł do nas z innej strony.

– Badają budynek, tak jakby szukali w nim tajemnego schowka – zrelacjonował nam. – Nic sobie przy tym nie robią ze straszącego tu ducha.

– Znowu ruszyli! – zawołał Jakob.

– W naszą stronę?

Pokręcił głową.

– Idą w kierunku Rambli.

Podążyliśmy za nimi w bezpiecznej odległości. Na Rambli wciąż panował spory ruch. Ucieszyłem się, że znowu jesteśmy wśród ludzi. Morales szedł w kierunku katedry, a potem zagłębił się w plątaninę wąskich uliczek Barri Gòtic.

W jednej chwili zrobiło się ciemno. Tutejsze uliczki w pewnych miejscach przypominały wąskie przejścia, w których mieściły się obok siebie zaledwie trzy osoby. Szliśmy taką, która jakże adekwatnie nazywała się ulicą Cieni i z jednej strony była odgrodzona zdającą się nie mieć końca ścianą kościoła. Latarnie jeszcze się nie włączyły, więc wciąż musiałem się oglądać za ramię, żeby sprawdzić, czy nie jesteśmy śledzeni.

Kiedy kolejny raz zatrzymaliśmy się na rogu ulicy, szybko zadzwoniłem do domu i zapytałem mamę, czy mógłbym zostać trochę dłużej niż tylko do dziewiątej. Jeszcze dokładnie nie wiedziałem, jak długo zajmie nam tego dnia podążanie za Xinos.

– Sam wiesz, co powiedział tata – przypomniała mi.

– Mamo, nie mam już dwunastu lat! Jakob może zostać dłużej, a poza tym jest z nami dorosły.

– Dorosły? – W jej głosie natychmiast pojawiła się nieufność.

Rodzice już tacy są. Nawet jeśli sami nie mają czasu lub ochoty, żeby z tobą pobyć, natychmiast stają się czujni, kiedy na ich miejscu pojawia się jakiś inny dorosły.

– Starszy historyk, którego poznaliśmy w bibliotece. Chce nam pokazać starówkę.

– Nie wiem...

– No mamo... Cały czas jesteśmy wśród ludzi, nic nam się nie stanie. Poza tym dzięki temu zdobędziemy w szkole kilka dodatkowych punktów.

To był argument, na który dała się złapać.

– No dobrze – zgodziła się. – Ale jeśli to wszystko się przeciągnie, zadzwonisz do domu, zgoda?

– Jasne – obiecałem.

Jakob, idąc za moim przykładem, też uzyskał pozwolenie od rodziców.

– A twoi rodzice nie martwią się o ciebie, kiedy tak długo przebywasz poza domem? – zapytałem Lolę.

Pokręciła głową.

– Wiedzą, że dzisiaj jestem razem z Antoniem. A poza tym podchodzą do tego raczej na luzie.

– Super – powiedziałem, trochę jej zazdroszcząc takiej wolności.

Barcelona była miastem nie tylko tajemnic, ale najwyraźniej również duchów.

Serra oczywiście znał każde z miejsc odwiedzanych przez Moralesa i opowiadał nam stosowne historie.

Czy to dawne mieszkanie egzorcysty, czy to zapomniany podziemny cmentarz, były kościół przejęty przez demony lub kryjówka czarownicy – cała dzielnica przypominała jeden wielki dom duchów.

Morales i jego towarzysze wszędzie badali stare mury lub próbowali się do nich dostać i za każdym razem, nic nie wskórawszy, szli dalej.

Tymczasem dochodziła prawie dziewiąta i zacząłem się zastanawiać, jak długo jeszcze będziemy się bawić w kotka i myszkę. Nie wyglądało na to, że Xinos wskażą nam zaraz miejsce ukrycia notatnika. A ja powinienem był powoli wracać do domu, jeśli nie chciałem mieć awantury z rodzicami.

– Jak długo chcecie ich śledzić? – zapytałem Lolę i Jakoba. – Myślicie, że to nam pomoże?

Oboje jednocześnie wzruszyli ramionami.

– Jedyne, czego do tej pory się dowiedzieliśmy, to że obszukują stare, nawiedzone domy – stwierdził Jakob. – Jeśli bylibyśmy pewni, że to właściwy trop, moglibyśmy sami szukać w tym kierunku.

– Nie wiem... – Lola wygięła w dół kąciki ust. – Mój wujek nigdy nie miał do czynienia z duchami.

– Nie licząc legendarnego i tajemniczego pierścienia – wtrącił Jakob.

– Tak, ale nigdy go tak naprawdę nie miał. Jestem tego samego zdania co Daniel. Marnujemy czas.

Właśnie skręciliśmy w ciemne łukowe przejście, za którym kryła się bezimienna uliczka, kiedy z ciemności jeszcze węższego przejścia nagle wyłonił się cień i z uniesionymi rękami zmierzał prosto na nas.

Antonio, Jakob, Lola i ja ze strachu odskoczyliśmy w tył, ponieważ nie mogliśmy się rozproszyć na boki. Uspokoiło mnie to, że atmosfera dzielnicy i mnóstwo historii o duchach nie tylko na mnie wywarły takie wrażenie. Zdawało się, że jedynie Serra wcale nie jest zaskoczony.

Cień okazał się starszym mężczyzną z siwymi włosami, które sterczały na wszystkie strony. Miał podartą odzież i potarganą brodę, przez co wyglądał na bardzo zaniedbanego. Machał rękami i nieustannie coś do siebie mówił.

– Jordí! – zawołał Serra, który najwyraźniej znał staruszka. – Jak się pan miewa?

Mężczyzna stanął przed nim i zaczął się mu przyglądać. Był o dobrą głowę niższy od Serry i teraz wręcz wstydziłem się tego, że tak bardzo się go przestraszyłem.

– Don Pep! – wychrypiał wreszcie Jordí i chwycił dłoń Serry, którą zaczął energicznie potrząsać. – Tak, tak, dawno się nie widzieliśmy, dawno, dawno.

– To prawda, Jordí – odparł Serra. – Co pan w tym czasie porabiał?

– To i owo, don Pep, to i owo. – Puścił dłoń Serry i wykonał przed nami coś w rodzaju tańca.

Staliśmy wokół niego i w tej chwili niemal zapomnieliśmy o Xinos.

– Jordí to mój stary przyjaciel – wyjaśnił Serra. – I znał też pana dziadka, młody człowieku. – Ostatnie słowa były skierowane do Antonia.

Lola zawróciła i stanęła przed Serrą.

– Skąd pan wie, kto jest dziadkiem Antonia?

– Od niego samego – odparł Serra nieporuszony.

– Znał pan abuela Juana? – zapytał Antonio.

Serra kiwnął głową.

– Parę razy się spotkaliśmy. A pan, drogi przyjacielu, jest jak skóra z niego zdjęta, jeśli mogę sobie pozwolić na taką uwagę.

– To również pan przemilczał podczas naszego pierwszego spotkania! – zawołałem, nieco rozczarowany.

– Nie byliście ze mną zbyt szczerzy. – Serra tajemniczo się uśmiechnął. – Mamy w takim razie remis, że posłużę się językiem sportu. Jordí również znał pańskiego dziadka. Prawda, Jordí? Juan był pana przyjacielem, zgadza się?

– Tak, tak, dobry, stary Juan – wycharczał Jordí i ponownie wykonał jeden ze swoich tańców. – Byliśmy dobrymi przyjaciółmi, o tak, byliśmy.

– Nigdy nam o panu nie opowiadał – stwierdziła Lola.

– Tajemnica, tak, tak, tajemnica! – zawołał Jordí.

Był tak głośny, że co chwila musiałem się obracać, aby sprawdzić, czy Morales i jego wspólnicy nagle skądś nie przybiegną. Jednak nie było po nich ani śladu.

– Tajemnica? – zapytała Lola.

– Tajemnica Juana, tajemnica Jordíego – wyśpiewał kudłatobrody. – Tak, tak, Jordí wie wszystko, ale nic nie powie.

– Byłoby jednak miło, gdyby coś nam pan powiedział, Jordí – próbował go namówić Serra. – Ten młody człowiek jest wnukiem Juana i musi przejąć jego zadanie.

A o tym skąd wiedział? Serra zaczynał mi się wydawać coraz dziwniejszy. Wyglądało na to, że od samego początku obserwował nas i podsłuchiwał wszystkie nasze rozmowy. Ale przecież dobrze wiedziałem, że to niemożliwe.

– Czy mój dziadek opowiadał panu coś o notatniku? – zwrócił się Antonio do Jordíego.

– Tak, tak, notatnik – wychrypiał kudłaty. – Przy ukrytej wieży, tak jest, przy wieży, tajemnica, tajemnica!

– Tajemnica? Co jest tajemnicą?

– Tajemnica, tak, plaża, notatnik, wieża, tajemnica, tajemnica! – Jego chrypienie przeszło niemal w ekstazę.

Serra położył mu rękę na ramieniu.

– Spokojnie, Jordí, spokojnie. – Wyjął z kieszeni kurtki portfel i wyczarował z niego banknot o nominale pięćdziesięciu euro, który wcisnął swojemu rozmówcy do ręki. – Niech pan kupi sobie teraz coś porządnego do jedzenia, a potem zapomni wszystko, co Juan panu powiedział.

– Zapomnieć, tak, tak, zapomnieć! – wykrzykiwał Jordí. – Dziękuję, don Pep, dziękuję! Jordí zapomni, tak, tak, zapomni!

I wskoczył w ciemność, z której się wyłonił. Jeszcze przez minutę słyszeliśmy jego skrzeki, potem powróciła cisza.

– Ukryta wieża? Tajemnicza plaża? – Jakob natychmiast przystąpił do przeglądania internetu na swoim smartfonie.

– To może być tylko Torre de les Aigües w Eixample – wyrwało się Loli.

Jakob spojrzał na nią.

– Znasz to miejsce?

– Jasne, wszyscy je znają. Jako dziecko często chodziłam tam z przyjaciółkami. Tę wieżę nazywa się też tajemną, bo znają ją tylko mieszkańcy miasta i nie jest zaznaczona na żadnej mapie.

Serra przytaknął.

– Zgadza się. Myślę, że właśnie znaleźliście ślad, którego szukaliście.

Spojrzeliśmy na siebie bez słowa.

Czyżby było to takie proste?

I czy dziadek Antonia rzeczywiście powierzyłby tej absurdalnej postaci swoją wielką tajemnicę?

W sumie byłoby to genialne. Kto by wpadł na to, żeby podejrzewać takiego szaleńca jak Jordí?

Tak czy siak, na dzisiaj mogliśmy zakończyć poszukiwania. Szybko zadzwoniłem do domu, aby powiadomić rodziców, że już wracam, i wszyscy razem ruszyliśmy z powrotem w kierunku Diagonal. Tam nasze drogi się rozdzieliły.

Serra jeszcze raz życzył nam powodzenia na następny dzień.

– I pamiętajcie: uważajcie na siebie. Najlepiej będzie, jeśli zadzwonicie do mnie, kiedy znajdziecie notatnik.

Aha, tu był pies pogrzebany! Serra chciał dokładnie tego samego czego wszyscy inni: zapisków dziadka Antonia. Jasne, pomógł nam, ale to był raczej przypadek. A może nie? Przecież przemilczał wiele rzeczy i prawdopodobnie wciąż to robił. Jeśli myślał, że tak łatwo zostanie naszym sprzymierzeńcem, to grubo się mylił.

Jakob był tego samego zdania co ja.

Mogliśmy polegać tylko na sobie.

Ukryta wieża

– I gdzie tu, przepraszam bardzo, miałaby być wieża ciśnień? – zapytał Jakob.

Miał rację. Nie było widać ani wieży, ani żadnej plaży. Carrer de Roger de Llúria była jedną z wielu kilkupasmowych ulic Barcelony, po której pędziły samochody i skutery. Nawet na Google Maps nigdzie nie znaleźliśmy żadnej wieży.

– To spójrzcie tam. – Lola pokazała na łukowaty wjazd, w którym jedna za drugą znikały kobiety z wózkami i licznymi dziećmi.

Przeszliśmy na drugą stronę ulicy. Wjazd wyglądał jak zupełnie zwyczajne przejście na podwórze domu, tylko wąska tabliczka na ścianie budynku wskazywała, że jest to wejście do wieży ciśnień. Już tutaj słychać było plusk wody i krzyki dzieci.

Na końcu przejścia przy składanym stoliku siedział młody człowiek i sprzedawał bilety wstępu. Zapłaciliśmy po euro i mogliśmy wejść dalej.

I nagle znaleźliśmy się w innym świecie.

Większą część placu obsadzono drzewami, w których cieniu ustawiono ławki. Stara murowana wieża ciśnień wystrzeliwała ze sztucznego stawu. Pluskały się w nim tuziny małych dzieci. Wokół wysypano piasek, na którym w słońcu siedziały matki z wózkami i przyglądały się swoim baraszkującym pociechom.

– Fascynujące – mruknął Jakob.

Panował tu wesoły rozgardiasz. Dzieci biegały w tę i we w tę, zbite w grupki matki głośno rozmawiały, a z okien stojących wokół domów to tu, to tam wychylali się staruszkowie i przyglądali scenkom.

Po raz drugi w ciągu ostatnich dni poczułem się zupełnie bezpiecznie poza swoim mieszkaniem. To była Barcelona, jaką znałem: ożywiona, wesoła i głośna. Niemająca nic wspólnego z mrocznymi zaułkami, po których błądziliśmy poprzedniego wieczoru.

Podeszliśmy do wieży, na którą można było się dostać po stopniach wychodzących z wody. Jeden rzut oka na nią i mój dobry humor nagle pierzchnął. Drzwi wykonane z masywnego metalu były oczywiście zamknięte.

– Nigdy się tam nie dostaniemy – zauważyłem trzeźwo.

Lola też zwiesiła ramiona. Jedynie Jakob jak zwykle się nie zniechęcił.

– Potrzebujemy tylko odpowiednich narzędzi.

– No jasne. A potem na oczach wszystkich zaczniemy dłubać przy drzwiach.

– Hm... – Pokazał w górę. – Widzicie to okno nad wejściem?

Otwór zasłaniała drewniana okiennica, przy czym jedna połowa była lekko uchylona.

– Potrzebujemy tylko drabiny, żeby się tam dostać – stwierdził Jakob triumfalnie.

– A jak ją tutaj zdobędziemy?

– W miejscach takich jak to zawsze musi być drabina. – Rozejrzał się wokół. – Tam! – Pokazał coś niedaleko wejścia. Rzeczywiście stała tam, oparta o ścianę. – Musimy tu wrócić, kiedy będzie zamknięte.

– I co potem? Jak się tu dostaniemy? Nie widziałeś wejścia?

– To po prostu damy się tu zamknąć.

Obróciłem się wokół własnej osi.

– A gdzie dokładnie planujesz się ukryć?

– Czy ktoś ci już mówił, że masz skłonności do widzenia świata w czarnych barwach? – zapytał mnie. – Problemy są zawsze. I najłatwiejsza droga to oczywiście znajdowanie argumentów na to, dlaczego coś nie może się udać. W tym samym czasie mógłbyś jednak poszukać sposobu na rozwiązanie problemu.

Nie czekając na moją reakcję, odwrócił się i ruszył przed siebie, by zbadać teren.

W milczeniu patrzyłem za nim.

To były mocne słowa.

Czy rzeczywiście byłem takim malkontentem, jak powiedział?

A w ogóle kto to mówił?! Sam znał życie jedynie z przeglądarki i z książek. A teraz śmie mnie pouczać, jak mam się zachowywać?

Ale musiałem przyznać, że trochę racji może i miał. Od kiedy przeprowadziliśmy się do Barcelony, zmieniłem się. Jednak zanim zdążyłem się nad tym głębiej zastanowić, Jakob już do nas wrócił. Dokładnie zbadał murowany budynek w pobliżu wejścia.

– Moglibyśmy zadekować się w toaletach.

– To się nie uda – zaprotestowała Lola. – Jeśli wejdziemy tam już teraz, zauważą, że nas długo nie ma, a jeśli spróbujemy krótko przed zamknięciem, zobaczą nas, bo nie będzie tak dużo ludzi. A nawet gdyby się udało, jak później się stąd wydostaniemy? A może chcesz tutaj spędzić całą noc?

– Na pewno znajdziemy jakiś sposób. – Jakob badawczo rozejrzał się wokół. Cały teren był odgrodzony murem od tylnych ogródków okolicznych domów. – Moglibyśmy się po nim wspiąć, jak myślicie? – zapytał.

Właściwie nie chciałem nic na to odpowiadać, jednak powoli zaczynałem się zarażać jego optymizmem. Jak mogłem go tak niewłaściwie ocenić na samym początku? Nigdy bym nie pomyślał, że ten mól książkowy i maniak komputerowy okaże się takim zawadiaką, mającym za nic wszelkie przeszkody.

Zakłopotany podrapałem się po głowie.

– To się nam nigdy nie uda! Nie wszystko, co teoretycznie możliwe, da się zastosować w praktyce.

– Tak, tak, już dobrze. Jest tu kilka nieprzewidywalnych momentów, przyznaję. Ale co innego proponujecie?

Lola zaciągnęła nas na wolną ławkę. Siedzieliśmy tam jak obraz nędzy i rozpaczy, debatując nad możliwym rozwiązaniem.

– Tak blisko celu i teraz to... – Lola westchnęła.

Miałem poczucie, że po raz kolejny ją zawodzę. Musi istnieć jakieś rozwiązanie! Jeśli Antonio miał rację i moja głowa była moją bronią, to nadszedł czas, aby wreszcie jej użyć, zamiast ciągle tylko zdawać się na wiedzę i wnioski Jakoba.

– A kto właściwie powiedział, że musimy szukać w wieży ciśnień? Przecież Jordí o tym nie wspominał, prawda?

– Zgadza się – przytaknęła Lola. – Zakładamy tak tylko dlatego, że nie ma tu żadnych innych kryjówek. Chyba że przekopalibyśmy całe to podwórze.

– Podwórze – wymamrotałem. Jakiś nieśmiały głos w mojej głowie chciał mi coś powiedzieć, jednak nie mogłem go dobrze zrozumieć. Zakryłem sobie uszy, żeby odgrodzić się od hałasu. – Podwórze... – wymamrotałem jeszcze raz.

Jakob i Lola przyglądali mi się w zdumieniu. Skoncentrowałem się i oczami wyobraźni ujrzałem zarys podwórka, na którym się znajdowaliśmy. Miał niemal kształt kwadratu.

Kwadrat...

Zerwałem się z miejsca.

– Kwadrat magiczny! – zawołałem i natychmiast zasłoniłem sobie ręką usta.

– Co z nim? – zapytała Lola.

Zdążyłem już wyjąć swój smartfon z kieszeni, aby poszukać zdjęcia, które wcześniej zrobiłem w kościele Sagrada Família.

– A co, jeśli kwadrat magiczny należy odnieść do tego terenu, a nie do księgarni Arnulfa?

– Wtedy okazałoby się, że trochę nadłożyliśmy drogi – stwierdziła Lola.

– Ale to jeszcze nie zostało udowodnione – wtrącił się Jakob, bo w końcu chodziło o jego honor. – Sądzisz, że moglibyśmy odnaleźć kryjówkę za pomocą kwadratu?

Kiwnąłem głową.

– Wujek Loli ukrył gdzieś tutaj swój notatnik, bo prawdopodobnie bał się Moralesa lub kogoś innego. I dlatego zostawił wskazówkę na karteczce, którą znaleźliśmy. Może ją rozszyfrować tylko ktoś, kto wie o istnieniu wieży.

– Czy w wierszu nie jest napisane „zbudowane na wodzie"?! – zawołała z przejęciem Lola. – To przecież może się odnosić do wieży!

– Powoli, powoli. – Jakob również znalazł na swoim smartfonie zdjęcie kwadratu. – Jest kilka możliwości dopasowania kwadratu do tego podwórza.

A dokładnie cztery. Załóżmy, że znajdziemy właściwą konfigurację. Co wtedy?

– Te liczby mogą oznaczać liczbę kroków – zastanawiała się głośno Lola.

– Dobrze, ale gdzie należy zacząć, a gdzie skończyć?

– Może tam, gdzie Subirachs wstawił niewłaściwe liczby – zaproponowałem.

– To jedna z możliwości. – Jakob się rozejrzał. – Podejrzewam, że ścieżka nie skończy się po stronie wieży, bo wtedy musielibyśmy maszerować przez wodę. Pozostają zatem trzy możliwości. Co o tym myślicie?

Powoli przechadzaliśmy się pod murami okalającymi podwórze. Ściana naprzeciwko wejścia była naga i nie oferowała żadnych możliwości kryjówki. Przy ścianie naprzeciwko wieży rosło kilka zakrywających ją krzewów. Gleba była tam miękka, więc spokojnie można było w niej ukryć niewielki przedmiot. A w ścianie po stronie wejścia można było coś ukryć w paru miejscach.

Jeszcze raz rozejrzałem się wokół. Po lewej stronie ode mnie znajdowała się wybrukowana powierzchnia z młodymi drzewkami. Po prawej, w pobliżu stawu, rosło pojedyncze starsze drzewo o dość grubym pniu. Coś mnie do niego przyciągało.

Rzuciłem okiem na kwadrat magiczny, a następnie ruszyłem przez podwórze między szalejącymi dziećmi w kierunku drzewa. Nieco ponad ziemią pień dzielił się na dwie części, które wyrastały w górę w dwóch kierunkach. Podciągnąłem się do rozwidlenia i dokładniej przyjrzałem się grubemu konarowi.

W tym czasie Lola i Jakob do mnie podeszli.

– Co tam robisz? – spytała Lola.

– Zanim wypróbujemy tysiąc kombinacji kroków, chciałem coś sprawdzić – odparłem. – Jeśli rozłożyłoby się kwadrat na tej powierzchni, to tu mniej więcej jest miejsce, gdzie wypadnie liczba czternaście, a więc jedna z liczb, które Subirachs zamienił.

– Myślisz, że notatnik jest ukryty w drzewie?

– Być może.

Tymczasem zaczęliśmy wzbudzać zainteresowanie wśród części odwiedzających. Trójka nastolatków w takim miejscu rzuca się w oczy, tak czy siak, a gdy jeszcze zaczyna się wspinać na drzewo, jest pewne, że zainteresuje się nią również ktoś z obsługi.

Podciągnąłem się jeszcze wyżej na pień. Przytrzymywałem się jedną ręką, a drugą go opukiwałem. Odgłos wskazywał, że drzewo jest zdrowe. Podciągnąłem się jeszcze odrobinę wyżej. Kątem oka zauważyłem, że sporo dzieci przerwało zabawę i teraz mnie obserwowało.

Na nieszczęście również kasjer ruszył w naszym kierunku.

Znowu popukałem w drzewo. Ha! Puknąłem jeszcze raz.

W tym miejscu konar był wydrążony!

Przycisnąłem palce do kory, dziwnie gładkiej. Lekko zawibrowała. Nic nie widziałem, ale czułem, jakby w tym miejscu ktoś rozmyślnie zasłonił otwór.

Tymczasem kasjer był już prawie przy drzewie. Stwierdziłem, że nawet jeśli ukryto tu notatnik, nie uda mi się go wydobyć na jego oczach.

Jakob i Lola podeszli do mężczyzny, który krzyczał do mnie, abym natychmiast schodził z drzewa. Zaczęli coś do niego mówić. Gorączkowo nacisnąłem wydrążone miejsce. Pokrywka od razu odgięła się do wewnątrz.

Słyszałem Jakoba mówiącego coś o urządzanych w mieście podchodach, podczas których musieliśmy odszyfrowywać wiadomości i znajdować ukryte przedmioty. Mężczyzna przerwał mu w połowie zdania.

– To jest plac dla matek z dziećmi! – krzyczał. – Nie dla chuliganów udających małpy! W tej chwili schodź na ziemię!

Wsunąłem dłoń do otworu i po omacku go obszukałem.

Bingo!

Wyczułem kawałek plastiku. Chwyciłem go między palce wskazujący i środkowy i ostrożnie uniosłem. Nie był specjalnie ciężki ani duży i parę sekund później udało mi się wydobyć go z otworu. Jeśli w plastiku był notatnik, musiał być maleńki. Tym lepiej, bo wtedy mógłbym go ukryć w dłoni.

Mężczyzna na dole zaczął wygrażać nam, że wezwie policję.

– Daję wam minutę, a potem was tu nie ma! – Jego twarz przybrała kolor purpury, a głos zaczął wchodzić w coraz wyższe rejestry, może dlatego, że zauważył, iż jesteśmy raczej nieszkodliwi.

– Już schodzę! – zawołałem. Powoli zsunąłem się po pniu. Przy rozwidleniu zeskoczyłem na drugą stronę drzewa, przeszedłem nieco na bok i wsunąłem paczuszkę do kieszeni spodni.

– Wynocha! – zawołał mężczyzna, pokazując nam wyjście. Wokół niego zebrała się już spora grupka gapiów.

Nieznacznie skinąłem w stronę Loli i Jakoba. Tłum przed nami się rozstąpił i ruszyliśmy do łukowatego wjazdu.

Mężczyzna podążał za nami, głośno nam wymyślając. Wzruszyliśmy ramionami, by okazać skruchę, ale to go nie uspokoiło. Aż do ulicy rozbrzmiewały za nami jego tyrady i ucichły dopiero wtedy, kiedy na dobre zniknęliśmy mu z oczu.

– Dobrze, że już wyrosłam z pluskania się w wodzie – stwierdziła Lola, chichocząc. – Nie musimy się tu więcej pokazywać.

– Chuligański motłoch – naśladowałem strażnika.

– Schodź z drzewa, ty małpo! – dodała Lola.

I wtedy wszyscy wybuchliśmy śmiechem. Trochę trwało, zanim zdołaliśmy się uspokoić. Wyglądało to tak, jakbyśmy poprzez ten śmiech chcieli rozładować całe napięcie ostatnich kilku dni. Nawet Jakob nie mógł się opanować.

– I? – wykrztusił z siebie wreszcie.

Kiwając głową, poklepałem się po kieszeni.

– Ale nie tutaj – rzuciłem.

– W takim razie chodźmy do mnie – zaproponowała Lola. – Tam będziemy bezpieczni.

Kwadrans później siedzieliśmy już u Loli w pokoju. Dołączył do nas Antonio. Wspólnie z zapartym tchem odwinęliśmy plastik i rzeczywiście naszym oczom ukazał się stary notatnik. Ponieważ był to notes jego dziadka, Antonio podjął się zadania odczytania go.

Przez chwilę przeglądał stronice cieniutkiego, podniszczonego zeszytu, potem odchrząknął i zaczął:

– *Jeśli czytacie te wersy, to znaczy, że mnie już z wami nie ma. Niech służą jako przestroga, a jednocześnie wskazówka dla tego, kto odziedziczy po mnie wykonanie zadania.*

Ten, kto odnalazł notatnik, dowiódł, że jest zdolny do rozwiązania zagadki. Będzie zatem w stanie sprostać także temu ostatniemu zadaniu.

On nie leży w klasztorze
Lecz przed nim
Podwójny krzyż
Tworzy bramę
A jeśli go odnajdziesz

Uważaj
Nie daj się zwieść
Jego mocy

Wiesz, o co chodzi. Od młodych lat byłem strażnikiem przedmiotu, który w naszej rodzinie zawsze nazywaliśmy krwawym pierścieniem. Przede mną zadanie to należało do mojego ojca, wcześniej do dziadka, i tak kilka pokoleń wstecz, niemalże do czasów, kiedy krwawy pierścień dotarł do naszego kraju.

Zgodnie z legendą pierścień został wykuty przez pewnego złotnika należącego do naszego ludu. Żył w Samarkandzie, jednym z najładniejszych miast Orientu. Jego sława sięgała daleko poza granice miasta.

Pewnego dnia przybył do niego posłaniec władcy. Wydał złotnikowi polecenie, by zrobił pierścień z czystego złota. Ale nie tylko to – przekazał mu tygielek, w którym znajdowała się nieładnie pachnąca substancja. Miał ją wkomponować w pierścień, tak by nie wpłynąć przy tym niekorzystnie na jego szlachetność.

Złotnik, który sam był człowiekiem bywałym w świecie, rozpoznał pieczęć widniejącą na tygielku i zadrżał. Był to znak pewnego plemienia, które żyło w odległej dolinie w Himalajach i zajmowało się czarną magią niszczącą każdego, kto znalazł się w jej pobliżu.

Władca nazywał się Timur-e Lang. Nie należało się sprzeciwiać jego woli, jeśli nie chciało się mieć głowy nadzianej na pal. Imię to znaczyło tyle, co Timur

Chromy, ale bynajmniej nie odzwierciedlało cech władcy. Był to wielki wojownik, który wraz ze swoimi mongolskimi jeźdźcami zamierzał podbić cały świat.

Złotnik przystąpił do pracy. Minęło wiele miesięcy, zanim ukończył dzieło i zaniósł pierścień do pałacu. Tam został zaprowadzony do prywatnych komnat Timura, gdzie władca osobiście przyjął od niego pierścień i poddał gruntownym oględzinom. Gdy uznał, że rezultat jest zadowalający, włożył pierścień na palec, a złotnikowi odciął głowę.

Od tej pory Timur odnosił jeszcze większe sukcesy podczas swoich podbojów. Zawsze był okrutny, jednak teraz jego barbarzyństwo stało się niepomierne. Na podbitych terenach kazał wyrzynać w pień całą ludność. Przed zajętymi przez niego miastami rosły wieże ułożone z głów zamordowanych mieszkańców, a kiedy naszła go ochota, kazał żywcem zamurowywać tysiące ludzi. Taka jest władza krwawego pierścienia.

– Dzięki nowoczesnym naukowym metodom można dzisiaj zbadać, z jakich substancji składa się pierścień! – zawołał podekscytowany Jakob. – W ten sposób można by sprawdzić, czy legenda jest prawdziwa.

Antonio przytaknął.

Ja byłem raczej sceptyczny. Xinos pragnęli zdobyć pierścień nie dlatego, że przedstawiał jakąś naukową wartość. Nawet jeśli nie wierzyłem w legendę, to podczas słuchania tej historii przechodziły mnie dreszcze. Jeżeli tkwiło w niej choćby ziarenko prawdy, nie można było pozwolić na to, aby pierścień dostał się w czyjekolwiek ręce, nawet naukowca.

– *Pierścień sprawił, że Timur zdobył też władzę nad czarnymi jeźdźcami* – kontynuował czytanie Antonio. – *A może to oni panowali nad nim? Któż to może stwierdzić?! Mówi się, że byli to następcy legendarnych Nieśmiertelnych, straży przybocznej wielkich perskich władców takich jak Dariusz lub Kserkses. A może są oni klątwą, która nadeszła z owej doliny w Himalajach i działa do dzisiaj, kiedy ktoś założy pierścień na palec? To członkowie naszego ludu poznali historię krwawego pierścienia, a po śmierci Timura weszli w jego posiadanie i przywieźli ze sobą do Europy. Chcieli go wywieźć jak najdalej i ukryć, aby już żaden człowiek nigdy nie mógł go użyć. Jednak czarni jeźdźcy podążali za nimi aż do Hiszpanii, gdzie uśmiercili cały tabor. Pierścienia jednak nie przechwycili, ponieważ ten nasi przodkowie na czas przekazali opatowi klasztoru w Poblet, który ukrył go w bezpiecznym miejscu.*

Ale nic nie trwa wiecznie. Podczas jednej z hiszpańskich wojen domowych klasztor został zrównany z ziemią, a wszyscy mnisi z niego uciekli. Wątpliwe, aby którykolwiek z nich wiedział o istnieniu ukrytego w klasztorze przedmiotu.

Również ówczesny strażnik pierścienia znalazł się w tarapatach. Po zniszczeniu klasztoru on także nie wiedział, gdzie dokładnie znajduje się pierścień i czy przypadkiem nie został zabrany przez grabieżców. Postanowił zatem obserwować ruiny klasztoru. I tak zrobił.

Wiele lat później trzech przyjaciół przez przypadek odnalazło pierścień. Nazywali się Güell, Gaudí i Ribera. Tak, to ten sam Gaudí, któremu zawdzięczamy naszą wspaniałą bazylikę Sagrada Família. Niektórzy twierdzą, że niezwykłe pomysły Gaudíego należy przypisać temu, iż przez jakiś czas nosił pierścień, podobnie jak jego dwaj przyjaciele, którzy również dzięki niemu doszli do sławy i bogactwa.

Gaudí czuł, jakie ciemne moce krył w sobie krwawy pierścień. Z jednej strony przysparzał swojemu właścicielowi wpływów i bogactwa, z drugiej jednak zmieniał jego osobowość.

Ówczesny strażnik, mój pradziadek, nawiązał kontakt z Gaudím i przekonał go, aby ten powierzył mu pierścień. Architekt, który na czas uświadomił sobie, co się z nim dzieje, spełnił tę prośbę, nie informując o tym swoich przyjaciół.

Mój pradziadek pojechał do Poblet i ponownie ukrył tam pierścień. Jest tam do dziś, a ja mam za zadanie go strzec.

Czuję jednak, że przerasta to moje siły, ponieważ istnieje grupa ludzi, która nie cofnie się przed niczym, aby zawłaszczyć pierścień. Są to następcy przyjaciela Gaudíego z młodych lat – Güella. Był on hiszpańskim konsulem w Chinach, gdzie dowiedział się o prawdziwej mocy krwawego pierścienia. Po powrocie założył tajną organizację, której jedynym celem było jego odnalezienie.

– Xinos! – Lola przerwała swojemu kuzynowi.

– Tak, Xinos – przytaknął Antonio. – A zatem to wszystko prawda, co opowiedział nam Arnulfo.

– I Serra – dodałem.

– Żaden z nich nas nie okłamał – stwierdziła Lola z namysłem. – A mimo to coś mi tu nie gra.

– Może tutaj znajdziemy jakieś wyjaśnienie – zauważył Antonio. – Abuelo Juan pisze o Xinos: *Ta organizacja istnieje do dzisiaj i wreszcie udało jej się dokonać czegoś, czego przez sto lat na próżno próbowała. Jej członkowie wpadli na trop strażnika pierścienia, czyli mój.*

Przed pięciu laty zagadnął mnie w barze pewien mężczyzna. Zaproponował mi mnóstwo pieniędzy za informacje na temat kryjówki krwawego pierścienia. Udałem, że nie mam pojęcia, o czym mówi, jednak nie dał się tak łatwo zbyć. Znał historię pierścienia i groził mi, że wyrządzi krzywdę mojej rodzinie, jeśli nie udzielę mu informacji.

Co rusz pojawiał się na mojej drodze, a ponieważ zignorowałem jego żądanie, spełnił swoją groźbę. Zabił Luisę, moją żonę, z którą byłem przez pięćdziesiąt lat. Wprawdzie jej śmierć wyglądała na naturalną, jak zawał serca, ale ja wiedziałem, że to jego sprawka.

– Ciocia Luisa została zamordowana?! – wykrzyknęła Lola. – Dlaczego wtedy tego nie stwierdzono? Dlaczego wujek Juan nic nam nie powiedział?

– Z pewnością miał swoje powody – stwierdził Antonio, który najwyraźniej też bardzo się tym przejął.

– Jakie powody mogą skłonić kogoś do tego, aby przemilczeć zabójstwo?

– Przecież słyszałaś, co mówił Arnulfo – wtrącił się Jakob. – Xinos mają powiązania w najwyższych kręgach. Prawdopodobnie oskarżenia twojego wujka zostałyby oddalone jako wymysły jakiegoś Cygana.

– Może powinniśmy przeczytać dalej – zaproponował Antonio. – Możliwe, że abuelo Juan przelał na papier coś o tym, co nim powodowało.

Poszukał miejsca, w którym przerwał, i ciągnął dalej:

– *Miałem już tylko jeden cel: zemstę. Jednak przestępca nagle zniknął, jakby zapadł się pod ziemię. Ponieważ zawsze spotykałem go na trasie między Gràcia a Sant Gervasi, zająłem razem ze swoim wiernym Manolem miejsce przed supermarketem Caprabo i od świtu do nocy obserwowaliśmy przechodniów.*

Od wielu lat siedzę przed supermarketem w przebraniu żebraka i czekam na to, że wróci ów człowiek, który ma na sumieniu moją Luisę. Człowiek z naczyniakiem na czole.

– Morales! – wykrzyknęliśmy Lola, Jakob i ja równocześnie.

Antonio opuścił notes.

– Kiedy pomyślę o tym, że staliśmy z nim oko w oko... – Jego twarz przybrała hardy wyraz.

– Skoro zabił ciocię Luisę, fingując atak serca, to może w podobny sposób zabił też wujka Juana! – zawołała Lola.

Z filmów wiedziałem, że istnieją specjalne trucizny, które powodują śmierć przypominającą tę wskutek ataku serca, jednak stary Juan z pewnością nie zjadłby ani nie wypił niczego, co dałby mu Morales.

– Nie powinniśmy wyciągać pochopnych wniosków – upomniał nas Antonio. – Morales jest niebezpieczny, wiedzieliśmy o tym już wcześniej. Bez względu na to, czy jest wielokrotnym mordercą, czy nie. Nie damy rady tego ustalić, ale musimy być jeszcze bardziej czujni niż dotychczas.

Byłem dokładnie tego samego zdania. Prześladowanie przez osiłka było już wystarczająco przerażające. Ale przez mordercę?

Przez chwilę jeszcze o tym wszystkim rozmawialiśmy, a potem Antonio znów wziął do ręki notatnik.

– Do tego momentu tekst zapisano tym samym tuszem. To, co następuje teraz, wyraźnie zostało dodane później: *I wczoraj wieczorem go zobaczyłem.*

Szedł po drugiej stronie ulicy. Zerwałem się więc, o ile można tak powiedzieć o kimś w moim wieku, i podążyłem za nim.

Czy mnie zauważył? Nie wiem. Jednak cokolwiek mi się przytrafi, jedno musisz wiedzieć: do zadań strażnika należy rozstrzyganie, co się stanie z krwawym pierścieniem. Pierścień jest niezniszczalny, ponieważ żyje w nim zaklęcie silniejsze od materialnego świata. Do tej pory zawsze ukrywaliśmy go w takim miejscu, aby w razie potrzeby mieć do niego dostęp. Teraz myślę, że lepiej będzie zanieść pierścień w miejsce, gdzie nie dosięgnie go już ludzka ręka.

Czy mam na to jeszcze siły i czas, sam nie wiem. Lecz ty, mój następco, powinieneś się dobrze zastanowić, czy nie jest to właściwa droga.

I strzeż się przed każdym, kto twierdzi, że wie coś na temat krwawego pierścienia! – Antonio opuścił notes. – To wszystko.

Siedzieliśmy w milczeniu w kręgu.

Jakob odezwał się pierwszy:

– Zamiast rozwiązania mamy nową zagadkę.

– Ale przynajmniej ostatnią – dodałem.

Tymczasem on wstukiwał już coś na swoim smartfonie.

– Poblet i podwójny krzyż nie dały żadnych wyników.

Lola zerwała się z miejsca.

– Musimy tam jechać. I to najszybciej, jak się da.

– Do Poblet?

Kiwnęła głową.

– Tam jest ukryty pierścień. Musimy go znaleźć, zanim zrobią to Xinos.

– Bez notatnika nie mają przecież żadnej szansy – stwierdził Jakob.

– Nie byłbym tego taki pewien – zaoponowałem. – Do tej pory zawsze pojawiali się w najmniej oczekiwanych momentach. Im wcześniej udamy się do Poblet, tym lepiej. Jutro jest sobota, nie mamy szkoły. Moglibyśmy się wybrać na małą wycieczkę.

– Obawiam się, że mój samochód nie wytrzyma takiej jazdy – powiedział Antonio. – Wycieka z niego olej i muszę jak najszybciej zawieźć go do warsztatu.

– A nie moglibyśmy pojechać tam jakimś autobusem? – zapytałem.

– Nie sadzę, aby był to dobry pomysł. Potrzebujemy szpadli i innych narzędzi, aby być na wszystko przygotowanym.

– A nie mógłbyś pożyczyć od kogoś samochodu, Antonio? – zapytała Lola.

Jej kuzyn podrapał się po głowie, uśmiechając się z zakłopotaniem.

– W tej chwili nie jest to zbyt łatwe. Kiedy ostatnio dwa razy pożyczono mi auto, miałem kilka... problemów. Od tamtej pory nikt w dzielnicy nie pożycza mi samochodu. Jak myślicie, dlaczego kupiłem sobie taki złom?

– Hm – mruknął Jakob. – Czemu po prostu nie zapytamy Arnulfa?

– W żadnym wypadku! – zaprotestowałem.

– Dlaczego nie? Zna tę historię, a poza tym nie zaszkodzi nam towarzystwo kolejnego dorosłego, na wypadek gdyby rzeczywiście pojawił się tam Morales.

– Zadzwońmy lepiej do Serry – zaproponowałem.

Jakob wzruszył ramionami. Wyciągnąłem z kieszeni wizytówkę Serry i wybrałem jego numer. Długo czekałem, jednak nikt nie odbierał. Próbowałem jeszcze dwa razy, z tym samym rezultatem.

– W takim razie jednak Arnulfo – podsumował Jakob. – I tak wydaje mi się sympatyczniejszy niż Serra.

Księgarz nie tylko natychmiast odebrał telefon, lecz także był gotowy zawieźć nas następnego dnia do Poblet.

Najchętniej pojechalibyśmy od razu, ale nastał już wieczór. Sporządziliśmy listę rzeczy, które chcieliśmy ze sobą zabrać, i jeszcze raz przyjrzeliśmy się ostatniej zagadce. W końcu jednogłośnie doszliśmy do wniosku, że będziemy ją mogli rozwiązać jedynie na miejscu.

Przy odrobinie szczęścia już jutro będziemy trzymać w rękach krwawy pierścień.

Podwójny krzyż

Wyruszyliśmy bladym świtem.

Arnulfo prowadził. Miał czarny samochód terenowy, który moim zdaniem nie za bardzo do niego pasował. Antonio siedział obok niego, Lola, Jakob i ja na tylnym siedzeniu. Za nami w bagażniku znajdowały się rozmaite narzędzia, które mogły nam się przydać: szpadle, saperki, kilof, wiertarka, latarki, reflektor z małym generatorem prądu i jeszcze parę innych. Wszystko świeżo zakupione w sklepie z narzędziami, do którego pojechaliśmy po drodze.

Tata musiał się bardzo przemóc, żeby pozwolić mi pojechać. Przecież nie był głupi, więc moje nagłe zainteresowanie dobrami kultury katalońskiej zaczęło wydawać mu się coraz bardziej podejrzane. Ponieważ jednak nie mógł znaleźć niezbitych dowodów, a Jakob też jechał, wreszcie ustąpił.

Arnulfo prowadził z rozwagą, nie wyprzedzał bez potrzeby i cały czas nucił melodie dobiegające z radia. Antonio odchylił głowę i chwilkę się zdrzemnął. Całą poprzednią noc się bawił, więc teraz był wycieńczony. Już w miejscu spotkania powitał nas przeciągłym ziewaniem i nawet wielki kubek kawy, który trzymał w ręce, nie był w stanie go ożywić.

Dzień był słoneczny, na przejrzystym, błękitnym niebie nie dostrzegłem ani jednej chmury. Szybko przesuwaliśmy się naprzód, ponieważ o tej porze wszystkie samochody zmierzały w stronę Barcelony; w końcu tego dnia wiele osób pracowało.

Co jakiś czas odwracałem się i spoglądałem przez tylną szybę w poszukiwaniu ewentualnych prześladowców.

– Dobrze widzę drogę, mały – odezwał się Arnulfo. – Nikt nas nie śledzi.

– Wydaje mi się to dość podejrzane – odparłem. I dlaczego w ogóle „mały"? Wiedziałem, dlaczego niespecjalnie przepadam za Arnulfem. – Najpierw Xinos bez przerwy depczą nam po piętach, a nagle zupełnie znikają.

– Może zorientowali się, że wiemy niewiele więcej od nich – zauważył Jakob.

– Nie wydaje mi się.

Ponownie się obejrzałem. Coś się tutaj nie zgadzało. Morales nie sprawiał wrażenia kogoś, kto tak łatwo się poddaje. Jednak od czasu nieudanego porwania Loli nie widzieliśmy już ani jego, ani jego wspólników, aż do wieczora, kiedy podążyliśmy za nimi do nawiedzonych domów.

Zaczęło narastać we mnie dość nieprzyjemne podejrzenie.

– Czy kiedykolwiek pomyśleliście o tym, że te nawiedzone domy to był tylko manewr mający odwrócić naszą uwagę?

– Odwrócić od czego? – zapytał Jakob.

– Chcieli nas utwierdzić w naszej wierze w to, że udało nam się odwrócić role. A w rzeczywistości może przez cały ten czas mieli nas pod kontrolą.

– Oznaczałoby to, że wiedzieli o moim programie. Dość mało prawdopodobne.

– Niekoniecznie – wtrąciła się Lola. – Może po prostu nas zauważyli.

– Ale wtedy też mogli sobie pomyśleć, że nic nie wiecie – dodał Arnulfo. – W przeciwnym razie dlaczego mielibyście ich śledzić?

– To znowu przy założeniu, że postępują logicznie i racjonalnie – odparł Jakob. – A jak dotąd nie zrobili na mnie takiego wrażenia.

Antonio przeciągnął się i otworzył oczy.

– Daleko jeszcze? – zapytał.

– Około kwadransa – odparł Arnulfo, obrzucając swojego pasażera niezbyt przychylnym spojrzeniem.

Poblet nie było zbyt oddalone od Barcelony. Samochodem, nawet z tak ostrożnym kierowcą jak Arnulfo, docierało się na miejsce w ciągu półtorej godziny.

– Co właściwie zrobimy z pierścieniem, jeśli go znajdziemy? – zapytałem swoich towarzyszy. Byliśmy tak bardzo skupieni na poszukiwaniach, że jeszcze o tym nie rozmawialiśmy.

Wprawdzie Antonio powiedział, że chciałby go przekazać do muzeum jako dziedzictwo kulturowe, jednak miałem wątpliwości, czy rzeczywiście to taki dobry pomysł. Przede wszystkim po tym, co przeczytaliśmy w notatniku.

– Myślę, że zdecydujemy o tym, kiedy go znajdziemy – odpowiedział Antonio.

– Jestem za tym, żeby go schować tak, aby już nikt nie był w stanie go odnaleźć – zaproponowała Lola. – Na przykład zatopić w morzu.

– Dobry pomysł – poparłem ją.

– Naprawdę macie taki zamiar? – zapytał Arnulfo z niedowierzaniem. – Chcecie tak po prostu pozbyć się skarbu o niezmierzonej wartości?

– Jeśli ten skarb rzeczywiście ma takie moce, jakie się mu przypisuje, to tak – odparła zdecydowanie Lola.

– A jak zamierzacie się o tym przekonać?

Dobre pytanie. Tego jeszcze nie przemyśleliśmy. Było tyle rzeczy, których nie przemyśleliśmy, ponieważ tak bardzo byliśmy zajęci poszukiwaniami i ucieczką przed Xinos.

Jakob jako jedyny obstawał przy tym, aby zachować pierścień.

– Legendy prawie zawsze mają w sobie ziarno prawdy – powiedział. – Dlaczego w tym przypadku miałoby być inaczej? Pierścień niekoniecznie musi być przeklęty. Ale możliwe, że cechuje go niezwykła przewodność, ponieważ jest wykonany z nieznanego stopu.

Nie miałem ochoty na wdawanie się z nim teraz w dyskusję. Im szybciej pierścień znajdzie się w jakimś niedostępnym miejscu, tym lepiej. Wreszcie miałem przygodę, na którą tak bardzo się cieszyłem na początku naszych poszukiwań, a teraz chciałem tylko, aby jak najszybciej się skończyła.

Krajobraz zmienił się w pagórkowaty. Nad wierzchołki gór w oddali nadpłynęły ciemne chmury.

– Mam nadzieję, że nie zacznie padać – mruknął Jakob.

– Burza jest daleko stąd. – Antonio obrócił się do tyłu. – Czy ktoś z was był już w Poblet?

Prawie jednocześnie potrząsnęliśmy głowami.

– Ale jestem pewien, że nasza chodząca encyklopedia opowie nam o klasztorze wszystko, co warto wiedzieć. – Nie mogłem się powstrzymać od kąśliwej uwagi.

– Mógłbym – odciął się Jakob. – Ale może nie mam ochoty.

– No nie – jęknąłem. – Chyba nie jesteś chory?

– W żadnym razie. Tylko myślę, że jeśli ktoś chce się czegoś dowiedzieć, mógłby sam zadać sobie trud i poszukać, zamiast wciąż pytać o to swojego współpasażera.

Ups, ale mi dociął! Rzeczywiście przyzwyczaiłem się do tego, że z każdym pytaniem automatycznie zwracałem się do Jakoba. W ten sposób przeważnie szybko i bez trudu dochodziłem do właściwej odpowiedzi. I zawsze myślałem, że chętnie tych odpowiedzi udziela. Najwyraźniej się myliłem. Już drugi raz w ciągu kilku dni tak mnie krytykował. Może przedwcześnie zaszufladkowałem go jako nudnego kujona.

– Klasztor został założony w 1511 roku. Mieszczą się w nim grobowce ośmiu królów i sześciu królowych – rozpoczął jednak swój wykład Jakob. – To wciąż czynny klasztor cystersów, w którym obecnie żyje około trzydziestu mnichów. – Następnie zaczął się rozwodzić na temat historii klasztoru, jego zniszczenia i odbudowy, a potem na szczęście dotarliśmy do celu podróży.

Wjechaliśmy na parking położony naprzeciw głównego wejścia i Arnulfo zaparkował obok jednego z trzech autokarów, z których już wysiadały pierwsze grupy turystów tego dnia. Wysiedliśmy i się przeciągnęliśmy.

Powietrze było łagodne i pachniało świeżo skoszoną trawą.

Podszedłem do drogi i trochę się rozejrzałem. Gdyby nie było tu turystów i samochodów, czułbym się jak w filmie o rycerzach. Po prawej stronie wzdłuż ulicy ciągnął się w dal mur ułożony z kamieni w brązowych odcieniach, tak jakby jeszcze dziś miał za zadanie chronić klasztor przed atakami wrogich hord. Sam klasztor wystrzeliwał w górę jak średniowieczny zamek.

– Daniel! Pobudka! Nie przyjechaliśmy tutaj dla przyjemności! – Głos Antonia przywrócił mnie do rzeczywistości.

Zebraliśmy się wokół samochodu.

– Najpierw powinniśmy chyba poszukać podwójnego krzyża – zaproponował Arnulfo. – Musi się znajdować poza murami klasztoru, zatem prawdopodobnie będziemy musieli się przejść wokół niego. Proponuję, aby Antonio poszedł ze mną na prawo, a wy w trójkę na lewo. Potem znowu się tutaj spotkamy. W porządku?

Zabrzmiało to dość rozsądnie. Każdy z nas wziął ze sobą dużą butelkę wody.

– Jak sądzicie, co to jest podwójny krzyż? – zapytałem.

– No cóż, zapewne krzyż z dwoma poprzecznymi belkami – odparł Jakob. – Mogą to być też dwa stojące obok siebie krzyże, nie?

– Po prostu chodźmy i zobaczmy – powiedziała Lola. – Najpierw musimy znaleźć jakikolwiek krzyż.

– To nic trudnego – odparł Jakob, gdy tylko przeszliśmy przez ulicę. – Tu jest jeden.

Rzeczywiście. Od razu przy parkingu, oddzielona od niego tylko niewielkim kamiennym murkiem i rzędem krzewów, wznosiła się kamienna kolumna, na której szczycie znajdował się mały krzyż.

Podeszliśmy bliżej.

– Nie ma tu nic podwójnego – stwierdziła Lola.

– To byłoby też zbyt łatwe – rzuciłem.

Dla pewności jeszcze raz obeszliśmy kolumnę, jednak z tyłu nie wyglądała inaczej niż z przodu. Ruszyliśmy więc dalej.

Minęliśmy restaurację, która stała naprzeciw wejścia do klasztoru, i poszliśmy wzdłuż drogi, aż do jej rozwidlenia. Jedna z odnóg lekko się wznosiła. Jak okiem sięgnąć, od lewej strony pas jezdni był ograniczony kolejnym murem.

Na rogu klasztoru znajdował się mały plac w kształcie półkola, na którym stała kopia krzyża z parkingu. Temu również bliżej się przyjrzeliśmy, ale nie było w nim niczego, co w jakikolwiek sposób można było opisać jako podwójne.

Skręciliśmy w ulicę prowadzącą na prawo. Mury klasztorne zostały tu zakryte wąskim pasem krzewów i niewysokich drzew. Po lewej stronie również rosły krzewy. Musieliśmy się zatem rozdzielić. Lola i ja wzięliśmy stronę przy klasztorze, Jakob przeciwległą. Powoli szliśmy wzdłuż ulicy, która biegła lekko pod górę. Co chwila przystawaliśmy, aby zajrzeć za szczególnie gęsty krzak, jednak nigdzie nie odkryliśmy nawet śladu krzyża, nie mówiąc już o podwójnym.

Było to męczące zadanie. Na domiar złego zerwał się wiatr, który wiał z gór i wyraźnie ochłodził powietrze.

– To się nigdy nie skończy – jęknął Jakob po całej wieczności chodzenia wzdłuż muru.

– Jesteśmy tutaj dopiero pół godziny – zauważyła rezolutnie Lola, szczerząc zęby w uśmiechu. – Chyba nie chcesz już teraz się poddać?

Wyraźnie poczuł się urażony.

– Oczywiście, że nie! Nie wiem tylko, jak w ten sposób uda nam się kiedykolwiek odnaleźć podwójny krzyż. Zamiast logicznie myśleć, kręcimy się bez ładu i składu po okolicy. W taki sposób Einstein nigdy nie odkryłby teorii względności.

– Nie martw się, dzień się jeszcze nie skończył – odparła, puszczając do nas oko.

– Tak jak ten mur.

– Tak, to rzeczywiście spory teren – potwierdziła. – I wszystko prawdopodobnie wygląda prawie tak samo jak wtedy, kiedy moi przodkowie przybyli tutaj z pierścieniem.

Wreszcie dotarliśmy do końca muru. Na prawo prowadziła polna dróżka okalająca klasztor.

– A co to? – Jakob wrócił na naszą stronę ulicy i wskazywał na stojący tu drogowskaz.

Był to prosty drewniany słup z trzema ramionami pokazującymi różne kierunki.

– Można by wziąć to za krzyż?

– Brakuje jeszcze jednej strzałki do podwójnego krzyża – zauważyła Lola.

– Może kiedyś miał cztery ramiona.

– Mało prawdopodobne – powiedziałem. – Można pójść stąd tylko w trzech kierunkach.

Mimo to przyjrzeliśmy się bliżej drogowskazowi, niczego jednak nie znaleźliśmy. Następnie podążyliśmy ścieżką prowadzącą wzdłuż tylnej strony klasztoru.

Po około stu metrach ścieżka skręcała w lewo, oddalając się od klasztoru. Na wprost nas rozciągały się już tylko pola.

Pomaszerowaliśmy dalej, aż spotkaliśmy idących nam naprzeciw Arnulfa i Antonia. Oni również niczego nie znaleźli.

– Idźmy po prostu dalej. Może uda wam się zauważyć coś, co my przeoczyliśmy – zaproponował Antonio.

Tak więc zakończyliśmy rundę i ponownie się spotkaliśmy. Potem powtórzyliśmy poszukiwania, tym razem w wolniejszym tempie i dokładniej.

Ponieważ i ta runda nic nie przyniosła, weszliśmy na klasztorny dziedziniec. Mimo że w zagadce było napisane, że pierścień został ukryty przed klasztorem, słowo „klasztor" mogło się przecież odnosić do budynku.

Na dziedzińcu natrafiliśmy na kilka krzyży, żaden z nich nie był jednak podwójny. Przekąsiwszy coś przy samochodzie, postanowiliśmy poszerzyć pole poszukiwań. Tym razem przeszliśmy się wzdłuż murów, które ciągnęły się przy ulicy. A były one naprawdę długie. Na koniec zbadaliśmy je od drugiej strony, po której rozciągały się pola.

Nic.

Tak upłynął nam dzień. Bolały mnie stopy i trząsłem się z zimna, kiedy w zapadającej szarówce ponownie spotkaliśmy się na parkingu. Inni zdawali się czuć tak samo.

Sfrustrowany cisnąłem pustą butelką po wodzie o ziemię.

– Musieliśmy coś przeoczyć.

Ostatni autokar opuszczał parking. Tymczasem prawie całe niebo zasnuło się szarymi chmurami. Powietrze było ciężkie i wilgotne, pachniało deszczem.

Bez celu kopałem pustą butelkę po placu. Całe moje rozczarowanie skumulowało się teraz w kopniakach, które jej wymierzałem. Szerokim łukiem wpadła wreszcie w krzaki.

Nie miałem ochoty się przez nie przeciskać, więc wyszedłem za parking, żeby wydobyć ją od drugiej strony. Na ulicznym skrzyżowaniu wdrapałem się na murek odgradzający teren wokół małego krzyża, który badaliśmy w pierwszej kolejności. Butelka musiała wylądować gdzieś tutaj.

Siedząc w połowie na murku, wstrzymałem oddech.

Skrzyżowanie – krzyż.

Podwójny krzyż!

Stary Juan mógł mieć na myśli tylko to!

Od początku byliśmy we właściwym miejscu, tylko zbyt szybko daliśmy się od niego odwieść. Czyż nie?

Natychmiast zapomniałem o butelce. Przejęty z powrotem pobiegłem do pozostałych i opowiedziałem im o swoim olśnieniu.

Minutę później znowu staliśmy wokół kamiennego krzyża.

– I co teraz? – zapytał Arnulfo.

Dokładnie zbadaliśmy kolumnę z umieszczonym na niej krzyżem. Kamień był zwietrzały i w niektórych miejscach porośnięty mchem. Do kolumny, która wyrastała z kamiennego bloku, prowadziły trzy stopnie. Nigdzie nie było widać niczego, co nadawałoby się na kryjówkę.

Wspiąłem się po stopniach i popukałem w kolumnę. Była wykonana z masywnego kamienia.

– Raczej nie uda nam się rozkopać ziemi wokół niej – mruknął Antonio. – Nawet do jutra byśmy nie skończyli.

Podczas gdy Jakob, Antonio, Arnulfo i ja poddaliśmy kolumnę dokładnym oględzinom, opukując ją i kopiąc w nią z każdej strony, Lola tylko stała i nie odrywała oczu od krzyża na jej wierzchołku. Również rzuciłem okiem w górę, jednak nie byłem w stanie zauważyć niczego szczególnego.

– Masz jakiś pomysł? – zapytałem ją.

Wskazała na krzyż.

– Widzisz cztery ramiona?

Kiwnąłem głową.

– Tak, a co?

– Wszystkie są tej samej długości, prawda?

Zmrużyłem oczy i przyjrzałem się ramionom krzyża.

– Tak, na to wygląda.

– A jeśli dokładniej przyjrzysz się górnemu ramieniu, nie wydaje ci się nieco dłuższe od pozostałych?

Miała rację. Istotnie wydawało się nieco dłuższe. Niedużo, ale jednak. Oczywiście mogło to nic nie znaczyć, jednak w naszej sytuacji nie mogliśmy pomijać żadnej wskazówki.

Zwróciliśmy uwagę pozostałych na odkrycie Loli. Arnulfo poszedł do samochodu i po chwili wrócił z młotkiem i dłutem.

– Głupio, że nie zabraliśmy ze sobą drabiny – powiedział.

Na szczęście ulica była pusta. Wsunąłem narzędzia za pasek spodni, a następnie Antonio i Arnulfo unieśli mnie od tylnej strony krzyża. Objąłem kolumnę i nią potrząsnąłem. Sprawiała wrażenie stabilnej. Podciągnąłem się jeszcze wyżej, po czym stanąłem na ramionach mężczyzn.

Trochę się chwiałem, musiałem się więc podtrzymywać jedną ręką. Drugą przejechałem po górnej powierzchni krzyża. Niestety nie byłem dostatecznie wysoko, aby móc spojrzeć na niego z góry.

Kamień niczym się nie wyróżniał. Prócz tego, że na środku wyraźnie wyczuwałem niewielką wypukłość.

– Weź młotek! – zawołała Lola.

Zawahałem się. Czy mogłem tak po prostu stukać młotkiem w krzyż, który miał prawdopodobnie setki lat? Ale leciutkie puknięcie z pewnością mu nie zaszkodzi.

Jeszcze raz spojrzałem na prawo i lewo, jednak najwyraźniej nikt nas nie zauważył. Wyciągnąłem młotek zza paska, złapałem za główkę i leciutko uderzyłem w powierzchnię ramienia krzyża.

Spadła na mnie garść tynku.

Przerażony cofnąłem narzędzie. Z powrotem umieściłem je za paskiem i obmacałem krzyż. Moje leciutkie uderzenie rzeczywiście rozbiło kamień. Przecież to niemożliwe! A może cały krzyż powoli zaczynał się sypać?

Powierzchnia kamienia kruszyła się pod palcami. Widocznie zniszczyłem tylko tę wypukłość. Ostrożnie usunąłem resztki kruszywa i natknąłem się na coś, co z pewnością nie było wykonane z kamienia!

Palcami wyczułem szkatułkę zawiniętą w pergamin, nie większą od pudełka zapałek!

Ostrożnie ją chwyciłem i uniosłem triumfująco. Jednak uśmiech zamarł mi na ustach.

Morales!

Stał na ulicy za moimi przyjaciółmi, w grupie czterech lub pięciu mężczyzn. Nie zdążyłem ich policzyć, nie miałem tyle czasu.

Krzyknąłem:

– Xinos! – Ześlizgnąłem się z kolumny, obróciłem i wskoczyłem w krzaki.

Dwie sekundy później wybiegłem po stronie parkingu.

Pierwsze krople deszczu spadły z nieba, które z miejsca jeszcze bardziej pociemniało. Za sobą słyszałem krzyki, ale gdybym teraz zawrócił, aby dołączyć do przyjaciół, wszystko poszłoby na marne.

Pobiegłem w górę parkingu i tam ponownie dałem nura w krzaki. Zamierzałem otoczyć Moralesa i jego wspólników, aby ich w ten sposób zdezorientować. Kiedy zauważą, że nikt z pozostałych nie ma pierścienia, na pewno zostawią ich w spokoju. Może będziemy mieli wtedy szansę, aby im uciec.

Na parkingu rozległy się ciężkie kroki. Morales wysłał za mną któregoś ze swoich ludzi. Na szczęście nie wiedział, dokąd pobiegłem. Ze swojej kryjówki widziałem go jako spory cień, niemogący się zdecydować, w którym kierunku pójść.

Wcisnąłem się głębiej w krzewy i powoli zacząłem się przemieszczać w stronę ulicy. Od krzyża dobiegł mnie głos Moralesa.

Podążając wzdłuż skarpy, z bijącym sercem podczołgałem się bliżej. Nikogo nie udało mi się zobaczyć, co musiało oznaczać, że sam również byłem niewidoczny dla Moralesa. Mogłem jednak zrozumieć każde jego słowo.

– Pewnie myśleliście, że się mnie pozbyliście, co?

Usłyszałem głośne klaśnięcie. Czy to był policzek?

– Gdzie jest pierścień?

– Zniknął.

To była Lola.

Kropla deszczu spłynęła mi po nosie. Otarłem ją wierzchem dłoni.

– Jeśli ma go ten mały, szybko go dopadniemy.

– Zostawcie nas w spokoju. Przecież widzicie, że nie mamy pierścienia.

Usłyszałem głos Arnulfa.

I znowu klaśnięcie.

– To za krnąbrny ton.

Morales był górą. Wreszcie miał nad nami nieograniczoną władzę, a wokół nie było nikogo, kto mógłby mu teraz poplątać szyki.

Ale jak nas odnalazł?

Przecież nie mógł nas śledzić. A może? Cały dzień chodziliśmy w kółko i nigdzie go nie widzieliśmy. Chyba że dobrze się ukrył i przez cały czas nas obserwował, aż zyskał pewność, że znaleźliśmy pierścień.

– Już, idziecie z nami!

Tymczasem rozpadało się jeszcze mocniej. Wychyliłem się trochę i zobaczyłem, jak Morales i jego ludzie pchają moich przyjaciół na parking. To była moja szansa! Odczekałem, aż znikną mi z pola widzenia, potem jednym susem wyskoczyłem na ulicę i pobiegłem na następną przecznicę. Tam skręciłem w lewo, dokładnie na drogę, którą dziś rano ruszyliśmy jako pierwszą.

Ale mężczyzna, który szukał mnie na parkingu, niestety mnie zobaczył.

– Tutaj! – zawołał do swoich kumpli.

Przyspieszyłem i dotarłem do rozwidlenia ulicy.

W którym kierunku miałem pobiec?

Na wprost znajdowały się tylko mury, na lewo i prawo pola. Inna ulica też nie wyglądała dużo lepiej, ale pod murami klasztoru rosły krzewy i drzewa, które mogły zaoferować mi schronienie.

Zdecydowałem się na tę drugą możliwość.

Pobiegłem tak szybko, jak jeszcze nigdy w życiu nie biegłem.

Tenisówki z każdym krokiem tak głośno klapały o ziemię, że moi przeciwnicy bardzo szybko mogli mnie namierzyć. Włosy przylepiły mi się do czoła, a deszcz strumieniami zalewał mi twarz.

W mojej głowie toczyła się walka myśli.

„Biegnij na prawo!”

„Biegnij na lewo!”

„Biegnij dalej prosto!”

Po lewej stronie rozpościerało się pole. W jaskrawym świetle księżyca wyraźnie widziałem cienie rachitycznych drzewek. Moi prześladowcy zobaczyliby mnie tam, jeślibym tylko się poruszył.

Na prawo rozpoznałem zarośla, przynajmniej wąski pasek. Za nimi wystrzeliwała zdająca się nie mieć końca ściana klasztoru, bez drzwi, wieżyczek ani okien.

Wiedziałem to, bo tego dnia byłem tu już parokrotnie.

Wtedy nie byłem śledzony.

Wstrzymałem oddech i wcisnąłem się głębiej w cień krzewów. W oddali słyszałem okrzyki swoich prześladowców. Było ich dwóch, trzech czy może więcej? W każdym razie na pewno nie miałbym najmniejszych szans, gdybym dostał się w ich ręce.

W prawej dłoni mocno ściskałem małą drewnianą szkatułkę, której szukali. Może powinienem im ją po prostu przekazać? Wtedy ten koszmar wreszcie by się skończył.

Ale tu nie chodziło o mnie.

Chodziło o Lolę.

A gdybym się teraz poddał, nie miałbym już po co pokazywać się jej na oczy.

Głosy mężczyzn były coraz bliżej. Mogłem rozpoznać dwa cienie na końcu ulicy, jeden po prawej, drugi po lewej stronie.

Gdybym po prostu pobiegł dalej, natychmiast by mnie odkryli.

Ale tutaj też nie mogłem czekać.

Głęboko zaczerpnąłem powietrza. Gdzieś przede mną kończył się ten nieprzebyty mur, a za nim, miałem to jeszcze przed oczami, od ulicy odbijała wąska ścieżka.

Musiałem do niej dotrzeć. Może miałbym wtedy szansę ukryć się przed prześladowcami.

Rzuciłem się do ucieczki.

I od razu runąłem jak długi!

Skrzyneczka wypadła mi z ręki, kiedy próbowałem zamortyzować upadek.

Powstrzymałem okrzyk bólu. Wnętrza dłoni i kolano zaczęły mnie palić, jednak zignorowałem to i pomacałem ręką stopę.

Pnącze! Zahaczyłem nogą o głupie pnącze!

Szybko wyciągnąłem stopę z pułapki i przyklęknąłem. Mężczyźni dogonią mnie w ciągu paru chwil.

W głowie miałem tylko jedną myśl: „Szkatułka!".

Obdartą prawą dłonią pomacałem w ciemności nawierzchnię ulicy przede mną. Tak daleko nie mogła się przecież potoczyć!

Nic.

Ile czasu mi jeszcze zostało? Minuta? Półtorej?

Wciąż gorączkowo szukałem.

Ha! Szkatułka odskoczyła dalej, niż myślałem. Złapałem ją, wstałem i pobiegłem.

Wszystkie mięśnie mnie bolały, stopy były odrętwiałe, a ręce i kolano paliły. Raczej wolno człapałem, niż biegłem.

Prześladowcy byli tuż-tuż. Gdzie mogłem się przed nimi ukryć? Poza klasztorem rozciągały się otwarte pola, na których natychmiast by mnie odnaleźli.

Za sobą usłyszałem dźwięk silnika. Samochód!

Jeśli to był Morales, przegrałem.

Jeszcze raz zmobilizowałem wszystkie swoje siły. Czułem się jak w koszmarnym śnie, w którym jest się prześladowanym i ma się wrażenie, że się ucieka, ucieka, a tak naprawdę stoi się w miejscu.

Warkot silnika szybko się przybliżał. Dosięgło mnie światło reflektorów, a potem samochód zatrzymał się obok mnie. Otworzyły się drzwi.

– Daniel! Szybko! Wskakuj!

To był głos Loli.

Chciałem krzyczeć z radości. Ostatkiem sił rzuciłem się na tylne siedzenie i zanim zdążyłem zamknąć za sobą drzwi, Antonio dodał gazu.

Antonio? Dlaczego Antonio prowadził? I gdzie był Arnulfo?

Ale zanim o to zapytałem, musiałem najpierw dojść do siebie. Schowałem pakunek, który wciąż kurczowo ściskałem, do kieszeni, a wtedy Lola i Jakob, który siedział obok kierowcy, zdali mi relację z ostatnich wydarzeń.

Kiedy uciekłem, Morales wysłał za mną dwóch ludzi. Dwóch innych zostało z nim. Arnulfo próbował wciągnąć Moralesa w rozmowę w cztery oczy, co w końcu mu się udało. Podczas gdy ci dwaj odeszli na stronę z jednym z Xinos, Antoniowi udało się powalić pozostałego strażnika. Wystarczyło im akurat czasu, aby dotrzeć do samochodu Arnulfa. Na szczęście kluczyk tkwił w stacyjce, ponieważ właśnie mieliśmy odjeżdżać, kiedy naszła mnie genialna myśl na temat krzyża.

– Niestety nie mogliśmy czekać na Arnulfa – tłumaczył się Antonio. – Sami ledwie zdołaliśmy wyjechać z parkingu, ponieważ dwaj wspólnicy Moralesa grozili nam bronią, chcąc zagrodzić nam wyjazd.

– Strzelali do was?

– Próbowali trafić w koła. Na szczęście im się nie udało.

Spojrzałem przez tylną szybę.

– I co teraz robimy?

– Jedziemy do jaskiń L'Espluga de Francolí – odparł zdecydowanie Antonio. – Pierścień wyrządził już wystarczająco dużo zła. Zniszczymy go raz na zawsze.

Jeźdźcy w jaskini

Jaskinie L'Espluga de Francolí. Słyszałem o nich, ale jeszcze nigdy tam nie byłem. Prawdopodobnie teraz też nie miałem zbyt wiele zobaczyć, w końcu zapadła już noc. Dobrze, że nie musiałem się znowu tłumaczyć przed mamą i tatą. Myśleli, że jestem u krewnych Loli.

Jak bardzo chciałem tam być.

Zamiast tego trzymałem w kieszeni szkatułkę z przeklętym pierścieniem, który palił moją skórę jak ogień. Miałem tylko jeden cel: pozbyć się go tak szybko, jak to tylko możliwe.

Antonio jako jedyny był już wcześniej w jaskiniach.

– My, *Kalé*, żyjemy w Katalonii od stuleci. Dlatego znamy kilka legend o tych jaskiniach. Jedna z nich mówi, że pod górną jaskinią znajduje się kolejna, a w niej szczelina, która prowadzi bezpośrednio do piekła.

– Piekło! – prychnął Jakob.

– Oczywiście nie należy tego brać dosłownie. Oznacza to tylko, że prowadzi w głąb Ziemi. Mój dziadek zaprowadził mnie tam kilka razy, kiedy byłem małym chłopcem, i pokazał parę przejść, które są zamknięte dla zwiedzających albo niewidoczne.

– I myślisz, że znajdziesz tę szczelinę również po ciemku? – zapytałem. Jako tako doszedłem do siebie, mimo że wciąż wszystko mnie bolało.

– Myślę, że tak. I dobrze, że to miejsce teraz nie będzie specjalnie strzeżone – wyjaśnił. – Wejście do jaskiń zagradzają tylko stalowe drzwi. Na szczęście moja daleka krewna pracuje tam jako przewodniczka. Zadzwonię do niej i zapytam, czy nas tam wpuści.

– Tak po prostu? – Zdziwiłem się.

Antonio kiwnął głową.

– Mam nadzieję, że mi zaufa.

Na zewnątrz deszcz głucho bębnił o szyby. Na drodze prawie nie było ruchu, nikt też nas nie śledził. Nastawiłem się na dłuższą podróż, więc zamknąłem oczy, kiedy Antonio rzekł:

– Już jesteśmy.

Z trudem znowu je otworzyłem. W świetle reflektorów zdołałem zobaczyć przed nami coś na kształt rzeźby. Nienaturalnych rozmiarów dzida była oparta o gigantyczny łuk. Z łuku zwisały cztery litery, które tworzyły wyraz „*cova*" – jaskinia.

Antonio wyłączył silnik i reflektory zgasły. Wyjął telefon i chwilę z kimś rozmawiał.

– Ines zaraz tu będzie – powiedział, kiedy skończył rozmowę.

Lola wyciągnęła rękę w moją stronę.

– Czy mogłabym zobaczyć pierścień?

Wydobyłem pakunek z kieszeni. Wciąż był zawinięty w pergamin, tak jak go znalazłem. Lola ostrożnie zważyła go w dłoni.

– Bardzo lekki – powiedziała.

– Może tam wcale nic nie ma – zastanawiał się Jakob. – Albo jest coś zupełnie innego.

– Powinieneś go trochę przy sobie ponosić – poradziłem mu. – Wtedy szybko poczujesz, co znajduje się w środku.

Antonio włączył lampkę pod sufitem w samochodzie i obrócił się w naszą stronę. Lola ostrożnie odwinęła papier. W środku spoczywała mała drewniana skrzyneczka. Ostrożnie uniosła wieczko.

Zobaczyliśmy tylko warstwę waty.

Lola ją skubnęła. Pod nią znajdowała się kolejna warstwa. A pośrodku rzeczywiście leżał pierścień.

Pierścień, który wcale nie sprawiał wrażenia jakiegoś szczególnego. Wykonany z metalu w złotym kolorze nie lśnił, tylko był matowy. Na jego powierzchni tu i tam widniały drobne plamki.

Wpatrywaliśmy się w niego i z każdą upływającą sekundą narastało we mnie pragnienie, aby go chwycić i włożyć sobie na palec. Mimowolnie złapałem prawą ręką za swój lewy nadgarstek.

Czułem, że moi przyjaciele mieli podobne myśli.

Lola zdecydowanym ruchem z powrotem położyła watę na pierścień i szybko zamknęła pudełeczko.

– Uf. – Jakob odetchnął głęboko, z wyraźnym poczuciem ulgi.

Ja również nieco się rozluźniłem.

Lola zawinęła szkatułkę w papier i mi ją oddała. Wziąłem ją niechętnie i schowałem do kieszeni spodni.

Antonio przyglądał nam się w zamyśleniu.

– Jeśli się dobrze zastanowić, to ten pierścień może czynić również dobro...

– Chyba nie chcesz się teraz wycofać? – zapytała go Lola podejrzliwym tonem.

– Nie, nie – zaprotestował. – Myślę na głos. Chciałem przez to powiedzieć, że władzy nie trzeba wykorzystywać tylko do czynienia zła. Dzięki niej można czynić dobro. W końcu ten pierścień nosił Gaudí, a to, co dzięki niemu stworzył, jest przecież wspaniałe.

– Wcale nie wiemy, czy stało się to za sprawą pierścienia – wtrąciłem się. – Być może zbudowałby swoje słynne dzieła i Sagradę również bez niego.

– Jakkolwiek było, przynajmniej nikomu nie wyrządził nim krzywdy.

– W każdym razie z czysto naukowych względów byłoby interesujące móc przebadać ten metal – zaczął swoją śpiewkę Jakob. – Przecież w każdej chwili możemy go zniszczyć. Dlaczego od razu teraz?

– Bo może depczą nam po piętach Xinos – zauważyłem. – Chyba nie myślisz na poważnie, że pozwoliliby ci w spokoju analizować pierścień?

W oddali zaświeciły reflektory. Mimowolnie się pochyliliśmy, jednak kiedy samochód zatrzymał się obok nas, Antonio z ulgą zawołał:

– To Ines!

Dwie minuty później podążaliśmy za jej samochodem w dół ulicy i zatrzymaliśmy się na parkingu.

Z drugiego auta wysiadła młoda kobieta. Rozłożyła nad głową parasol i podeszła do nas. My również wygramoliliśmy się z samochodu.

Antonio i Ines objęli się, po czym kobieta poprowadziła nas dróżką, która kończyła się przed stalowymi drzwiami.

– Zostawię was tutaj samych – powiedziała. – Nawet nie chcę wiedzieć, co planujecie. Za drzwiami jest kilka latarek. Kiedy już wyjdziecie, zadzwońcie do mnie, to przyjadę.

Otworzyła drzwi.

Powitała nas niezgłębiona ciemność. Moje serce, które zdążyło się nieco uspokoić, znowu zaczęło bić jak szalone. Wszystko we mnie sprzeciwiało się temu, abym wchodził w ten mrok. Jednak Antonio i Lola już byli w środku i Jakob leciutko mnie popchnął.

Nie miałem zatem wyboru i też przestąpiłem próg.

Drzwi wejściowe zamknęły się za nami. Usłyszałem jakiś szelest, a potem zaświeciła się latarka.

– Proszę, obsłużcie się. – Antonio skierował strumień światła na skrzynię z latarkami.

Każdy z nas wyłowił sobie jedną, po czym skierowaliśmy się w stronę jaskini. Ku mojemu zdziwieniu była dość wąska, a z prawej strony odgradzała ją blaszana ściana.

– Dokąd? – zapytał Jakob cichym głosem. Podobnie jak ja miał potrzebę szeptania.

– Najpierw prosto – odparł Antonio. – To jest tylko komora przednia, właściwe wejście do jaskini znajduje się dalej z tyłu.

Powoli wkraczaliśmy coraz głębiej w ciemność.

– To jedna z najdłuższych jaskiń świata – wyjaśnił nam Antonio. – Tworzy podziemne przejście, które rozgałęzia się na wiele korytarzy o łącznej długości ponad trzech kilometrów.

Wolałem sobie tego nawet nie wyobrażać. Trzy kilometry pod ziemią? W tych ciemnościach?

Dotarliśmy do drugich stalowych drzwi, które Antonio otworzył. Najwyraźniej Ines dała mu do nich klucz. Przeszliśmy kilka metrów tunelem, który wreszcie zamienił się we właściwą jaskinię.

Oświetliłem ją latarką. Boczne ściany nie były od siebie zbyt oddalone, przez co wyglądało to raczej jak dość szeroki korytarz. Nad nami zwisał wypukły skalny sufit, który miejscami pokrywały porosty, dlatego sprawiał wrażenie żywego organizmu. Mimowolnie pomyślałem o filmie, który kiedyś widziałem.

Kilku kosmonautów błąkało się po półorganicznym statku kosmicznym istot pozaziemskich, który brali za zwykłą jaskinię. Zrobiło mi się trochę niedobrze.

Mimo to nadal podążaliśmy w ciemności za Antoniem.

Podłoże było pokryte żwirem, gdzieniegdzie leżały odłamki skalne. Nagle się zatrzymałem.

Oprócz nas byli tu jeszcze jacyś ludzie!

Złapałem Lolę za rękę.

– Stop! – szepnąłem.

– Co jest? – Antonio się odwrócił.

– Nie jesteśmy tu sami. – Pokazałem na prawo.

Antonio skierował strumień światła w tym kierunku.

Tak! Pod skalną ścianą przycupnęła grupa ludzi! Byli...

Poczułem, jak gwałtownie czerwienię się ze wstydu. To, co zobaczyłem, to były naturalnej wielkości manekiny. Ludzie z epoki kamienia odziani tylko w skóry.

Antonio się roześmiał.

– Będziesz ich tu częściej widywał. W jaskiniach pokazano, jak ludzie żyli wcześniej. Raczej nie stanowią dla nas zagrożenia. – Obrócił się w stronę jaskini i poszedł dalej.

Puściłem rękę Loli, którą ściskałem przez cały ten czas.

– Przepraszam – bąknąłem.

– Za co? Też bym się tego przestraszyła – pocieszyła mnie.

– Trochę tu jak w tunelu strachu, nie? – syknął do nas Jakob.

Przeszliśmy kilka metrów dalej, gdy wtem oślepiło nas jaskrawe światło.

Niemal bezpośrednio przed nami na ścianie był wyświetlany obraz szerokiej na kilka metrów rzeki, przy której brzegu pasły się hipopotamy. Po drugiej stronie kucał neandertalczyk i się w nas wpatrywał.

Nagle odwróciliśmy się wszyscy na dźwięk głosu.

– Nieźle to sobie wykombinowaliście! Ale niestety nie do końca.

Również sceny z ludźmi pod ścianami jaskini były teraz oświetlone. Z nieregularnych cieni, które rzucały w głąb jaskini, wyłoniła się sylwetka Moralesa. Za nim majaczyły cienie jego wspólników.

– No, wreszcie dotarliście do kresu swojej podróży – powiedział. – Oddajcie mi pierścień, a pozwolę wam odejść.

Na lewo od nas kilka korytarzy prowadziło w stronę skał. Antonio pochylił się w moim kierunku.

– Do drugiego korytarza, patrząc stąd. Na mój znak.

– Żadnych szeptów! – nakazał Morales zbliżający się do nas krok za krokiem. – Kto z was ma pierścień?

– Drugi korytarz – szepnąłem do Loli i Jakoba, gdy Antonio właśnie krzyknął „już!”.

– Stać! – wrzasnął Morales, ale my biegliśmy, jakby od tego zależało nasze życie, co zapewne było prawdą.

Z chwilą, gdy znaleźliśmy się w korytarzu, musieliśmy zwolnić. Wił się to w prawo, to w lewo, prowadząc nas coraz bardziej w głąb Ziemi. Ściany niemal z każdym krokiem zbliżały się do siebie, tak że mogliśmy się poruszać tylko gęsiego.

– Nie wydostaniecie się stąd! – krzyczał Morales, który pobiegł za nami korytarzem. – Tylko pogarszacie sprawę!

Nagle Antonio się zatrzymał. Jakob wbiegł na mnie, a ja potknąłem się o Lolę. Ta wpadła na Antonia, który dziko wymachiwał swoją latarką, ale się nie przewrócił i po chwili kołysania w przód i w tył wreszcie odzyskał równowagę.

Przed nim był metrowy spadek prowadzący do podziemnej rzeki.

Jej wody były zielone, wyglądały na głębokie i zimne.

Antonio tylko chwilę się zawahał, po czym ześlizgnął się do wody. Sięgała mu poniżej pasa.

– Można nią iść! Chodźcie!

Gestem przywoływał nas do siebie. Głosy Moralesa i jego wspólników, którzy w każdej chwili mogli się tu pojawić, były najlepszym argumentem, aby za nim podążyć. Lola i ja niemal jednocześnie zsunęliśmy się do rzeki.

Doznałem takiego szoku, że o mało nie stanęło mi serce. Woda była naprawdę lodowata!

Jakob zawahał się, kiedy zobaczył mój wyraz twarzy.

– No już! – ponagliłem go.

Antonio i Lola byli parę metrów przede mną. Za nami słyszeliśmy sapanie Moralesa i jego kumpli. Jakob z rezygnacją poszedł w nasze ślady.

– Au! – wrzasnął i przez moment martwiłem się, że może zemdleć. Ale natychmiast ruszył korytem rzeki.

Kiedy nasi prześladowcy dotarli do rzeki, byliśmy już poza zasięgiem światła ich latarek. Miałem nadzieję, że za nami nie pójdą, jednak głośny plusk przekonał mnie, że jest inaczej.

Na chwilkę zatrzymaliśmy się i nasłuchiwaliśmy. Odgłosy się oddalały. Najwyraźniej poszli w przeciwnym kierunku. Wprawdzie już wkrótce zauważą swój błąd, ale dzięki temu zyskamy na czasie.

Na znak Antonia brodziliśmy dalej. Z powodu zimna prawie nie czułem nóg. Nie mogłem za długo tkwić w tej wodzie. Pozostali czuli się zapewne tak samo.

Sufit jaskini niebezpiecznie zbliżał się do powierzchni wody, a jej stan lekko się podnosił. Na szczęście w tym samym momencie latarka Antonia oświetliła wejście do tunelu. Bez wahania wydostał się z rzeki, a potem pomógł nam wyjść. W miarę możliwości zaczęliśmy wyżymać spodnie i dreptać w miejscu, aby się rozgrzać, ale Antonio pognał nas do przodu.

Droga prowadziła dalej w głąb i po paru zakrętach przeszła w kolejną komorę. Nie było tu ani grup manekinów, ani panoram ściennych. W jednym z kątów leżały tylko jakieś narzędzia i kupka brudnych roboczych ciuchów.

Antonio pochylił się nad stosem ubrań.

– Suche spodnie i buty robocze! – zawołał. – Dalej, szybko, zanim jeszcze bardziej się wyziębimy.

Położył latarkę na ziemi, zrzucił z nóg tenisówki i ściągnął dżinsy. My też dłużej się nie wahaliśmy i również wzięliśmy po parze spodni. Wybranie butów zajęło nam nieco więcej czasu, ale już parę chwil później znowu byliśmy w miarę susi.

Właśnie zabierałem się do opróżnienia kieszeni, kiedy doszły nas odgłosy brodzenia przez rzekę. Nasi prześladowcy zauważyli swój błąd szybciej, niż się spodziewałem.

Natychmiast wyłączyliśmy latarki i przycisnęliśmy się do ściany obok wejścia do rzeki. Nie mieliśmy czasu, aby dokładniej zbadać jaskinię, dlatego nie wiedzieliśmy, czy miała drugie wyjście, a jeśli tak, to gdzie.

Nasi prześladowcy chyba wciąż byli w wodzie.

– Myślisz, że są tutaj? – Usłyszeliśmy czyjś głos.

– Naprawdę mnie to nie obchodzi, chcę się tylko stąd wydostać – odparł inny.

– Co mówisz, szefie? – zapytał trzeci.

– Nie zachowujcie się jak małe dzieci – ofuknął

swoich ludzi Morales. – Jeśli ci smarkacze to znoszą, wy też nie możecie się mazgaić!

– Czyli dalej?

– Nie, musimy się dowiedzieć, czy się stąd wydostali, czy nie. Zatem ruchy! Na co czekacie?

Musieliśmy teraz jak najszybciej stąd zniknąć. Odkleiliśmy się od ściany, znowu włączyliśmy latarki i pobiegliśmy w głąb jaskini.

Ale było już za późno.

Jaskinia poszerzyła się i nadal prowadziła w dół. Jak głęboko byliśmy pod powierzchnią ziemi? Wolałem o tym nawet nie myśleć, zwłaszcza że nasze szanse na wydobycie się stąd wciąż tylko malały. I wciąż miałem ten przeklęty pierścień, a raczej znowu, w kieszeni spodni!

Nagle wokół nas zrobiło się jasno.

Przez chwilę byłem oślepiony i musiałem zamknąć oczy. Kiedy je powoli otworzyłem, serce o mało nie wyskoczyło mi z klatki piersiowej.

Przed nami bowiem ziała otchłań, a my staliśmy zaledwie kilka metrów od niej.

Gdybyśmy dalej biegli w ciemności, bez wątpienia byśmy się w niej znaleźli.

Rozejrzałem się. Morales i jego ludzie byli około dziesięciu metrów za nami. Musieli włączyć oświetlenie jaskini, trzy jaskrawe lampy halogenowe, które zwisały na kablach z sufitu.

Morales postąpił krok w naszą stronę.

– No już, dawajcie ten pierścień! – rozkazał.

Rozglądaliśmy się gorączkowo w poszukiwaniu drogi ucieczki. Jedynym wyjściem był wąski tunel wychodzący ze skał po naszej prawej stronie. Jednak nie mieliśmy najmniejszych szans dostać się tam na czas, przynajmniej nie wszyscy z nas.

Znaleźliśmy się w pułapce. Ponownie obróciłem się do naszych prześladowców. Wtedy z tunelu rozległ się głos:

– Pierścień! Szybko! Rzućcie mi go!

To był Arnulfo.

Było dla mnie zagadką, jak się tu dostał. Stał w wejściu do tunelu ze zwichrzonymi włosami i w podartym ubraniu. Najwyraźniej jakoś udało mu się uciec Moralesowi.

– Szybko! Pospieszcie się! – powtórzył.

Już miałem się zamachnąć, aby rzucić mu szkatułkę, kiedy rozległ się inny głos:

– Stój!

Zza Moralesa z ciemności wychynęły kolejne sylwetki, między nimi Serra. To on krzyknął. Pozostali to byli Gato i jego gang.

– Arnulfo jest w zmowie z Xinos! – ostrzegł nas Serra. – W żadnym wypadku nie dawajcie mu pierścienia!

Postąpiłem dwa kroki w tył, do swoich przyjaciół. Co powinienem był zrobić? Morales i jego ludzie obrócili się w kierunku nowych przeciwników.

Arnulfo wyszedł z tunelu.

– Nie wierzcie w ani jedno słowo tego zdrajcy! Spójrzcie na mnie! Tak urządzili mnie jego Xinos!

Rzeczywiście wyglądał tak, jakby przekręcono go przez magiel. Powoli się do nas zbliżał.

Któremu z nich mieliśmy uwierzyć? Serze czy Arnulfowi?

Lola i Jakob byli równie bezradni jak Antonio i ja. Wprawdzie mogłem wrzucić pierścień do szczeliny skalnej, ale nie wiedziałem, jak była głęboka. Jeśliby się okazało, że ma tylko kilka metrów, Xinos z powodzeniem mogliby z powrotem wydobyć z niej pierścień.

Tymczasem Arnulfo jeszcze bardziej się do nas zbliżył. Oczy podbiegły mu krwią. Xinos rzeczywiście musieli go ostro potraktować. Postąpił ostatni krok w naszą stronę. I wtedy niespodziewanie mnie złapał i mocno objął ramionami. Próbowałem się uwolnić z jego uścisku, ale był silniejszy, niż się wydawało. Zanim ktokolwiek z moich towarzyszy zdążył zareagować, odciągnął mnie kilka kroków na bok.

– Jeśli oddasz mi teraz pierścień, może zostawię przy życiu ciebie i twoich przyjaciół – syknął mi do ucha.

Lola i Antonio ocknęli się z osłupienia i do nas doskoczyli. Arnulfo wykonał niewielki ruch i poczułem coś zimnego przy skroni.

– Jeszcze krok i rozwalę waszemu przyjacielowi mózg! – krzyknął.

Oboje zatrzymali się nie dalej niż metr ode mnie. Oczy Loli błyszczały z wściekłości. Wiedziałem, że bez wahania rzuciłaby się na Arnulfa, gdyby ten nie przyciskał pistoletu do mojej głowy.

Moje serce biło jak oszalałe i oblał mnie zimny pot.

– Arnulfo! To nie jest tego warte! – zawołał Serra.

– Phi, co ty możesz wiedzieć?! – odburknął na to księgarz. – Od czterdziestu lat szukam tego pierścienia i wreszcie mam go w zasięgu ręki! I teraz posiądę nieograniczoną władzę!

– Będziesz musiał oddać pierścień prezydentowi i niczego nie posiądziesz! Taka jest prawda!

– Ja jestem prezydentem! – wykrzyknął Arnulfo. – Postarałem się o to! I już dawno miałbym pierścień, gdyby ten idiota Morales mnie nie spowalniał!

Podczas gdy Arnulfo był zajęty wymianą zdań z Serrą, przyszedł mi do głowy pewien pomysł.

Pierścień!

Może mógłby nam pomóc!

Ale czy naprawdę tego chciałem? Nie mogłem przewidzieć, co się ze mną stanie, kiedy włożę go na palec.

Tak wolno, jak to tylko możliwe, wsunąłem dłoń do kieszeni spodni, w której umieściłem szkatułkę z pierścieniem. Przy przepakowywaniu papier się odwinął i teraz z łatwością mogłem unieść wieczko.

Wyłowiłem ze środka pierścień palcem wskazującym, a wyjmując rękę z kieszeni, wsunąłem go na środkowy palec.

Zalała mnie nagła fala energii. Całe zmęczenie natychmiast zniknęło. Wszystkie moje zmysły wielokrotnie się wyostrzyły.

– Zmuście tego starego głupca do milczenia – rozkazał Arnulfo swoim ludziom.

Rozległ się strzał i Serra osunął się na ziemię. Gato i jego banda natychmiast rzucili się na Xinos. Przez jaskinię przetoczył się odgłos kilku strzałów.

– Po raz ostatni, mały: oddaj mi pierścień. Czy wolisz, żebym zastrzelił twoją przyjaciółkę, co? – Arnulfo wycelował broń w Lolę.

Wyciągnąłem rękę z kieszeni i uniosłem.

Co teraz? Czy powinienem coś powiedzieć? Jakieś zaklęcie? A może wystarczy, jeśli sobie zażyczę, aby Arnulfo i jego Xinos po prostu zniknęli?

– Ha! – wykrzyknął Arnulfo. – Mamy go wreszcie! Zdejmuj go!

Zawahałem się. Moja ręka rozgrzała się, w całym ciele czułem energię wychodzącą z pierścienia. Jednak poza tym nic się nie wydarzyło.

– Pospiesz się! – rozkazał mi księgarz. Puścił mnie i złapał moją rękę, aby ściągnąć mi z palca pierścień. W jego oczach malowało się szaleństwo.

W tej samej chwili usłyszeliśmy świst powietrza.

I nastąpiło coś niewiarygodnego.

Nagle zgasły wszystkie lampy, a jaskinię wypełniło jaskrawoniebieskie światło.

Przed nami, na skraju jaskini, jak spod ziemi wyłoniła się grupa niewyraźnych czarnych postaci. Byli to jeźdźcy na czarnych koniach.

Ale jacy!

I jakie konie!

Jeźdźcy, podobnie jak ich konie, sprawiali wrażenie olbrzymich.

Ich oczy zdawały się żarzyć w ciemnościach, a twarze przypominały zastygłe maski.

Gigantyczne konie toczyły czerwoną pianę z pysków, a z ich nozdrzy wystrzeliwały płomienie.

Czarni jeźdźcy!

– Na dół! – krzyknął Antonio.

Nie wahałem się ani sekundy i idąc w ślady przyjaciół, rzuciłem się na ziemię.

Niesamowite zjawisko z głośnym hukiem przetoczyło się nad nami, po czym zniknęło w niezgłębionej otchłani.

Tak samo błyskawicznie jak zgasło, światło zapaliło się ponownie.

Kiedy odważyliśmy się znów popatrzyć w górę, po Arnulfie nie było śladu.

Spojrzałem na swoją dłoń. Również pierścień zniknął. Arnulfowi musiało się udać ściągnąć go z mojego palca w chwili, gdy pojawili się czarni jeźdźcy.

Co to było?

Tylko iluzja?

Czy Arnulfo wpadł w otchłań? A może czarni jeźdźcy właśnie uratowali mi życie?

Cokolwiek to było, najważniejsze, że nic nam się nie stało. Zobaczyłem, jak Lola, Jakob i Antonio powoli się podnoszą.

Stojący po drugiej stronie jaskini Gato i jego ludzie wykorzystali okazję i rozbroili Moralesa i jego wspólników. Xinos stali przy ścianie strzeżeni przez troje ludzi Gata, którzy teraz mieli w rękach pistolety. Gato trzymał się za krwawiące ramię, bo najwyraźniej drasnęła go kula. Dwóch jego przyjaciół klęczało przy leżącym na ziemi Serze.

Podeszliśmy do niego.

– Żyje?! – zawołałem.

– Kula utknęła w brzuchu – odparł Gato. – Musimy go jak najszybciej zawieźć do szpitala.

I tak zrobiliśmy. Z ubrań roboczych skleciliśmy prowizoryczne nosze, na które ostrożnie przełożyliśmy Serrę. Jęknął, ale nie był przytomny. Jego koszula przesiąkła krwią. Dwóch ludzi Gata zarzuciło końce naprędce wykonanych noszy na ramiona i uniosło go. Następnie ponieśli go drogą, która doprowadziła ich do jaskini. Był to boczny tunel, w którym nie trzeba było brodzić przez wodę, a który przeoczyliśmy podczas ucieczki przed Xinos. Gato, Antonio, Lola, Jakob i ja podążyliśmy za nimi.

Pozostali ludzie Gata związali Xinos, z których dwaj też byli lekko ranni. Mieli zaczekać tam na policję.

Mimo że droga do jaskini wydawała się nie mieć końca, teraz już po dziesięciu minutach byliśmy na parkingu. Rozłożyliśmy tylne siedzenie w samochodzie terenowym Arnulfa i ostrożnie położyliśmy na nim Serrę. Antonio usiadł za kierownicą, Gato obok niego. Lola z tyłu zaopiekowała się Serrą. Jakob i ja pojechaliśmy za nimi z ludźmi Gata drugim samochodem.

Najbliższy szpital znajdował się w Valls, około czterdziestu kilometrów dalej. Przebyliśmy ten odcinek w niecałe pół godziny. Serra został natychmiast zabrany na salę operacyjną, a Gato opatrzony w izbie przyjęć.

W szpitalnej poczekalni wreszcie mieliśmy czas, aby porozmawiać o tym, co właśnie przeżyliśmy. Wszyscy widzieli jeźdźców, więc nie była to tylko moja wyobraźnia.

– Ale oczywiście istnieje też coś takiego jak zbiorowa halucynacja – stwierdził Jakob. – A może naprawdę wierzycie w to, że była to stara jak świat horda duchów?

– Nie wiem, co to było – odparła Lola. – Ale to działo się naprawdę, a nie w naszych głowach.

– I zabrało ze sobą Arnulfa i krwawy pierścień – dodałem. – Halucynacja raczej by tego nie dokonała.

Jakob nie dawał się zbić z pantałyku.

– Mogli po prostu wpaść do szczeliny.

– Nie sądzę – sprzeciwił się Antonio. – Nie możemy wszystkiego wytłumaczyć racjonalnie. A czarni jeźdźcy rzeczywiście byli w jaskini. Nie tylko ich widziałem, lecz także czułem. Gato zresztą też. Opowiedział mi o tym po drodze, a nie słyszał wcześniej o tej legendzie.

– Może pierścień jest czymś w rodzaju projektora. – Jakob nie poddawał się tak łatwo. – I kiedy Daniel założył go na palec i uniósł, w jakiś sposób go uruchomił.

– Daj spokój – powiedziałem. – Nie przekonasz nas. I myślę, że tak naprawdę sam też w to nie wierzysz. Nie możesz się tylko pogodzić z tym, że nie jesteś w stanie czegoś racjonalnie wytłumaczyć.

Jakob chciał zaprotestować, ale Lola go uprzedziła.

– W każdym razie pierścień zniknął. I miejmy nadzieję, że definitywnie.

– To samo powinno dotyczyć Arnulfa – powiedział Antonio. – Kto by pomyślał, że to on był przywódcą Xinos?!

– Przez cały ten czas wodził nas za nos – zgodziła się z nim Lola. – Mogliśmy posłuchać Daniela. Od samego początku mu nie ufał.

– Ale nie byłem pewien – stwierdziłem. – Inaczej nie pojechałbym z nim do Poblet.

Lola dotknęła mojego ramienia.

– W ostatnich dniach nic nie było pewne. Myślę, że w sumie mieliśmy sporo szczęścia.

Antonio przytaknął.

– Mieliśmy. I wypełniliśmy ostatnią wolę abuela Juana.

– To oznacza, że już nie ma strażnika wśród *Kalé* – zauważyłem. – Bo bez pierścienia nie ma co robić.

Antonio się uśmiechnął.

– My w czwórkę będziemy od teraz strażnikami... lub lepiej: stróżami dziedzictwa. Jesteśmy jedynymi, którzy znają historię pierścienia od jego pojawienia się w Hiszpanii aż po zniknięcie.

– Tajemne stowarzyszenie – podsumował Jakob rozpromieniony. – Niewidoczna nić, która na zawsze nas połączy. Jak niegdyś Gaudíego, Todę i Güella oraz Riberę i Sans.

Uznałem, że to porównanie nieco kulało. Ale myśl o tym, że od teraz będę dzielić ten sekret z Lolą, bardzo mi się spodobała.

Krótko potem na salę weszło dwóch umundurowanych policjantów. Zostali wezwani przez szpital, jak zawsze w przypadku ran postrzałowych.

Antonio i Gato uzgodnili po drodze, co mamy mówić, i przed wejściem do szpitala odpowiednio nas poinstruowali: wszyscy pod przewodnictwem Serry pojechaliśmy do Poblet, aby urządzić tam nocny marsz. Podczas przystanku w L'Espluga de Francolí zostaliśmy napadnięci przez bandę uzbrojonych ludzi, którzy grożąc nam pistoletami, zaciągnęli nas do jaskini. Udało nam się wyswobodzić, jednak Serra i Gato doznali przy tym obrażeń. Pozostali porywacze wciąż przebywali w jaskini pod nadzorem naszych ludzi.

To wszystko brzmiało dość sensacyjnie, więc policjanci byli raczej sceptyczni. Wysłali kilku swoich ludzi do jaskini, gdzie ci zbadali miejsce zdarzenia i początkowo aresztowali zarówno Xinos, jak i towarzyszy Gata.

Dopiero po dwóch godzinach lekarz przekazał nam, że życiu Serry nie zagraża niebezpieczeństwo. Tyle czasu trwało też, zanim policjanci otrzymali sprawozdanie od swoich współpracowników.

Wszyscy zostaliśmy zaprowadzeni na komisariat, gdzie niedługo potem dotarli również Xinos i kumple Gata.

Zapowiadała się długa noc.

Gadzio *Dan*

W piątek wieczorem o dwudziestej zadzwonił dzwonek do naszych drzwi. Stali w nich Jakob i jego rodzice. Mama, tata i ja byliśmy już gotowi i po krótkim powitaniu ruszyliśmy w drogę.

Celem naszej przechadzki była Gràcia. Mimo że rodzice dobrze znali Barcelonę, w dzielnicy, do której ich teraz prowadziłem, jeszcze nie byli. Również dla rodziców Jakoba stanowiła nieznany ląd.

Lola, Antonio i ich rodzina już na nas czekali. Jakob i ja serdecznie się z nimi przywitaliśmy, ale nasi rodzice nie sprawiali wrażenia zachwyconych tym, że znaleźli się wśród tak dużej grupy *Kalé*. Na ich usprawiedliwienie trzeba dodać, że dobrze się zachowywali i nie okazywali swoich uprzedzeń.

Skądś wypłynęła nagle butelka z napojem wysokoprocentowym wraz z kieliszkami. Nasi rodzice musieli wypić z całym towarzystwem i dopiero gdy po trzech kolejkach butelka została prawie opróżniona, wreszcie udaliśmy się w drogę.

Od naszej przygody z krwawym pierścieniem upłynęły trzy tygodnie. Był koniec października i wieczory stały się dotkliwie chłodne. Jednak wiatr, który od wielu dni nieustannie wiał z gór w stronę miasta, dziś się uspokoił.

Przypomniałem sobie o nocy spędzonej na komisariacie policji w Valls. Trzymali nas tam do rana, przede wszystkim dlatego, że dowiedzieli się, iż samochód terenowy, którym przywieźliśmy Serrę do szpitala, nie należał do Antonia.

Nasza wersja była taka, że wzięliśmy to auto, bo były w nim kluczyki. Policja szybko doszła do tego, że samochód jest własnością niejakiego Arnulfa Roblesa, księgarza z Barcelony. Niestety Robles zniknął bez śladu. Policjanci z Barcelony zastali opustoszałe zarówno jego mieszkanie, jak i sklep. Również zakrojone na wielką skalę poszukiwania w jaskiniach nie przyniosły rezultatu. Nie znaleziono żadnych wskazówek dotyczących miejsca jego pobytu. Ponieważ nikt z nas nie wspomniał o obecności Arnulfa w jaskini, policja nie zdawała sobie sprawy z jego udziału w tym zdarzeniu. Wreszcie urzędnicy doszli do wniosku, że zaginiony zapewne wpadł do szczeliny skalnej w jednej z jeszcze nieodkrytych części jaskini.

Liczyliśmy na to, że Xinos nie zechcą opowiedzieć policji o swoich prawdziwych motywach. Mieliśmy rację. Morales i jego ludzie uparcie milczeli. Przy niektórych z nich znaleziono fałszywe papiery, a na broni palnej ich odciski palców. Większość z nich była już znana policji. Zwłaszcza Morales był poszukiwany w związku z licznymi przewinieniami. Było pewne, że podobnie jak pozostali na jakiś czas trafi za kratki.

Trochę inaczej przedstawiała się sprawa z Gatem i jego przyjaciółmi. Wprawdzie ich odciski również znalazły się na pistoletach, jednak żaden z nich nie był wcześniej notowany z powodu kryminalnej przeszłości. Podejrzane było głównie to, że tak jak Lola i Antonio byli *Gitanos*. Policjanci długo zachodzili w głowę, dlaczego dwaj nie-Cyganie, czyli Jakob i ja, znaleźli się w nocy w ich towarzystwie.

Opowiedzieliśmy im historyjkę o wspólnych zainteresowaniach historycznych i wynikających z tego kontaktach z Serrą. Nie do końca chciano nam w to wszystko wierzyć, jednak ponieważ nic na nich nie znaleziono, a my się za nimi wstawiliśmy, wypuszczono ich następnego ranka razem z nami.

Niestety funkcjonariusze zadzwonili oczywiście do naszych rodziców, którzy czekali na nas przy wejściu. Mama i tata, tak jak się spodziewałem, stracili panowanie nad sobą. To samo można powiedzieć o rodzicach Jakoba. Wprawdzie mamy natychmiast ruszyły w naszym kierunku, aby nas uściskać, ale zaraz potem nastąpiła godzina rzucania w nas gromami. W każdym razie muszę przyznać, że nie od razu wybuchli, najpierw cierpliwie wysłuchali naszej historii.

– Tylko tym razem poproszę o całą prawdę – zażądał na wstępie tata.

Podczas gdy Gato ze swoimi towarzyszami wrócili do Barcelony, Lola i Antonio udali się z nami do pobliskiej kawiarni, gdzie opowiedzieliśmy wszystko od samego początku. Rodzice najpierw byli sceptyczni. Trudniej było im uwierzyć w prawdę niż w wymówki, które im do tej pory serwowałem. Ale ponieważ Lola i Antonio wszystko potwierdzili, w końcu ją zaakceptowali. W każdym razie nie obyło się bez powrotu na komisariat w celu upewnienia się, że Morales i jego wspólnicy naprawdę trafili do aresztu.

Na koniec pojechaliśmy do szpitala, żeby zobaczyć się z Serrą. Właśnie odzyskał przytomność. Policja już u niego była, ale nic nie powiedział, używając osłabienia po operacji jako wybiegu. Rzeczywiście był osłabiony, jednak jego oczy zdradzały, że umysł pracuje mu bez najmniejszego szwanku. Krótko zdaliśmy mu relację z przesłuchania przez policjantów i obiecaliśmy, że następnego dnia znowu go odwiedzimy.

W drodze powrotnej musiałem jeszcze cierpliwie wysłuchać niezliczonych wyrzutów. Tata wpadł w totalną furię i mama kilkakrotnie musiała go uspokajać. Wygrzebywał wszystko od samego początku, od niebezpiecznych *Gitanos* po moją niedojrzałość, ponieważ tak nieodpowiedzialnie się zachowywałem.

Byłem zbyt wyczerpany, żeby protestować, i w pewnym momencie wreszcie się uspokoił.

Dla mamy najwyraźniej najważniejsze było to, że cała sprawa została doprowadzona do końca. Dlatego w poniedziałek mogłem jechać z przyjaciółmi do Valls. Oczywiście nie obyło się bez burzliwej dyskusji z tatą, ale mama wreszcie postawiła na swoim.

Serra prawie całkiem wrócił do formy. Mieliśmy masę pytań, na które cierpliwie udzielał nam odpowiedzi.

Sam również miał *Kalé* wśród swoich przodków i wciąż pielęgnował te kontakty. Miał też sporo przyjaciół wśród *Gitanos*. Znał wuja Loli, który przynajmniej częściowo wtajemniczył go w swoją misję.

Już podczas naszego pierwszego spotkania, które zresztą wcale nie zostało przez niego zaplanowane, wiedział, o co chodzi. Zlecił wtedy prywatnemu detektywowi, aby nas chronił. Kiedy doniesiono mu, że odnaleźliśmy Arnulfa, zrozumiał, że musi przystąpić do działania. Wzmocnił naszą ochronę, nie mógł jednak zapobiec uprowadzeniu Loli.

– Arnulfo wiedział, że idziecie do Pilar, i mógł wysłać tam Xinos – wyjaśnił nam. – I tak samo było, kiedy jechaliście do Poblet. Morales i jego ludzie przez cały czas kręcili się w pobliżu.

– Dlaczego zatem uwięzili Arnulfa tak samo jak nas? – spytała Lola.

– Ponieważ nie wiedzieli, że Arnulfo jest prezydentem Xinos. Polecenia zawsze otrzymywali przez telefon lub mailem.

– W takim razie podczas naszej wizyty w księgarni Morales rzeczywiście zobaczył Arnulfa po raz pierwszy – zauważyłem.

Serra kiwnął głową.

– Oczywiście osobiście zlecił mu wtedy przybycie, aby móc was ochronić i w ten sposób zdobyć wasze zaufanie.

– Co mu się udało – skomentował Jakob.

– Z tego, czego się dowiedziałem, wynika, że Arnulfo kilka tygodni temu istotnie zabił lub zlecił zabicie właściwego prezydenta Xinos – kontynuował Serra. – Dzięki temu znalazł się na szczycie organizacji i mógłby zatrzymać pierścień. I można powiedzieć, że na koniec rzeczywiście zjednoczył się z pierścieniem.

– Gdzie on teraz może być? – zastanawiał się Antonio.

– Nie sądzę, żeby stanowił jeszcze jakieś zagrożenie. Podobnie jak pierścień.

Wszyscy mieliśmy taką nadzieję. Dzięki detektywom, którzy nas strzegli, Serra dowiedział się, że pojechaliśmy do Poblet, tak jak Xinos. Poprosił Gata i jego bandę, aby mu towarzyszyli. Ponieważ nie mogli się nam pokazać, odczekali w pewnej odległości i przez to nie dali rady pospieszyć nam z pomocą pod klasztorem. Za to dzięki znajomości jaskini Serra mógł poprowadzić swoje towarzystwo skrótem, dogonić Xinos i wtedy nam pomóc.

Po upływie tygodnia Serra został wypisany ze szpitala i teraz, kiedy mijaliśmy ostatni zakręt, czekał na nas przed lokalem. Przywitał się z naszymi rodzicami i z nami.

– Przyszedł pan zatem do jaskini lwa – powiedział do taty, puszczając oko. Wiedział ode mnie, że tata ma pewne zastrzeżenia do *Gitanos*.

– Cóż, „jaskinia lwa" nie jest chyba odpowiednim wyrażeniem – odparł tata z niewyraźnym uśmiechem. – Ale oglądam i czytam wiadomości i człowiekowi automatycznie nasuwają się pewne pytania, jeśli chodzi o Romów.

– A czy zastanawiał się pan, dlaczego te pytania od stuleci pozostają wciąż takie same? – Serra uśmiechnął się, kiedy zobaczył bezradną minę taty. – Nie jest pan jedyny. Odkąd Romowie przybyli do Europy, prawie zawsze byli postrzegani jako zagrożenie. Zaszufladkowano ich jako przestępców, a ich styl życia jako barbarzyński. Byli brani w niewolę, wypędzani i zabijani. Prawie nikt nie zadał sobie trudu, aby bliżej się z nimi zapoznać. Jestem przekonany, że Romowie i ich kultura wzbogacają nasze społeczeństwo. Wielu ludzi, do których z pewnością nie zaliczam pana, jest zbyt głupich, aby to zrozumieć. Widzą w nich jedynie inność, którą odbierają jako zagrożenie.

Tata odchrząknął.

– Skoro pan tak uważa... Ale czy jeśli dwie kultury są tak bardzo odmienne, nie prowadzi to automatycznie do problemów?

Serra się uśmiechnął.

– Problemy rodzą się wtedy, kiedy ludzie nie zbliżają się do siebie, ponieważ boją się siebie nawzajem. I kiedy większość myśli, że mniejszość bezwarunkowo musi przejmować jej tradycje i zwyczaje. A przecież to właśnie różnorodność sprawia, że nasze życie jest takie fascynujące. A wszystko, co jest nam do tego potrzebne, to wzajemny szacunek. – Zaklaskał w dłonie. – Już, wystarczy mądrości! Czas na fiestę.

Wspólnie weszliśmy do kawiarni. Było w niej pełno *Gitanos* z dzielnicy. W jednym z kątów dostrzegłem Gata i jego kumpli, inne twarze też wydały mi się znajome. Hałasująca, wesoła gromada sama się rozstąpiła, aby zrobić miejsce naszej grupce z Serrą na czele.

Wciąż ktoś nas poklepywał po ramionach. Poczułem się nieswojo, że wzbudzam powszechne zainteresowanie. W przeciwieństwie do mnie Jakob zdawał się nim wręcz rozkoszować, co można było odczytać z jego rozpromienionej twarzy.

Za lokalem znajdowała się mała sala koncertowa ze sceną. Tutaj również czekało już mnóstwo gości. Na scenie stało parę krzeseł po jednej stronie, a przed nimi kongi i dwie gitary akustyczne na stojakach.

Nasze wejście było najwyraźniej sygnałem dla pozostałych. W każdym razie pomieszczenie natychmiast się wypełniło. Nagle ktoś złapał mnie od tyłu za ramię.

Odwróciłem się. To był Gato.

– Chodź ze mną. – Uśmiechał się do mnie porozumiewawczo i nie czekając na moją odpowiedź, pociągnął mnie w kierunku sceny.

Prowadziły na nią dwa stopnie. Zanim się obejrzałem, stałem obok Gata na środku sceny.

Popukał w mikrofon i usatysfakcjonowany kiwnął głową, kiedy stwierdził, że działa.

– Proszę o spokój! – zawołał.

Musiał powtórzyć swoją prośbę jeszcze kilkakrotnie, aż hałas w sali wreszcie ustał i wszystkie spojrzenia zwróciły się w naszą stronę. Najchętniej zapadłbym się pod ziemię. Przestępowałem z nogi na nogę, bo nie wiedziałem, co Gato zamierza.

Kiedy upewnił się, że cała uwaga zgromadzonych jest skupiona na nim, wskazał na mnie.

– Spójrzcie na tego małego *gadzio*! Jeszcze nie tak dawno temu nazywałem go mięczakiem.

Sala odpowiedziała śmiechem i okrzykami dezaprobaty. Gato uspokajająco uniósł ręce.

– Dzisiaj wiem, że można powiedzieć o nim wiele, ale na pewno nie to, że jest mięczakiem. Żadnemu z nas nie ustępuje, jeśli chodzi o odwagę, wręcz przeciwnie. I niejeden raz pomógł naszej Loli, która potrafi być czarującą dziewczyną, jeśli nie zachowuje się jak jędza.

Musiał szybko ratować się ucieczką, ponieważ Lola i parę innych kobiet stojących pod sceną zaczęły rzucać w niego podstawkami pod kufle. Kiedy śmiechy i okrzyki ucichły, Gato ponownie podszedł do mikrofonu.

– Jednak co najważniejsze: uratował przed *gadzios* dziedzictwo naszego ludu, krwawy pierścień Timura Tamerlana, i dzięki temu stary Juan nie umarł nadaremnie. Wprawdzie pozostanie *gadzio*, ale od teraz będzie to nasz *gadzio* Dan!

Sala rozbrzmiała oklaskami i głośnymi okrzykami. Gato wyciągnął do mnie rękę, a kiedy ją przyjąłem, przyciągnął mnie do siebie i objął.

Uwolniłem się z jego uścisku i stanąłem przed mikrofonem.

– Wielkie dzięki – powiedziałem. – Ale nigdy bym tego wszystkiego nie dokonał bez swoich przyjaciół. Dlatego też powinni się znaleźć tutaj obok mnie.

Machnąłem w kierunku Loli, Antonia i Jakoba, a oni przyszli do nas na scenę. Ponownie zabrzmiał głośny aplauz.

Nawet tata klaskał, ku mojej wielkiej radości.

Pociągnąłem Jakoba w stronę mikrofonu.

– To mój przyjaciel Jakob, *gadzio* jak ja. Nie tylko towarzyszył nam w tej przygodzie, ale także odkrył wiele rzeczy, które naprowadziły nas na właściwy trop. I dlatego zasługuje na taką samą uwagę jak ja.

Jakob uśmiechał się od ucha do ucha. Kiedy oklaski przebrzmiały, Gato położył nam ręce na ramionach i sprowadził nas ze sceny do swoich przyjaciół, którzy czekali na nas z butelkami piwa w dłoniach.

Zanim się obejrzeliśmy, też trzymaliśmy po jednej i przy wtórze głośnych okrzyków musieliśmy wznieść z nimi toast.

Nie lubiłem piwa i nie piłem alkoholu. Ale tutaj nie mogłem się od tego wywinąć. Przykładałem więc butelkę do ust i za każdym razem piłem tylko mały łyczek. Jakob postępował dokładnie tak samo, aż wreszcie udało się nam niepostrzeżenie zniknąć. Odstawiliśmy butelki na jeden ze stolików przy ścianie i przeciskając się przez tłum, dotarliśmy do naszych rodziców i przyjaciół.

Tymczasem na scenie trzech mężczyzn zajęło miejsca na krzesłach, a trzech pozostałych stanęło za nimi. Rozbrzmiały pierwsze akordy gitarowe. Publiczność zamilkła.

Na scenę weszła kobieta. Miała na sobie spodnie z wysoką talią, czarną kamizelkę, a pod nią białą koszulę z szerokimi rękawami w duże, czerwone grochy. Apaszkę na jej szyi zdobił ten sam wzór.

Publiczność wykrzykiwała i klaskała.

Kobieta lekko się ukłoniła i zamknęła oczy.

Wtedy muzycy zagrali pierwsze takty, a kobieta zaczęła tańczyć.

Egzotyczny rytm gitar i kong został jeszcze wzmocniony głośnym klaskaniem mężczyzn stojących za krzesłami. Zaczynali powoli, a potem coraz bardziej przyspieszali.

Podobnie jak tancerka. Jej ciało przypominało kolejny instrument. Wysokie obcasy wystukiwały na drewnianej podłodze własny rytm, który stapiał się z muzyką. Obracała się przy tym, wyrzucała ręce nad głowę lub przed siebie, wyginała się na prawo i lewo, podpierała dłonie na biodrach, odrzucała głowę w tył, wprawiając się tańcem w prawdziwą ekstazę.

Czułem, jak magia tej muzyki przejmuje nade mną kontrolę. Moje ciało zaczęło lekko podrygiwać, a umysł się oczyścił, byłem nastawiony tylko na rytm, który wypełniał mnie całego.

Ten kawałek zakończył się o wiele za szybko.

Na chwilę zapadła cisza, a potem publiczność się rozszalała. Ja również klaskałem, ile sił w dłoniach.

– To flamenco! – krzyknął mi ktoś do ucha. To była Lola.

Wcale nie zauważyłem, kiedy do mnie podeszła, tak bardzo byłem pod urokiem występu.

Po chwili rozpoczął się kolejny numer.

Kiedy tancerka wreszcie się ukłoniła i żegnana burzliwymi oklaskami opuściła scenę, byłem mokry od potu.

Lola złapała mnie za rękę i pociągnęła na zewnątrz. Wyszliśmy z kawiarni i poszliśmy kilka metrów w dół ulicy.

– *Gadzio* Dan, no, no – powiedziała, kiedy zatrzymaliśmy się między dwiema latarniami ulicznymi. –

Tym samym Gato praktycznie oficjalnie przyjął cię do narodu *Kalé*.

– Czułem się dość niezręcznie z tym całym hałasem o nic – wyznałem.

Roześmiała się.

– To właśnie w tobie bardzo lubię, Danielu. Nie przechwalasz się tak jak wielu innych. Ale nie powinieneś zawsze pomniejszać swoich zalet.

Podeszła do mnie bliżej, tak że nasze nosy niemal się dotykały.

– A ponieważ jesteś teraz prawie jednym z nas, nikt nie będzie miał nic przeciwko temu, jeśli cię pocałuję.

W następnej chwili poczułem jej usta na swoich.

Czy istnieje lepszy moment na zakończenie tej historii?

Posłowie

Autorowi, który nie jest Romem, zawsze sprawia trudność unikanie antycygańskich stereotypów. Są to uprzedzenia na temat Romów, które zagnieździły się w naszych głowach i które często powtarzamy, nie do końca świadomie. Przejrzałem rękopis pod tym kątem, starając się nie powielać tego typu uprzedzeń. Lecz jeśli mimo tego znajdzie się czytelnik lub czytelniczka, którzy stwierdzą, że jest inaczej, proszę o krótką wiadomość mailową lub na Facebooka.

Kto chciałby się dowiedzieć więcej na temat kultury Romów, znajdzie mnóstwo informacji w sieci. Obszerny zbiór wiadomości, a także zdjęć oferuje Rombase (http://rombase.uni-graz.at), strona w większej części napisana językiem naukowym.

Sam nie jestem ekspertem w dziedzinie kultury Romów – jeśli opisałem coś niezgodnie z prawdą, jest to tylko i wyłącznie moja wina. Przygotowując się do pracy, przeczytałem mnóstwo książek, szczególne wrażenie wywarł na mnie album *Bajarí* oraz film pod tym samym tytułem o muzyce *Gitanos* w Barcelonie, o ich życiu i historii. Niestety oba są dostępne tylko w języku hiszpańskim.

Historia Romów w Europie, jak to zauważył bohater mojej powieści Serra, od setek lat jest historią zniewolenia, prześladowań i wypędzenia. Tragiczną kulminacją było niewątpliwie wymordowanie około pięciuset tysięcy Romów przez nazistowskie Niemcy. Dlatego uważam, że my, Niemcy, ponosimy szczególną odpowiedzialność. Tym bardziej przeraża antycygańska postawa wyrażająca się w wielu, również politycznych, reakcjach dotyczących Romów przybywających tu z innych krajów. Szczególnie my powinniśmy wykazać się roztropnością oraz gościnnością.

Niemal wszystkie miejsca opisywane w tej książce istnieją naprawdę. Jeśli ktoś chciałby poznać je bliżej, z powodzeniem może się posłużyć Google Street View. Można tam również wykonać wirtualny spacer po klasztorze w Poblet oraz jaskiniach L'Espluga de Francolí i oczywiście obejrzeć podwójny krzyż.

Spis treści